Villan daughter,
was picked up!
Besides, it's cute
so I'll take
good care
of it as a
younger sister | 1 |
Illustration あかつき聖

……フォルカス？
お前のことは、
私が守る

悪役令嬢、拾いました！

しかも可愛いので、妹として大事にしたいと思います

Villan daughter, was picked up! Besides, it's cute so I'll take good care of it as a younger sister

1

玉響なつめ
Illustration あかつき聖

contents

Villan daughter,
was picked up!
Besides, it's cute
so I'll take
good care
of it as a
younger sister ｜1｜

始まり

『イザベラ＝ルティエ・バルトラーナ公爵令嬢、お前と婚約破棄をする！　同じ聖女であるエミリアを先達として導くこともなく、虐《しいた》げていた事実！　許すことはできない!!』

『アレクシオス殿下、お待ちください！　わたくしはそのようなことなど……!!』

『うるさい！　貴様の甘言などに耳を貸す私ではない。イザベラ＝ルティエを王太子の名において貴族位を剥奪し、辺境の地にて労働を科するものとする!!』

話を聞いただけでも、なんだその三文芝居って思った瞬間に、ぱちんと弾けるようにまるで見たことがあるかのように、その光景が頭に浮かんだ。

私は思わず目を瞬《しばた》かせて、目の前の、ボロが似合わない美少女を見つめる。

ボロを纏っていても隠しきれない美しさを持った女の子が手枷《てかせ》をつけたまま地べたに座って上目使いに私に対して話をしているってのがまた倒錯的っていうか、本当にどういう状況なのこれ……。

ああ、うん。そうじゃない。

やっぱり知ってるわ……私、この子のこと、知ってるわ。

「……と、いうことで学園祭のパーティーで突然そう宣言されたわたくしは、抗議の言葉も聞いてもらえず罪人として扱われ、馬車に押し込められて今に至っております。共におりますのは殿下の学友で……わたくしが罰を科せられるのを確認するために同行した者です」

「そ、そう……大変だったんだね……」

私はそう思わず返しながら、妙なことに巻き込まれたことを感じた。

そりゃそうだろう。

旅の途中で襲われている馬車がいたから助けたら、中から少年と少女が一人ずつ。

状況がわからなくて話を聞いたら随分へビーな身の上で、しかも私はそれを『知っている』ときたもんだ！

え？　公爵令嬢？　婚約破棄で身分剥奪？　そんでもって追放？

初めはびっくりしたけれど、そうだよ、知ってるよ！

だってそれ、前世の時に友人の家にあった漫画で見たヤツだものー！　やだー!!

私の名前はアルマ。いわゆる転生者だ。

孤児院出身で、平民だから姓はない。

その上、なんと生まれ変わったここは剣と魔法の世界だったのだ。

出身国でもあるこの国、カルマイール王国で一般的に言われる成人年齢の十六歳になる前から、十九歳になった今も冒険者をしていて、それなりの実力者ってことで通っている。

黒髪に青い目ってこの国じゃごくありふれたカラーで、凝った髪型とかはめんどくさくていつもポニーテールにしているのが特徴と言えば特徴だろうか？

そのくらい、私は目立たない……というか、平々凡々っていうか。自分で言うと悲しいが、正直、見た目に関してはごくごく普通だ。

いや普通よりちょっとはいいと信じたい。中の上くらいがいい。

前世の記憶を取り戻したきっかけは、育った孤児院で目にした火事だったと思う。と言ってもそんな大したものじゃなくて、かまどの火がカーテンに燃え移って大騒ぎしたってヤツね。

いや、十分、大事《おおごと》だったな……？　すぐ消えたらしいし、覚えてないんだけどね。

それはともかく、その光景を目にして私は気を失った。前世の私はどうやら火事かなにかに遭ったことがあるらしく、それをきっかけに色々思い出したっていうね……。

最初は勿論、混乱した。

幼くなってるわ、孤児だわ、前世の自分どうなったのかとか、家族はどうしたんだろうとか、周りの髪色がカラフルだとかシスター美人だなとか、そういえば昨日路地で商人たちがしていたあの話って横領とかそういうヤバいものだったんじゃ……的な。

うん、まあ、色々あったんだよ。

でもおかげで大人の損得感情とか駆け引きとか諸々を理解して、一人で生きていけるくらい図太くなれました！　ありがとう前世の私！

家族がいないのは寂しいけれど、魔法が使えて楽しいです。

前世、ＲＰＧとか大好きだったんだよね……!!

（……で、今までそんな感じで冒険者として気楽な生活をしていたんだけどなあ……）


そんな私だけども、今、ある意味困った状況に陥っていた。

それは多分、私じゃなくたって困ったって思うに違いない。違いないったら。

だって、旅の途中で馬車が襲われているのを見かけて助けただけだったのに……そしたら馬車の中に怯えた様子の手枷を嵌《は》められた美少女がいるわ、その横で身なりの良い小太りのボウヤが伸びているわで『これは事件に遭遇した……？』って思うじゃない。

いや、まあ馬車が襲われていた時点で事件に遭遇しているわけだけども。

なんだったら人攫《ひとさら》いの現場だったのかもしれないし、別件かもしれないし……。

そうなると冒険者としては管轄外になるので、事情を聞いてどこかの村や兵士に託すのが最善かなと思うのが普通かなって。

あと、怪我《けが》とかしているようなら治療しないといけないしね！

ところが、聞かされた話が冒頭の、とんでもないものだったわけで、しかもそれが私も『知っている話』なんだからさあ、そりゃもう〝とんでもない〟ものでしょ？

まず、この二人はこの国の貴族だっていうんだよね。

まあ、それはいい。そこは別に、問題ないっていうか、いや、よくはないんだけど。

「わたくしは、バルトラーナ公爵令嬢イザベラ＝ルティエと申します。危ないところをお助けいただき、誠にありがとうございました。しかしながら王都に戻るのは、第一王子アレクシオス殿下がわたくしを追放するよう命じられたこともあり、難しいかと思われますの」

王都にある由緒ある学園の、学園祭パーティーの最中に、とんでもない事態が起きたんだってこの女の子が話し始めたからもうそこで眩暈《めまい》がしたね！

その事態ってのが……王子による唐突な婚約破棄宣言と、身に覚えのない令嬢に対してのイジメだってんだから……『なんだその三文芝居』って思うじゃない！

どこかの旅芸人がやったら地方でウケそうな内容だなあとか現実逃避気味に思ったりなんかもしているけど、悲しいかなコレは現実だ。

しかもそれが、前世で読んだ漫画のワンシーンとかどういう偶然なのこれ。

それを知る私の前で、そんな信じがたい話を淡々と語る美少女とかさあ、本当になんなのこれって誰でも思うでしょ。話の内容もだけど、この状況に私は顔が引きつるのを感じたね……!!

（あれ、ちょっと待って？）

ぶっ飛んだ話すぎてさらっと流しちゃったけど。

これって冷静に考えると、漫画と現実で色々と辻褄《つじつま》が合わないな……？

公爵令嬢とか殿下とか王太子とか、庶民からするととんでもない単語がちりばめられてたんだけど、この国で立太子の儀が行われたって話は聞いたことがないんだけど？

（ツッコミどころが多くて追いつかない……!!）

「そういえば、まだお名前を伺っておりませんでしたわ。お助けいただいた恩人のお名前を、どうかわたくしに教えていただけませんか」

こてりと首を傾げた美少女に私は思わずドキッとした。

いや、私の恋愛対象は異性だからそういうんじゃないよ!?

それでもドキッとしちゃうくらいこの子は美少女なんだよ、仕方がない。

緩やかなウェーブを描くプラチナブロンドの髪に、まるで宝石みたいに綺麗なすみれ色の瞳。

衣服から覗くすらっとした手足。手枷がゴツいせいか、余計に華奢《きゃしゃ》に見える。

その白い肌もなにもかも、今はちょっと泥で汚れてるけど、それでも有り余る輝き！

コレを美少女と呼ばず何と言う。そのくらい、この子は美少女なんだもの。

「私はアルマ。冒険者ね。……誘拐かと思って事情を聞いたんだけど、ちょっと状況が状況ね……さすがに貴女の言葉を疑うわけじゃないけど……」

「違う！　その女は罪人なんだ！」

困ったなあと思ったところでさっきまで伸びていたボウヤが目を覚まして、どうやら途中から話を聞いていたらしく美少女の言葉にギャンギャン噛みつき始めた。

まあ、起きたんならちょうどいいってことで、ボウヤの方からも一応話を聞いたよね。

とはいえ、正しいのはどっちかなんて私みたいな庶民からするとまだわかんないけど。

とりあえず、公爵令嬢が平民出身の女の子に嫉妬して虐《いじ》めて、それを正義感たっぷりな自称王太子によって断罪されて追放されたってことは二人の話に共通していたので本当のことなんだろう。

それは私が見た漫画の展開そのままだ、間違いない。

ギャンギャン喚《わめ》くボウヤを見て、それから美少女を見る。

うん、やっぱり見たことあるなあ。

(つまり……私は、漫画の世界に転生してきたってこと……？　ハハハ、笑えるう～……)

前世の、転生ものが大好きだった友人の家に遊びに行った時に読んだきりだけどね。

小説が原作で、コミカライズされたとかなんとか言ってたような……あんまり興味がなかったからタイトルも覚えてないけど、間違いない。

登場人物の名前も、状況も、そのままだもの。

肝心の絵はモヤがかかっていてはっきり思い出せないけれど。前世の記憶全般、色々モヤがかかってるんだよね。困ってないからいいけど。

(それにしても、ううん……おやおやあ……？)

読んでいた時からツッコミどころ満載な話だったんだよな……。

まあ、イジメは当然悪いことだけど、悪役令嬢役がヒロインに対して色々と苦情を言うのがあんまりにももっともな内容だったりするんだよね。

例えば、『聖女の一人としてもっと周囲の目を気にした振る舞いをしなさい』とか、『貴族の一員としてもっと学ぶべきだ』とか、『淑女らしくお淑やかにしなさい』とか。

そんな話だったから私は思わず悪役令嬢側を応援したくなった覚えがある。

友人に言わせればそれは『お約束』だから気にすんなってハナシだったんだけど。

(いやいや、ちょっと待って)

変な汗が出てくる。

私は単純に、ファンタジックな剣と魔法の世界に転生したとばっかり思ってたんだけど。

つまり……私は、状況的に、断罪された後の悪役令嬢を拾った……ってことになるのかな!?

第一章　そういえば私、妹がほしかったんだよね

「とにかく、僕たちこの国からカルライラ辺境伯様のところへ向かう途中だったんだ。くそ、役に立たない護衛の連中め……僕を置いて逃げるだなんて、後で減給してやらねば。おい、冒険者！」

「アルマって名前があるんだけど？」

なんだこの小太りボウヤ、生意気だな。けど、どこか憎めないっていうか……。

孤児院にいた頃に面倒を見ていたやんちゃだったチビ助たちを思い出す。あの子たち、元気にしてるかなあ。ちゃんと自分たちより下の子たちの面倒、見てあげてるのかしら。

「うるさい。たかが自由民ごときが、将来、王太子殿下の側付きになる予定の僕と対等な口を利こうとするな！」

「エドウィン、助けてくださった方に失礼ですよ！」

「お前は罪人だろう！　黙ってろ!!」

自由民。

それは冒険者を指し示している。

この世界で、冒険者だけは土地に縛られない。例えば行商人は同じように色々な土地に移動するが、拠点となる土地がなければ行商の許可は下りないし、納税もその土地で行う。そういう点では似ているようで違うのだ。

私たちの場合、毎月、月初めにその土地の役所に対して冒険者ギルドを通じて納税すればいいので、どこの土地で暮らそうがフリーダムなのだ！

ちなみに納税していないと冒険者ギルド経由でバレて罰金が科される上、資格剝奪で二度と取得できないという厳罰がある。だからみんな大人しく守っているんだよね。

それと、納税額は冒険者のランクによって違う。

吟遊詩人が酒場で歌う人気の曲に『自由を愛する冒険者たちよ――』って始まりがある通り、まさしく自由な生活なんだけど、まあ貴族の人とかはそれをバカにしたがるのよね……。

結局は日銭を稼いで将来のことなんて考えちゃいない根無し草ってね。

言いたい人には言わせとく……まあ普段はそれでいいけど、私を庇《かば》ってくれた美少女にまで噛みついているのはいただけないかなあ。

とはいえ、こんなボウヤに怒るほど私も大人げない真似はしないので肩を竦《すく》めるだけにしておいた。それでもボウヤは不満そうだったけどね。

やれやれ、短気な冒険者だったらこの場で怒鳴られていたかもしれないのに。

私が子供に優しくするタイプでよかったねえ。

「はいはい。で？　用件はなにかしら」

「僕らを辺境伯様のところまで護衛しろ！」

「カルライラ辺境伯様のところまで護衛ねえ……。ふうん」

私としてもそこに行く予定だったから、連れて行くのは間違いないんだけど……でも人に頼むのに居丈高ってのはどうなのってハナシよねえ。

基本的に子供には優しくってのが私のモットーだけど、漫画の設定だと大体十五歳くらいだったはずだよね？　この国では成人一歩手前だ。

なら社会の厳しさを教えてあげるのも、オトナの優しさってもんでしょう！

「依頼ってことでいいのかしら？」

「そうだ！」

「依頼料は払えるの？」

意地の悪い私の質問に、小太りの少年はぐっと言葉に詰まった。

まあそうだろうねえ。見たところ、荷物らしいものも持っていないし、宝飾品の類を持っているようにも見えない。

ってことは担保なしで交渉しなくちゃいけない。それはさすがに理解しているらしい。

「……今は持ち合わせがないが、王都に戻り次第ギルド経由で貴様に支払いをしよう。それに加え、辺境伯様にお願いして依頼をしてもらえるよう取り計らってやる」

「エドウィン！　依頼をするというのに失礼ですよ！」

「気安く僕の名前を呼ぶんじゃない！」

「……へえ？」

私はボウヤの言葉ににんまりと笑ってみせた。

二人が私の顔を見て、怪訝《けげん》そうな顔をしたけれどそれも織り込み済み。

冒険者は自由民。

そう蔑まれる理由は、数多《あまた》いる冒険者たちのランクにある。

納税額が示すように、ランクは稼ぎに比例している。

そう、ランクが高ければそれだけ大口の仕事や、信頼があるってこと。

だけど残念ながら大半の冒険者はまさしく貴族たちが蔑む『日銭を稼ぐ』タイプだ。

このボウヤの目には、私がそんな冒険者と同じに見えたようだけど……私の態度で、そうじゃないことを察したらしい。あからさまに動揺している姿はいっそ清々《すがすが》しいほど滑稽だ。

それでもまあ、これからの旅程を考えたらもうちょっとつついておこうかな。

「あら、そうかしら。ボウヤのお願いで、辺境伯様が動いてくれるかしら？」

「な、なんだと……ど、どういう意味だ！　僕はサンミチェッド侯爵家の三男だぞ、辺境伯様が軽んじるはずがないだろう!!」

小太りのボウヤが高らかにそう言うけれど、へえ、侯爵家の三男なんだ。

つまり跡継ぎってわけじゃないんだろうから、この任務を成功させていい所を見せたいんだろう。

（成る程。将来、王太子の側近になれるんだとしたら、その指示に従うのは大事だろうねえ。わかるわかる。失敗できないもんね！）

でも、だからってそういう態度はよくないとおねーさん、思うわけですよ。

まあこっちもオトナですので、依頼となれば真面目な話をしなくちゃいけないでしょ？

冒険者は客商売でもあるんだから、そういうところはきちんとした方がいいってね。

（……ま、それをわかってないヤツらが結構な数いるから、冒険者は粗雑でバカばっかだって思われがちでもあるんだけど……）

しかしこの子たちは妙な場所で襲われたなと思う。

王都から辺境区への移動は馬車だけど、ここは旅人がよく利用するような表の道じゃない。

いくら罪人を護送しているとしても碌《ろく》な護衛もなしに、侯爵家の子供まで乗せて行かせるような道じゃないのは確かだ。

ちょっとした野盗で逃げ出すような護衛なんていないも同然なんだから、正直に表街道を使えばいいのになんでこんな所を通ったか……そう考えるとあまりいい予想はできなかった。

（……きな臭いなあ。巻き込まれるのは面倒だけど、これも乗りかかった船か）

さすがにこんな寂れた場所で壊れた馬車に子供二人を残していくのは気が引けるっていうか、良心が咎《とが》めるし。それにどうもこの子たち、世間知らずの箱入りっぽいからほっといたら本当に人攫いとかに遭ってしまいそうで心配でもあるし……仕方ない、ここは採算度外視だ！

「まあ、見捨てるのも寝覚めが悪そうだしね。いいよ、連れて行ってあげる」

「ありがとうございます」

私の言葉にすかさず美少女がお礼を言って頭を下げてくれる。

小太りボウヤの方は当たり前だと言わんばかりにふんぞり返っているけど、ほっとしているのが見えてちょっとだけおかしかった。

「とはいえ、二人が乗ってきた馬車は壊れてるし馬も逃げちゃったみたいだし。私は元々徒歩旅だから、二人にも我慢して歩いてもらわないといけないよ」

「な、なに……!? 貴様、馬車などを持っていないのか！」

「気ままな一人旅だからねえー、こんなところで人を拾うなんて予想していないもの」

馬車移動するほど荷物もないし、馬は可愛いけど森の中とか進みづらいし。

そういう理由で私は徒歩派なんだよね！

私が笑ってそう説明してあげると、小太りボウヤはショックを受けたようだった。

「まあいい運動になると思ったら？ 途中モンスターや野盗が出ても私が対処してあげるからさ！」

「最悪だ……」

膝から崩れ落ちそうになる小太りボウヤ……なんだっけ、ああ、そうだエドウィンくん。

エドウィンくんにはそんなに遠くないところに村があることは黙っておくことにした。

張り切って行ったところで馬が買えるかもわからないし、ショックで村人に暴言吐いたり絶望されたらこっちが困るもの。

でもって、美少女は私が思っていたよりもずっと気丈らしい。

漫画の中で断罪されていた時は、悔しいって顔を歪めていたけど……今はかなり落ち着いていて、泣くこともないし、この状況に対して不満を言う様子もない。

（……さすがに事件直後じゃないから、吹っ切れてんのかな？）

とりあえず三人で歩くに当たって、手枷を嵌められたボロ服の美少女ってなんだか犯罪臭しかしないので、私はナイフを取り出して彼女の戒めを壊してやった。

キン、という音と共に落ちたそれをびっくりした顔で見る美少女……イザベラ＝ルティエちゃんは本当に目を丸くしちゃって、あら可愛い。

ついでにいうとエドウィンくんも目を丸くしている。

「き、貴様、今、何をしたんだ？」

「何って……ただ手枷を切り落としただけよ。コツがわかってれば金属だってなんとかなるんだよ。今、見せたみたいにね」

「す、すごい……」

美少女に褒められると悪い気はしないよね！

エドウィンくんは賞賛しようとして慌てて口を噤《つぐ》んでいたけど。

ちょっとくらい素直に驚いてもいいと思うんだけどねえ、まあ素直になれないお年頃ってやつなんだろうなって考えると可愛いもんじゃないか。

私は案外、面白い拾いものをしたなあ……なんて暢気《のんき》に思うのだった。

☆

それから、私たちは近くの村までのんびりと歩いて行った。

幸いにもモンスターも野盗も出なかったし、天気もいいし、裏街道とはいえなだらかな道だからいいピクニックになったんじゃないかなと私は思うんだけど……エドウィンくんは違ったようだ。

もしかしなくても、普段こういう徒歩での移動とかあまりしないんだろうなあ。息切れが激しく段々とペースが落ちていったもんね……。

そんな若いのに運動不足とは嘆かわしい……まあ私は熱血教師じゃないのでそんな台詞《せりふ》を言うわけでもなく、彼のペースに合わせて歩いてあげた。さりげない優しさってやつよ。

それでなんとなしに会話をしているついでに短期間とはいえ旅仲間になったんだから、名前を呼んで仲良くしたいなって思ったんだよね！

私がそれを提案すると二人はびっくりしたようだったけど。

まあ、エドウィンくんは最初のうちは『たかが自由民が僕の名前を気安く呼ぼうなど何様だ』とかなんとか反抗してきたんだけど、段々億劫《おっくう》になったんだろうね。

反論がなくなったから許可が下りたんだと勝手に解釈して呼んでいるうちに慣れたようだった。

ちなみに、イザベラ＝ルティエちゃんの方は長いからイザベラちゃんって呼ぶことにしたよ！

どうやら彼女はちゃん付けで呼ばれたことがなかったらしく、目を丸くして恥じらっていたその様子が可愛いのなんのって……新しい扉が開くかと思ったわ。アレはすごい。

「いやー、馬車が借りられて良かったねえ」

「ふん……高貴なる僕が乗るようなものではないが、ないよりはマシだろう」

「エドウィンったら。貸してくださった村人の厚意に感謝しなくてはならない立場でしょう？」

「たかが村民が僕のような高位貴族の役に立てたんだからいいんだ！　そもそもお前は罪人なんだから、気安く話しかけるんじゃない！」

幸いにも行き着いた村で、馬車が借りられた。勿論お金は私が払った。

ちょっとした旅行が趣味だっていう村長さんが持っていた幌馬車だから結構快適なはずなのに、エドウィンくんはいの一番にお客様よろしく内部で寛いでいる割に文句たらたらだ。

ちょっと相場よりもお高めにお金をお支払いして、クッションと食料も積んでもらったのは、私から子供たちへの優しさだったんだけど……ちょっと甘やかしすぎたか？

（それにしても、村長さんのあの態度、気になるなあ。イザベラちゃんを見て馬車を貸すのを決めてくれたようだったけど……その辺、なんかあるのかな）

最初は大事な馬車を貸すのを渋る様子だったのに、イザベラちゃんの姿を見たら掌《てのひら》返してきたもんね。

（なんか恩人だからって言ってたけど……）

エドウィンくんが急かすもんだから、事情はわからないままだ。

イザベラちゃん自身が語るでもないし、まあ突っ込んで聞くのも野暮っぽいし、私も黙って馬車を進めることにした。なんだかんだ、おかげで目的の町まで楽に行けるわけだしね。

まあ、私が馬に魔法をかけたりしてちょっぴりズルしたんだけども！

どうやらイザベラちゃんは私が魔法を使ったことに気がついたらしく、びっくりした顔してた。だけど、私がナイショねってポーズを取ったら頷いてくれたので素直なイイコだなあと思ったわけですよ。

エドウィンくんはどうだって？

彼は馬車が走り始めて、しばらくは食料を物色していたから、途中一回休憩を挟んで私が昼食を作ってあげたら、文句を言いながらすごい勢いで食べてた。お腹空いてたんだなあ。

けど、その後また馬車が走り始めて気がついた時には寝てたね！

オヤスミ三秒とはまさにこのことって吹くかと思ったわ。

そりゃもうぐーすか、気持ちよさそうな寝顔でさ。

おまけに大きなイビキ付き！

彼は馬車に魔法が使われているなんて夢にも思ってないんじゃないかな、多分だけど。

「慣れぬ徒歩での移動に、きっと疲れていたんだと思います」

フォローするかのようにイザベラちゃんがそう言って、馬車の中に備え付けてあった毛布を掛けてあげている姿はまるで姉と弟のようだ。

話を聞いたところ、実際二人は幼馴染《おさななじみ》らしいんだけども。

（……エドウィンくんはもうちょっと、人を疑うことを覚えた方がいいと思うんだよなあ）

自分から侯爵家の息子だって名乗った上に、冒険者証も確認しないで依頼をし、その挙げ句に馬車の中で爆睡って。

私が悪い奴だったらとっくに売り飛ばされてるぞ？

なんせ国境に近づくにつれ、警備は強めていても人の出入りが激しい上に、そういう連中は狡猾だからわかりづらいんだよね。

警備隊や自警団も頑張っちゃいるけど、なかなかどうしていたちごっこだものねえ。

冒険者にもたまに人攫いに遭った家族の救出依頼とか出るけど、足取りを追うだけでも相当大変な話なんだよね。

国境の行き来に関しては取り締まりも厳しくしてくれているみたいけど、広い土地ってのはどうしたって手が行き届かないところは否めないからさ。

親切で助けたからって、その後まで親切とは限らないってのが世知辛いところだ。

（中央の貴族はそこを理解してないって話ではあるけど……）

馬車をかっ飛ばしても魔法のおかげで揺れも少ないから、エドウィンくんは幸せそうに寝ているようで、その暢気さが逆に可愛く見えてきたよ。まったくもう。

そんなこんなで辺境伯の治める町に私たちが到着したのは、夕方のことだった。

城壁に囲まれた景色は物々しい雰囲気を漂わせていたけれど、それはいざとなった時の砦なのだからしょうがない。城門をくぐればその先には活気ある町と、美味しいご飯とふかふかベッドが待っているのだ。むしろあの城壁がそれらを守ってくれていると思えてありがたくも感じる。

到着した頃にはエドウィンくんも起きていて、無駄にキリッとした表情をするもんだから笑ってしまいそうなのを堪えるのが大変だったんだからね！

一応、入り口で兵士による検閲みたいのがあったけど、国内での移動ということもあって私が二人の身元引受人としてサインをし、お金を払うことで町に入ることができました！

これは身分証明書を無くした人などに仮発行をする手続きで、一定期間内に再発行された身分証明を持って詰め所に来ればお金が戻ってくるシステムで、無視した場合は即刻捕まるっていうオマケつきっていう優れもの。

まあ二人に関してはこの後、辺境伯がなんとかしてくれると思っている。

エドウィンくんは当然だって顔してるけど、イザベラちゃんは申し訳なさそうで私は苦笑するしかできない。

（……私がいなかったら、この子たちどうしたのかしら）

そのまま領主の城まで行って、馬車については後で冒険者ギルドに辺境伯様の名前で依頼を出して届けてもらおうかなあなんて考える。

巻き込まれた形だしそのくらいは辺境伯様だってやってくれてもいいと思わない？

そんなことを考える私の横にイザベラちゃんがやってきて、何か話したそうな雰囲気を見せたので私は笑みを浮かべてみせた。

「どうかしたの、イザベラちゃん」

「あ、あの……アルマ様」

「うん？　どうかした？」

「おい冒険者！　僕は疲れているんだ、罪人などに構わず早く辺境伯様の所まで案内しろ！」

「イザベラちゃん、なにか気になることでもあった？」

「無視するんじゃない!!」

まったくもう、うるさいっていうか元気だなあ。

あれだけ寝ればそりゃ元気にもなるか……でもエドウィンくんはもうちょっと落ち着きを持った方がいいとおねーさんは思います。

「この道は領主の城まで直線だからギャアギャア騒ぎなさんな。で、どうしたの？」

「……ここまで本当に、ありがとうございました。貴族間の厄介ごとと断ることなくわたくしたちを連れてきてくださったことも、罪人と呼ばれ、手枷を嵌められたわたくしを忌避することもなく、普通にお話をしてくださったことも……本当に、本当に嬉しゅうございました」

「……」

なんだこの可愛い生き物。

私は思わず目を瞬かせた。

馬車の中でエドウィンくんが爆睡している間にイザベラちゃんと話をする機会があったんだけど、どうも彼女は幼い頃に王子と婚約をしてそこからずっと努力をしてきたみたいだ。

本人はそれを当然のことと思っているようだし、実際貴族の責任ってのはあるだろうけど……。

まあ高位の貴族なら義務の一つとして婚約するのもしょうがないとは思う。

だけど、まだ十五歳。もう十五歳じゃない、まだ十五歳なのだ。

（偉ぶったところもないし、私と話している時も私を自由民と蔑むこともなかった）

割と漫画じゃ『正論だけが正しいと思うなよ』って周りから反感を買っちゃうくらい正論で相手をぶった切るタイプのキャラだったけど……実際こうして目の前にすると、全然印象が違うなあ。

なんていうか、礼儀正しくて、ただただひたすらに可愛い。

そもそも私が読んだ漫画ってのはいわゆる王道の『恋愛もの』ってやつだったから、主人公《ヒロイン》と王子が立ち塞がる身分の壁にも負けず運命の恋を実らす……みたいな感じの萌えシチュエーションだったと思う。漫画ならアリよりのアリだよね。

だけど、こちらの世界が現実となると、王子のやってることは非常に浅はかだ。

なぜなら、王子と彼女の婚約はいわゆる『契約』だ。

それも親同士が交わしている公式なものだから、未成年である彼らに契約を破棄する力はない。

しかも私の情報網で調べるまでもなく、国王陛下は今現在、隣国の慶事にお出かけの真っ最中。

つまり、王子の独断によって今回のことは起きている。

（漫画じゃそこまで詳しくは描いてなかったけどね）

今の状況を照らし合わせるとそういうことなんだろうな。

今頃、王城は阿鼻叫喚じゃないかなあ。

「……ねえイザベラちゃん、辺境伯様んとこでも話そうと思ってたんだけどさ」

「はい、なんでしょうか？」

私はこっそり彼女にだけ聞こえるように声を潜めて告げる。

なんだか私、この子のこと気に入っちゃったんだよね！　ほっとけないっていうか。

おなか空いている二人に料理を出した時、がっつくばっかりで偉そうにするエドウィンくんよりも『美味しい！』と目を輝かせた後に『は、はしたないところをお見せして……』って照れるイザベラちゃんの方が可愛く思えるのは当然じゃん？

「色々問題があるって思うかもしれないけど、イザベラちゃんさ、辺境伯様んとこで話し合いが終わったら私と一緒に来ない？」

「……えっ？」

「だって平民になったんでしょ？　ちょうど私、妹がほしいなって思ってたんだよね！」

彼女が頷いてくれるなら、私が問題をぜーんぶ解決してみせるからね！

悪役令嬢？

そんなの役目を終えたんだし、もう自由になったっていいじゃない。

「アルマ様……」

目を丸くしたイザベラちゃんが、私の言葉を理解して泣きそうな顔をした。

私はそんな彼女の頭を、撫でたのだった。


そして私たちは今、辺境伯の館の前にいる。

そんでもって、エドウィンくんが私たちを押しのけて衛兵に向かって高らかに言った。

「僕はサンミチェッド侯爵家の三男、エドウィンだ。アレクシオス王太子殿下の使いでやってきた。カルライラ辺境伯ライリー様にお目通り願いたい！」

「……失礼だが、身分証明の提示を」

入り口に立つ二人の衛兵さんたちが、明らかに胡散臭《うさんくさ》そうな目で私たちを見たけれど、それなりに丁寧な対応をしてくれた。私は内心拍手を送ったもんである。

いやあ、身分証明の提示を求めるのはもっともだ！

なんせ見るからに冒険者の女に、貴族を名乗る高飛車な男の子と、ボロを着た美少女ときたら変な組み合わせでしょうよ。

「なんだと!?　僕が自ら名乗っているというのに疑うというのか！　無礼者どもめ……!!」

「我々はカルライラ辺境伯様をお守りする役目を担っている以上、どなたであろうと身分を確認させていただかない限り、中へ取り次ぐことはいたしません。もう一度申し上げる。身分証明の提示をしていただかないのであれば、退去願います」

「な、なんだと……!!」

それでも一方的に追い返したりするのではなく、きちんとした言葉遣いで対応してくれるんだから教育が行き届いているなあと本当に感心するよ。

地域にもよるんだろうけど、そういうところがないわけじゃないからね。

（しかし国を挙げて行う立太子の儀をやったってハナシは聞いてないのに、王太子からの使いだって言われてもねえ……）

一緒にいる私たちだって乾いた笑いが出るんだから、衛兵さんはもっとそうだと思うよ。

そりゃ困惑するし疑惑の目を向けるってもんでしょ。

でもそんな簡単なことも理解していないのか、それとも『貴族なんだから優遇されて当たり前』とでも思ってるのか、エドウィンくんは衛兵さんたちの対応に腹立たしそうだ。

（これじゃあ話が進まないな……）

彼に代わって話をしようとするイザベラちゃんを押さえて、私は衛兵さんに向かって、胸元から取り出した冒険者証を見せる。

「これで取り次いでもらえないかな」

「こ、これは……!!」

冒険者証は、私たち冒険者にとっての身分証明書だ。

魔力や血を金属に練り込んでプレート状にしたもので、その性質上、とても偽造しにくいのでまず疑われないっていう、とても便利な代物だ。

まあ、ものすごく能力ある魔術師になら可能とかなんとか聞いたけど、それができるレベルの人がわざわざ冒険者のプレートを奪って偽造するメリットもないっていうね。

そんな感じで私たち冒険者にとって、これはどこに行ってもお役立ちアイテム。なくすととっても大変だもの。再発行も勿論そうだけど、とにかく不便なんだよねえ。

ギルドでの依頼の受注や完遂の報告は元より、役所での手続きとかね……。

その辺が一切出来なくなると思うと大事にもしようってなるじゃない?

で、その冒険者証は私の小指一本分の大きさっていう小さなものなので、私はペンダント型にしていっつも服の下に入れているってワケ!

「少々お待ちください!」

私の冒険者証を確認した衛兵さんたちが、大慌てで中に取り次いでくれることになったもんだから、エドウィンくんとイザベラちゃんは呆然としている。

「ア、アルマ様、アルマ様は一体……」

「そうだぞ、貴様は……」

「私はただの冒険者だよ。世界中を見て回りたいから、ふらふらしてンの」

自由民である冒険者には、国境すらない。

それが世界のルール。

いつそれが定められたのかは知らないけど、そう決まっている。

ただまあ、どこの国でも冒険者ギルドに正式な依頼をかけさえすれば、国内にいる冒険者たちは協力することもやぶさかじゃないってスタンスだけれどね。

戦争に関してはノータッチ。これは暗黙のルール。

災厄級のモンスターが出てきた時は、騎士や兵士と肩を並べて総出で倒す。そんな感じ。

「ああ、ほら。それよりお迎えが来たみたいだよ」

「お待たせいたしました。主《あるじ》がお会いになるそうです」

私の言葉に視線を館の方に向けた二人がびっくりした顔をしている。

いつの間にか執事服に身を包んだ老人が立っていたんだから、まあびっくりもするよね！

執事さんは私たちに向かって恭《うやうや》しく頭を下げた。

まあ、正確には私に……なんだろうけどね。身分証を提示したのは私だけだもの。

エドウィンくんは状況が理解できないといった顔をしているけど、気を取り直したのか私たちの先頭を意気揚々と歩き出した。

単純だなあこの子。本当に大丈夫か？

反対にイザベラちゃんは心配そうだ。

「あの、……アルマ様はどちらにも根ざしていない冒険者の方なのですか？」

「うん、そうだよ」

根ざす——つまり気に入った国や町を拠点にするってこと。

実力のある冒険者が根ざしてくれたら領主は大助かりなので、ある一定のランク以上の冒険者だったりすると優遇してもらえたりするって話も聞いている。援助金とか装備とか。

今んとこ、私はこれといって拠点は定めていない根無し草だ。

記憶を取り戻してからこのファンタジー世界をあっちこっち見て回りたかったんだもん……そのためには拠点を定めない方が利点もあるんだよ……。

家の維持費とかさあ、税金を払う手間とかさあ……遠い場所にいたりすると、手間賃取られるんだよ……？　それってなんか悔しいじゃない!!

とりあえず、お金に余裕があれば宿屋さんでの暮らしはかなり快適だ。なんせ、掃除と洗濯がお願いできて、食堂がついているとこなら美味しい郷土料理だってあるし。

金銭的には前世のホテルでの長期ステイと比較してもこちらの宿屋生活の方が安いんじゃないか

しら。だから私からしてみると、利用するの一択なのだ。

まあ勿論、宿屋さんのランクとか土地の知名度とかで金額はピンキリだけど。

「私はあっちこっちを見て回って、美味しいものを食べたりするのが好きだからねえ」

「そうなのですね……お恥ずかしながら、わたくしは聖女の役目以外で王都を出たことはなく、役目である巡礼以外に目を向けることが許されなかったので、少し羨ましく思います」

聖女。

それは一見、特別な立場のようだけどこの国にとっては違う。

不思議なことに、この国では十歳から十八歳くらいまでの少女にだけ『聖属性』が宿るのだ。

そう、本当に不思議なことに、魔力の含有量とかそういうのは一切関係なく、突然発現して突然消失するっていう現象。だから聖女は大勢いる。

ちなみに全ての少女が発現するってわけではなく、ある一定の……大体十人に一人くらいかな、そのくらいの割合で発現する。そしてもれなく教会に連れて行かれ、読み書きなどの教育や衣食住を満たす代償として『巡礼』に行かされる。

各地にある、教会のお偉方しか知らない特別な巡礼地で聖女たちが祈ると、国の中にある淀《よど》みとやらが減ってモンスターの凶暴化が抑えられ、また国を守る結界が保たれるんだそうで……その辺は国家機密なので詳しくは知らないけど。

ただ魔法を使う身としてはこの国を守る結界が存在するってのは、確かだ。

「イザベラちゃんも聖女だったんだねえ」

「はい、十歳の時に聖属性を発現して以来、妃教育の合間に巡礼をしておりました。教会のみなさまには、予定の調整などでご迷惑をおかけしたと思っております」

「……そんなことないと思うよ」

だって、王子の婚約者になるって普通の貴族令嬢以上のモノを求められているでしょう？

それこそ、完璧な淑女を目指せって言われるんじゃないかな。

それとは別に聖女の役割もちゃんとやっていたってんだから、とても偉いと思うんだけど。

「あのさ、イザベラちゃん――」

「いよーう、アルマじゃないか！」

私がイザベラちゃんに声をかけようとした瞬間、暢気で、無粋な声がそれを遮った。

親しげに私を呼ぶその声の主に、心当たりがある。

別に特別会いたかったワケじゃないけど、それなりに仲が良い相手だ。

「……久しぶりじゃない、ディル」

そう。こいつの名前はディルムッド。愛称はディル。

なかなかの好青年ヅラをしているが、実はとんでもなく色々ヤベェやつなのだ！

ちなみに、ディルムッドは私にとって先輩格に当たる冒険者だ。

とはいっても、直接世話になったことは数えるほどしかない。

知り合ったのだって一人前って呼ばれるようになって大分経ってからのことだしね。

「本当に久しぶりだなあ、アルマ！　元気だったか？」

「ええ、おかげさまで」

朗らかな顔でにこやかに歩み寄る男だけど、私は知っている。

本当はこんなに人懐っこくなどない。今は、私の前を歩くエドウィンくんと隣のイザベラちゃんを気にして猫を被っているだけだ。

（この男の本性は、もっとぶっきらぼうで荒っぽいって知ったら周りは驚くんだろうなあ）

まあ、それが彼なりの処世術らしいので、あえてバラしたりするような真似はしないけど。

上手いことお調子者ぶっておけば、やりやすいこともあるんだってね。

それはともかく。

「一体どうしたんだ、お前が貴族の館にわざわざ顔を出すなんて珍しい」

「そうねえ、王太子殿下とやらのお使いをしている子たちとたまたま会ったからついでにね」

「……王太子？」

私の言葉にスッとディルムッドの表情が冷たくなる。

それを見てしまったらしいイザベラちゃんがびくりと身を竦ませたところで、彼は先ほどと同じように朗らかな笑みを浮かべてみせた。

おお、変わり身の早いこと！

「そりゃ面白そうな話だな、俺もついていっていいか？」

「ダメだって言ってもついてくるんだから、好きにすれば？」

「ああ、そうさせてもらおう。どうせなら、その後メシでもどうだ？」

「そうねえ、時間があれば」

「な、なんなんだ貴様！　僕は大切な役目を担って……なのに勝手にしゃしゃり出てきて！　なんなんだ貴様！　何者だ!!」

私たちが楽しそうに会話しているのが癪《しゃく》に障ったのか、エドウィンくんが地団駄を踏みながらディルムッドのことを指さした。

さすがにそれは貴族としてっていうか、人としてどうなのかって私でも思う振る舞いだけど、当のディルムッドは気にする様子はない。

「俺か？」

ディルはピアスを指ではじいた。その行動に、エドウィンくんとイザベラちゃんの視線がそちらに向いたのを見てディルムッドは笑みを深めた。

そこには、キラリと輝く宝石の埋め込まれた金色のプレートが光っている。

ピアス状にしてあるディルムッドの冒険者証だ。

「だ、だいやもんど……、だと……!?」

それを見て最初は怪訝そうな顔をしたエドウィンくんも驚いて固まってしまった。

まあ、そりゃそうだろう。

冒険者のランクは大体四つに分類されている。

ランクを示す素材が冒険者証のプレートになっているのも特徴だ。

初級からなる〝ブロンズ〟。銅のプレート。

人捜しや薬草採取、お使いなど誰でもできる小銭稼ぎが可能。初心者が最初に通る道で、いい先輩方に出会って狩りの仕方なんかを学べるってのも重要。

中級からなる〝シルバー〟。銀のプレート。

このランクが何気に一番人数が多い。ダンジョンでの活動を許可される上に、その日暮らせるだけの日銭を依頼で稼げる。犯罪者の捜索やダンジョンでの収集なんかもできるけど人数が多いってことでそれだけ依頼が奪い合いになるのが難点。

上級からなる〝ゴールド〟。金のプレート。

ここまでくると信頼度も高くて、大手の商会からの指名依頼も受けられる。信用は大事だよね！　危険なモンスターなんかの討伐依頼も受けられるし、横の繋がりなんかもできているからチーム組んでる人が多い気がする。ギルドで頼りになる人探したかったら、まずゴールドランクを探せと教えられるよね。なぜなら、大体優しくブロンズから丁寧に育ててくれるから。

今後自分のチームで優秀なメンバーになってくれると思えば青田買いってやつで、お互い利はあるので気にせず声をかけていきたいところ。

勿論、新人を使い捨てにするゲスなヤツらっていう例外も中にはいるから、注意は必要だけど。

まあ、そんなんだから『良い人』って評判のところは競争率が高いのが難点かな。

……そして、そんなゴールドランク冒険者たちの、さらに上のランクが存在する。

ジュエル級って呼ばれる特殊なランク。

これはまさしくギルドにおける貢献度が高く、信頼して依頼を任せられると複数のギルド長から認可が下りた冒険者に与えられる称号。

ゴールドのプレートに、彼らが特別であると認められた事由に関する宝石が埋め込まれるのだ。

「俺はディルムッド、神薙《かんなぎ》のディルムッドだ！」

「言っとくけどその二つ名、浸透してないからね？　〝馬鹿力〟のディルムッドの方が有名でしょ」

ビシッとポーズを決めるディルムッド。

……多分、ファンサービス的なことをしているんだろうけど、私は生ぬるい視線を向けることしかできないんだよなあ！

ちなみにこいつの二つ名は正式には〝豪腕〟なんだよなあ。私は馬鹿力って呼ぶけど。

だってもう、なんていうか他に表現できないほどこいつ馬鹿力なんだよ……力で押し切るんだよ。

パワーこそチカラって言い出すタイプなんだよ……。

だからついそうツッコんだら、ディルムッドは不満そうに私に向かって文句を言ってきた。

「酷いぞ、アルマ！」

「本当のことでしょうが」

「ディルムッドだと……まさか、〝豪腕〟のディルムッドか！　貴様が、竜の首を叩き切ったっていう冒険者……!?」

「お、知ってくれてるのか。ありがたいな」

そう、二つ名のいわれなんて、そいつが持っている逸話とか、他の人が言い出したとか……まあ、稀《まれ》に自分から言い出したのが定着する場合もあるけど。大抵はそんなもんだ。

ディルムッドってば、ドラゴンの首を叩き切ったっていうところからきた〝豪腕〟の何が不満なんだか神薙って名乗りたがるんだよねえ。誰も呼ばないいんだけど、諦めが悪いっていうかさ。

私たちはそんなことを話しながら、大きな扉の前で立ち止まる。

「いいかお前ら！　ここから先は僕が、このサンミチェッド侯爵家三男、エドウィンが！　辺境伯様と話をするんだからな！　邪魔したらただじゃおかないぞ!!」

エドウィンくんが鼻息荒く言うけれど、私はやれやれと思うだけだった。

そもそも、ただじゃおかないってどうするつもりなんだかね……まあ、お手並み拝見と行きましょうか。でも、私はただ肩を竦めただけだったけど、イザベラちゃんはとても不安そうだ。

そんな扉の前での私たちのやりとりが終わるのを待っていたらしい執事さんは、私たちを見回してにこりと微笑んだ。

「それではみなさま、よろしゅうございますでしょうか」

「ああ、取り次ぎをお願いする」

「かしこまりました」

いやあ、多分扉の向こうには今の会話丸聞こえだと思うけどね！

執事さんがノックをして客人の到来を中に告げれば、許可する声が聞こえた。

ギィッと重ための音がして開いた扉のその奥にはでっかい机があって、そこにナイスミドルが座ってる。そう、実は私も知り合いなんだけど、この人こそがカルライラ辺境伯ライリー様。

そしてその横に美形が二人も立っている。

一人はライリー様のご子息のヴァン様。辺境伯をいずれ継ぐ身としてライリー様の補佐をしていると聞いたことがあるので、この場にいるのも当然だ。

もうお一人はヴァン様の妹で、ヴァネッサ様だ。大変色っぽい美女だが、彼女がここにいるのは珍しい。あまり政務とかには興味がないタイプだったはず。

そんな彼らとは別に、部屋の隅にローブ姿の人物が一人いるけど、あれはディルムッドの相棒で私にとっても見知った人物だから一応会釈をしておいた。反応はない。寂しいな！

ディルムッドはさっさと相棒の隣に移動して静観の構えを見せている。

「久しいな、アルマ殿」

ライリー様は入室してすぐに私たち全員を見回してから、私に向かって笑顔で挨拶をしてくれた。

おやおや？　私が一番に挨拶されていいのかな……と思ったけど、挨拶されたからには返さない方が失礼だろう。

（そういや私の冒険者証で面会申し込んだんだから当然っちゃ当然か）

あのままだったらこの子たちは門前払いで終わっただろうな……なんて思いつつ、私は一歩前に出る。エドウィンくんが不機嫌そうに私を睨んだけど、気がつかない振りをして笑顔でライリー様に向かってお辞儀をした。

「お元気そうで何よりです、辺境伯様。あー……でも、積もる話はまた後ほど。まずは彼らと話してもらえませんでしょうか」

「承知した。辺境伯として、きちんとそちらは対応すると約束しよう」

ライリー様は私の言葉に笑みを浮かべたまま頷いてくれたけど、すぐに厳しい顔つきになる。

まあ私も普段だったら辺境伯様なんて呼ばないんだけど、今回は一応『辺境伯のところまで無事に案内する』っていうのが二人からの……エドウィンくんからの依頼だからね！

その辺はライリー様もわかってくれたんじゃなかろうか？

わかっていないエドウィンくんが、不思議そうな顔で私とライリー様を見比べてるのがちょっぴりおかしいっちゃおかしいんだけど……うん、まあ空気を読んで笑ったりなんてしないよ。

「そなたらがわしに用があるという子供たちか。……うん？」

「へ、辺境伯様！　お初にお目にかかります、僕はサンミチェッド侯爵家三男で、エドウィンと申しまして……」

「待て、後ろにおられるのはもしや……イザベラ＝ルティエ嬢？　そなたはイザベラ＝ルティエ嬢ではないか！　どうしたのだ、そのような粗末な身なりで……!!」

「……かような姿で大変失礼をいたします、カルライラ辺境伯様」

ボロを着ていてもその身に纏う気品と教養は本物。

それを体現するかのように、イザベラちゃんは見事なお辞儀《カーテシー》を私たちに披露してみせた。

それにしてもイザベラちゃんはライリー様と面識があるのか。

（ライリー様は社交界嫌いなのに、これはまた驚きだなあ！）

公爵令嬢だったっていうから面識があってもおかしくないとは思うけど、基本的に辺境伯っての は国境付近に砦を構えるごりっごりの現場主義な人が多いんだよね。

だから王城なんかでやれパーティーだ社交だってのに参加するよりも、軍備の見直しをする方が遥かにマシ、むしろそっちの方がいいって言って行かない人も多いらしいと聞くし。

まあ社交も大事だけど、厳ついおっさんは敬遠されがちだとも聞くから、仕方がないのかもしれない……少なくともライリー様はそういう現場主義な人だと私は思っている。

「えっ？　えっ？　へ、辺境伯様はこの女とお知り合いで……？」

「この女？」

「さ、さようにございます。我らが親愛なるアレクシオス王太子殿下により、この者は貴族位を剝奪されておりまして……」

「そのようなことを議会の承認もなく誰が行ったのだ」

「お、王太子殿下が……」

「たわけ！」

「ひぃ!!」

一生懸命訴えるエドウィンくんに対して、ライリー様は一喝した。

まあそりゃそうだろうと貴族でもなんでもない私ですらわかる内容だもんね……。

ちょっと怒鳴られただけで震えているエドウィンくんと、全く動じないイザベラちゃんが対照的すぎてなんとも言えない。

（いやあー、基本的に大事に育てられてきたって感じがするもんな、エドウィンくん……）

迫力あるナイスミドルに怒鳴られたらビビっちゃうのもしょうがない。

なんせライリー様って一見、ナイスミドルなお貴族様って感じがする人なんだけどさ……中身は今でも現場に出て行くタイプの、ザ・体育会系なのよね。

そんな貫禄あるオジサマに、どっから見ても甘やかされて育った感じが抜けないボウヤが太刀打ちできるはずもないっていうか……むしろ可哀想に思えてきた。

いや待てよ？　腰を抜かしてへたり込まなかっただけ優秀じゃないかな！　うん。

「そもそも立太子の儀を行わぬうちに王太子を名乗るなど、陛下も議会も、国教会も許すはずがなかろう！　なにをもってそのように僭称《せんしょう》しておるか知らぬが、アルマ殿の引き合わせでなければそ

の発言だけで処罰の対象だ!!」

「なっなっ、ぼ、僕はサンミチェッド侯爵家の……!」

「身を立てる証も持たず名を挙げたところで、誰がそれを証明する?」

「そ、それは……」

厳しくライリー様にそう言われてどもるエドウィンくんが、助けを求めるように周囲に視線をさ迷わせるが誰も何も言わない。

そして何を思ったのか、彼はイザベラちゃんに視線を向けたかと思うとがっと肩を掴んだ。

イザベラちゃんはそれでもただ、黙って立っているだけだった。

「お、お前! お前は僕がサンミチェッド侯爵家の人間だと証明できるだろう!」

「……確かに、彼はサンミチェッド侯爵家の三男、エドウィンで間違いございません。ただし、あくまでわたくしが『そうだ』と申し上げるだけでございます。わたくしにとっても、身の証を立てるものはないのですから」

悲しそうに目を伏せる美少女の存在感ったら……。

眉をひそめたライリー様が何かを言いかける前に、私は手を挙げて発言の許可を求めた。

このままじゃ話が進まないだろうと思ったからだ。静観してても良かったけどね。

「まあまあ、それはともかく……とりあえず彼の言い分を最後まで聞いてから、苦情の書状を書くってことでいいんじゃないですか」

「ぼ、冒険者……！　貴様、よくやった！」

「よし、エドウィンくんはちょっと黙ろう」

私が助け船を出した瞬間にそれを粉々にするような言動は止《や》めようね。

その態度が問題なんだってどうやったら気づいてくれるのかなあ！

もし私が結婚できたとしたら、生まれた子供にはとりあえず『親が偉いのであってお前は偉くないんだぞ』ってしっかり教えようと思ったよ。反面教師、反面教師。

とにかく私の言葉で脱線した話は元に戻ってエドウィンくんが、改めてライリー様に向かって喋り始める。若干震えているような気がするけど、そこは見なかったことにした。

「王太子殿下は……」

「待て。立太子の儀を終えぬ限り、わしはアレクシオス殿下を王太子として認めるつもりはない。訂正せよ、話はそれからだ」

「くっ、し、しかしアレクシオス殿下は現在、国王陛下のお子の中で唯一の男児であらせられる故、当然、将来は王太子として任命されてしかるべきお方で……」

「たとえそうであろうとも、何のために定めるかを忘れて貴族としての矜持を軽んじることは許されぬ。それは王族であろうとだ」

「……くっ……」

厳しく言うライリー様の中でそれは譲れないものなんだろうし、まあ唯一の男児ってエドウィンくんは言ってるけど、それがとんでもないアンポンタンなら親族を養子に迎えて仮の王にして、王女殿下がたのお子が生まれたら改めてそっちに血筋を戻すとか……まあ、やりようはいくらでもあるだろうに……。

これまでの王族が直系だけで上手く行ったわけじゃないってことは歴史を見たらわかるようなもんだけど、若さゆえってやつなのかなあ。

まあそんなことを言い出したら話が進まないので、私は大人しく静観の構えである。

「そこなるイザベラ＝ルティエ・バルトラーナ元公爵令嬢は平民出身の特待生であり、聖女の一人でもあるエミリアという少女を迫害していたのです」

まるで役者が舞台でスポットライトを浴びている真っ最中かのように、これでもかと大きく身振り手振りで熱弁を振るうエドウィンくんはイザベラちゃんを睨んでからライリー様に向かい懇願するように頭を下げる。

「そのことをアレクシオス殿下は重く受け止め、婚約を破棄し、身分を剝奪した上、罪を雪《すす》ぐために辺境の地で労働するべきであると仰せで……そのように書状を送られているはずですが、受け取っておられませんか？」

やや早口で必死に口上を述べるエドウィンくんだけど、ライリー様の表情は厳しいままだ。

なるほど、書状を出してから罪人の護送をするのは妥当か。

ただ、裏道を使って目立たないように来るところとか、護衛の兵士は最低限でしかも逃げ出しちゃうとか、どう考えても不自然極まりないんだけどねえ……。

エドウィンくんもそれなりの身分なのに、彼個人に対しての護衛が一人もいないところとか？

（陰謀とか、そういうめんどくさそうな気配がするなあ……）

ちらりと視線をディルムッドの方に向けると、彼はこの状況に薄く笑みを浮かべていた。

彼らはこの町に根ざしているわけじゃないけど、ワケあってライリー様のところにいるんだから王宮がどうなろうと関係ないんだろう。

正直、私にも関係はないっちゃーないし。

イザベラちゃんには簡単に『ヘイ彼女、私の妹にならなぁい？』って気軽にナンパみたいなことをしちゃったけど、彼女の気分が少しでも紛れたらいいなあとかそういう気持ちもあった。

や、正直いうとかなり本気ですけど何か？

前世も今世も、私の周りには粗暴なクソガキども……じゃなかった、やんちゃな男の子ばっかりだったからさあ。まあそれはそれで可愛かったけど。

でもこう、美味しいものを食べてはにかんだり美味しいって目を輝かせてくれる子が傍にいてくれたら嬉しいなって……思うじゃん……。

ちなみに前世の弟は、なんでもよく食べるやつだったが作り甲斐《がい》があるのかないのかよくわからんやつだった。

なんでも「ウメェ！」しか言わないの。まあ残さないからありがたかったけどさ……ねーちゃん、もうちょっと感想ほしかったよ……嬉しかったけど。

もし今、結婚してるなら、奥さんにもちゃんと言うんだぞ……ウメェは言っていると思うけど、ちゃんとした感想も言え。あと食器はもうちょっと丁寧に洗え。ねーちゃんとの約束だ。

「そも、イザベラ＝ルティエ殿の身分剝奪についても陛下がご不在であるにもかかわらず議会からの通達もなしに行い、また蟄居《ちっきょ》ではなく更迭とし、我が領にて強制労働をさせよとはあまりにも非人道的行いであろう。一体いかほどの罪を犯したというのか」

「で、ですからエミリアという同輩の聖女を虐め……」

「それだけか？　そしてそれは誠であるか？」

「殿下のお言葉を疑われるのですか！　エミリアこそ聖女の中の聖女、彼女は正しく人の心を清らかにしてくれる!!」

「聖女とはそもそもそういう存在ではあるまい。行いが尊く、人々の守りとなるが故に尊敬の念からそのように呼ばれているだけだ」

おっと、なんとなく私が前世の弟を思ってしんみりしていたら、こちらはこちらでシリアスな話に突入しているじゃないか。

とはいえ、ライリー様は頭が痛いって顔をしているから、なんにせよ厄介ごとには違いない。

「ともかく、まず前提としてわしは書状を受け取っていない。また、受け取っていたとしてもこの裁きが公正なるものではないのは明白、どのように今後を取り仕切るかは陛下がお戻り次第沙汰があるであろうが……」

ライリー様は深々とため息を吐き出してから、軽く頭を左右に振った。

多分、これからのことを色々と考えているんだろう。

「一旦、サンミチェッド侯爵令息エドウィン殿に関しては、我が家にて客人として遇しよう」

「あっ、ありがとうございます!!」

ぱあっと顔を綻ばせたエドウィンくん……きっと上質なベッドと清潔な暮らしに飢えてたんだねえ……馬車の中で爆睡してたけど。

「その上でイザベラ＝ルティエ嬢にお聞きしよう。わしはこの件を王宮に問うつもりだ。それに伴い、そなたは今後、どうしたいか意見はあるか」

「……わたくしは……」

イザベラちゃんはそれまでどこかぼうっとしていたけど、ハッとしたように顔を上げ、視線を泳がせてから真っ直ぐにライリー様を見た。

「どのような形であれ、わたくしの名誉はすでに潰《つい》えたと思っております。たとえ無実を証明できたとしても、かような醜聞を流した身では、今後は傷物の令嬢として、公爵家の荷物になることは目に見えております」

凜とした姿は、立派だと思った。

だけど、同時に『まだ子供なのに』と感じてしまうのは、私が自由な生き方をしている上に前世の記憶があるからだろうか。

（……こんな時くらい、頑張らなくてもいいのになあ）

それとも逆か、『こんな時だからこそ』か。

私はぼんやりとそんなことを考えながら、堂々と前を向くイザベラちゃんの背中を見ていた。

「真偽はともかく、一度は罪科を言い渡された身。かような身では教会にて聖女としての行いが許されるはずもございません。ですが寄る辺もない身でございます、修道女として残りの人生を歩みたいと存じます」

だけど、私は……多分、私だけじゃない。

この場にいる大人の殆どが気づいている。彼女が、ほんの少しだけ震えていたことに。

「しかし、そう簡単にはいくまい。この件が明らかになるのを待たず勝手に修道女になれば、冤罪の果てに出家までさせたと勘違いが生まれよう。そうなれば、出家を受け入れた教会側も立場というものがある」

「それは……そう、ですが」

イザベラちゃんの一大決心に対して、ライリー様は再びため息を吐いた。

そりゃそうだろうなって私も思う。

だけどまあ、彼女の言い分も理解できる。

傷物になったイザベラちゃんはこれから社交界に出る度に、憐れみと嘲《あざけ》りを受けるわけだ。

その上、残念ながらバルトラーナ公爵が家族愛に満ちた人だという話はついぞ聞いたことがない。

上昇志向が強く、誰よりも自分が大事で、他人に対しては大変ケチだって話だ。

娘が無罪で婚約破棄を言い渡されたって聞いたら、きっとこれ幸いとばかりに王家に対して慰謝料を請求するんだろうけど、傷物の娘はとっととどこかに嫁がせるに違いない。

名誉が傷ついたご令嬢の嫁入り先ってのは、正直あまり良い話がないのは私でも知っている。

その上、今回はただ名誉が傷ついたわけじゃない。

どんな理由があろうとも、彼女に非がなかろうとも、王家との婚姻が破談となった娘という事実は一生彼女についてまわるのだから、国内で良い縁談はもうないと言っても過言じゃない。

それならばいっそ修道女に……っていう考えはある意味、正しい選択なんだろう。

（強欲って噂の公爵じゃあ、傷物娘をどこかの金持ちな独居老人とかに嫁がせて、代わりに支度金をたんまりもらい受けるとかありそうだもんな……）

バルトラーナ公爵のそんな噂をちらほら耳にしているから、多分この予想は正しいんだろう。

どこからって、そこはまあ、私も冒険者でそれなりに情報を重視している身ですから？

いわゆる企業秘密ってヤツだよ！

や、まあ実はそんなすごいモンじゃなくて、冒険者ギルドで世間話程度に教えてもらっただけなんだけどね……そのくらい有名な強突《ごうつ》く張《ば》りらしいよ。

イザベラちゃんがそういう感じじゃないから、鳶《とんび》が鷹《たか》を生むってやつなんだろうねえ。

「とりあえず一旦、バルトラーナ公爵令嬢としてサンミチェッド家の令息と共に、客人として我が家に逗留……ということで納得はしてくれまいか」

「……申し訳ありませんが、それは」

「じゃあさ」

ライリー様はイザベラちゃんを賓客扱いしたい。

だけど、イザベラちゃんはそれを良しとしない。

そんな空気のまま平行線を辿りそうだったので、私は遠慮なく手を挙げた。

「もういいじゃん、イザベラちゃんは今日から私の妹になれば」

「おおっと、アルマの唐突発言が出たぞ」

「うるさいよ馬鹿力。別に唐突な話じゃないんだから。もう彼女には話してあるんだけど？」

茶化してくるディルムッドを軽く睨んでやって、私はライリー様を見る。

イザベラちゃんが目を丸くしてこちらを見ていたけれど、今は一旦彼女のことは後回し。

エドウィンくん？　まあ、どこから会話に参加すればいいのかわからなくて、口を挟もうとはしているんだけど、上手くできなくてオロオロしているよ。

「イザベラちゃんの罪が冤罪だとしても、公爵家がそれを受け入れるかは不明。本人は社交界で晒し者になるくらいなら修道院に入ってそんな縁を全部切っちゃいたいんでしょ？」

「そ、そうです。それが一番だと思っています」

「そうかなあ。私はそう思えないんだけど」

「えっ？」

私は全員を見回してから、イザベラちゃんを見た。

彼女は困ったようにしつつも私の視線に対し、逸らすことなく真っ直ぐ見返してくる。

「現国王には息子は一人、娘は二人。まあ王女のうち一人はすでに嫁いで、もう一人も嫁ぎ先が決まっているのは知られている事実だよね」

「はい」

「王女の嫁ぎ先が、この辺境地と反対側にある隣国のイーライ。輿入《こしい》れと同時に同盟が結ばれたことも周知の事実」

そう、今国王夫妻が不在にしている理由は長女である王女が隣国に嫁ぎ王妃となり、その縁をもって同盟を締結するためだ。

まあまさか、国王も自分が不在の間に一人息子がこんなびっくりするようなことを仕出かしているなんて思っていないだろうなあ。

この不祥事があちらに届くまでは早くて三日って所だろうか？

「もうお一方の王女もこの地と隣接した国へと来年嫁がれることが決まっている」

「……はい」

私が挙げている内容は、おそらく社会情勢を知る人だったら知っていて当然レベルで発表されている事実ばかり。

イザベラちゃんだけでなく、エドウィンくんも私の話に怪訝そうな表情だ。

「だからこそ、アレクシオス王子には国内から正妃をあてがわなければならなかった。違う？」

「……その、通りです」

貴族たちだって派閥があって、それらのパワーバランスを考えた上で、王子の婚約者候補は大勢挙げられたはずだ。

ぶっちゃけると誰かダメになってもスペアは大勢いる状態ってやつ。

その中で最も優秀だからと選ばれたイザベラちゃんが、今回このような形でリタイアしたら、別のご令嬢が次の婚約者に選ばれるのは至極当然の話。

別段、そこは政略結婚だしね。本人たちも理解しているだろうと思う。

王子はどうか知らないけど。

エドウィンくんはまだわからないらしく、不思議そうな顔をしている。

いやいや、王子の側近だっていうなら把握していないよと思ったけど、私は言葉を続けた。

「だとしたらさ、冤罪だと証明されると色々都合が悪いよね。出家したとなれば、王家は罪のないご令嬢の人生を潰したと後ろ指を指され、公爵家は娘を守ってやらなかったのかと言われかねない」

「それは……」

「なら冤罪どころか誤解だったことにして、イザベラちゃんを連れ戻した方が手っ取り早い。王子と貴女の意見は関係なくね。でも、イザベラちゃんはそれが嫌だと思っているんでしょ？」

「……はい、そうです」

「それに、無実が証明されるまでの間に次の婚約者が定められた場合、その家からしたら目の上のたんこぶってわけだよね」

順を追って説明すれば、イザベラちゃんも私の話に思うところがあるのだろう。

悔しそうに唇を噛んで俯いてしまって、ちょっぴり胸が痛んだ。

だけどそんな中、エドウィンくんだけは元気に足を踏みならして私の言葉を真っ向から否定する。

「王太子殿下のご婚約者はエミリアに決まっている！　彼女のように素晴らしい女性こそ、次代の国母として相応《ふさわ》しい……！」

「はいはい、エドウィンくんは黙ってようねえ」

「なんだと！」

「お黙りなさい、今は貴方の意見は求められていなくってよ？」

「ムグッ」

まだ何か文句を言い足りなそうなエドウィンくんだけど、私の邪魔をさせないようにヴァネッサ様が彼の口を扇子《せんす》で押さえ込んだ。

ディルムッドがそれに思わず笑った声が聞こえたけど、無視だ無視。

「で、私の提案に戻るんだけどさ。イザベラちゃんが今後どうしたいかも含めて、私の庇護下にあったら便利ってこと」

「庇護下……ですか？」

イザベラちゃんが困惑したように私の言葉を繰り返す。

それに私はにっこりと笑って頷いて見せた。

「そう。勿論、理由はいくつかあるよ？　一つ、イザベラちゃんに自由を与えることができるので、考える時間ができること。二つ、生活に困らないということ。三つ、ライリー様は貴女をとても心配しているので、そういう意味でも私の下なら安心してもらえるってこと」

なんせまあ、私それなりに稼いでる身ですし？

ちらりとライリー様を見ると、考え込んでいる様子だ。

個人的な意見や、彼女の政治的立場から考えてのデメリット……それから諸々とこの地を治める領主としての意見なんかが頭の中で天秤にかけられたりと忙しいんだろうな。

まあ、そちらはそちら。私は私！

両手をぱちんと打ち鳴らせば、考え込んでいたイザベラちゃんがハッとしたように私を見た。

「あとは単純にまあ、私がイザベラちゃんみたいな妹がほしいと思ったからなんだけどね！」

「ふざけるな！　大体、貴様ごときに何ができると言うんだ!!」

ヴァネッサ様の扇子を弾くようにして、エドウィンくんが一歩前に出て私を指さしたけど、その瞬間、ディルムッドが前に出て、私の肩を抱くようにして楽しげに笑った。

「何ができるってお前、こいつも俺と同じジュエル級の冒険者だぞ？　並大抵の貴族よりも発言権も財力も持ってるに決まってるだろうさ！」

「ジュ、ジュエル級？　貴様が？　……う、嘘だ……」

ディルムッドの言葉に呆然とするエドウィンくんが私を指さしたまま嘘だと繰り返していると、大きなため息が聞こえた。

それはとても呆れている様子のライリー様のものだった。

「嘘ではない。本来ならば、侯爵家の三男ごときが個人で雇えるような存在ではないわ。わしが身分証を持たぬそなたらと面会をすぐに決めたのも、アルマ殿がいたからこそだ」

ライリー様が深く、長いため息をもう一度吐き出してから顔を上げる。

そして私を真っ直ぐに見た。相変わらず目力がすごい。

「しかしそうなると、アルマ殿はこの地に根ざすということになるのか」

「イザベラちゃんが妹になってくれるなら、しばらくはこの地に留まりますよ。勿論、カルライラ家からの依頼だって受けるし。ま、根ざすかどうかは彼女の罪や処遇についてどうなるのか、上の人たちが決めてからかなあ」

「イザベラ＝ルティエ嬢、そなたの意見はどうだ」

「わ、わたくしは……」

イザベラちゃんは困惑した様子で答えに迷っているようだった。

そんな彼女を見て、ライリー様がそれまで厳めしい表情をしていたのを和らげる。

そうしてれば優しげなのになあ……。

「わしの個人的な意見を述べるのであれば、アルマ殿はかように飄々《ひょうひょう》としておられるが、信頼に足る人物だ。少々大雑把なところもあるし、やりたいことしかやらないところが玉に瑕《きず》だが……。それと貴女が見てきた宮廷の淑女とは言動もかけ離れているだろうし、ジュエル級の冒険者と来れば世間一般の普通には当てはまらない点も多々あるが、悪い人物でないことは保証しよう」

「ちょっとちょっと、褒めてんだか貶《けな》してんだか扱いが酷いんだけど!?」

なんだ大雑把でやりたいことしかやらないって！

合ってるけども！　合ってるけども!!

でもそれ、信頼できるって人間を評価するときに使う言葉かな!?

思わずそんな気持ちを込めてツッコんだのに、周りは笑うばっかりだった。理不尽。

「かつて、この領地に災厄級のモンスターが現れたことがあった。小山ほどもあろうかという巨体で村々を襲い、人を喰らうファング・ボアだ」

「……聞いたことは、ございます。大勢の死者が出たと」

ライリー様の言葉に、イザベラちゃんが頷く。

唐突な話題の振り方だったけど、ライリー様が何を話すのか察して私は少しだけ居心地が悪い。

え、いや、昔の話は止めていただきたいなあなんて……。

「その際、アルマ殿が討伐に参加してくれてただけでなく貴重な薬品やアイテムを無償で配ってくれたのだ。後生大事に持っていても役に立たない、今必要な、努力した人間を生かすために使わないでどうする……そう言ってな」

感慨深そうに言われたけど、そんなこと言ったっけな……。

いや、勿論この空気を壊さないためにも口には出さないけどね？

ファング・ボア退治したのは覚えてるんだけど……ちょっと脳みそフル回転させてみて、そういやそんなこと言ったかもしれないと朧気《おぼろげ》に思い出す。

いやね、この世界……聖属性には結界の他に癒しの力もあるんだよね。

聖女に選ばれた年頃の女の子たちが巡礼の合間に治癒して回る特別なものって感じでさ、その対価として教会はお布施を弾んでもらうって仕組みなんだけど。

ちなみにごく稀に、成長しても聖属性が消えない人もいて、そんな人たちは大聖女として教会の本部である大聖堂勤めになる。

だからいざって時の頼みの綱になるので、王族も教会には強く出られないんだよなあ。

まあそれはさておき、癒しの力はホイホイ借りられないってわけ。

そこで、だ。私は転生者である。

しかも、剣と魔法の世界が大好物で小説も読み漁ったしゲームもやりこむタイプだ。

そんな人間が実際に魔法が使えてみ？

やりこむでしょう、自分で魔法使えるんだよ、色々試さない手はないでしょ!?

さて、そもそも、魔法とは何かっていうと。

体内にある魔力を、魔術という術式を使って練り上げて、イメージを膨らませて固定の形にするもの。と、この世界では定義されている。

火の玉が出る術式なら、魔法を唱えることで魔力が霧散せず形になる。術者はそれに足りるだけの魔力を体から外へ放出し、ただその形をイメージすればいい。あとは術式がなんとかしてくれるって寸法だ。

（まあ本当はもうちょい複雑なんだけど……）

そんなだからこの世界での魔法を使う〝イメージ〟が固定観念化されてしまっているのだ。

ところが、私は先ほどから言っているように転生者だ。

固定観念とかそんなの吹っ飛ばして、ラノベやアニメ、ゲームだけでなく映画や古典小説、なんだったらモンスター図鑑とかファンタジー世界のマニアックな本まで楽しんでいた人間である。

そんな人間が、培ったありとあらゆるイメージを膨らませたら？

そう……世間一般の常識と違う魔法が生み出されたのである。

何をやらかしたのかって言えば、回復魔法ですよ、回復魔法。

私の中で回復魔法といえば水属性だった。もしくは無属性。

世間では『希少な聖属性持ちしか使えない上、教会にお布施をしないとかけてもらえない回復魔法』をお手軽に使えるようになったって気がついた時、反省したよね……。

言い訳が許されるなら、私は聖属性に目覚めなかった。だから教会にお祈りも行かずにお小遣い稼ぎなんてしてたし、それに孤児院で読み書きも怪しいレベルの教育しかされなかったから、常識的なこと知らなかったんだよ……。

まあつまり何が言いたいかっていうと。

私は基本的に一人旅、で、なおかつ回復が要らない魔術系の冒険者。

しかも『転生といえば定番はあれでしょ！　アイテムの亜空間収納でしょ！』とか言ってイメージしまくった結果、無限容量の亜空間収納ができちゃったりね。

おかげでアイテムがドンドコ溜まるのよねえ……依頼のお礼と言って渡されたり、討伐に参加して支給されたりでさ……。

私としてはファング・ボアの時はお肉分けてもらえたらそれでいいし、他の人たちが困ってるんなら大放出、くらいの気持ちだったんだよね……。

（うん）

言えない。

なんかライリー様は思い出して感動してるっぽいし、イザベラちゃんも私のこと尊敬の眼差しで見てるし。

ここは言わぬが花って言葉に従おう。ずるくない。

私は彼らの夢を守ったのだ！

とはいえ、このままヨイショをされるのは大変良心が痛むので、私は話題を戻すことにした。

「まあ、その辺についてはあんまり深く考えなくていいからさ。……イザベラちゃんがどうしたいかを聞いてもいいかな」

「わ、わたくしは……」

イザベラちゃんはぎゅっと手を胸の前で握りしめ、また俯いてしまった。

今まで彼女は貴族のご令嬢として、王子の婚約者として自由なく生きてきたはずだ。

まあ、ごく稀にだけど自由奔放にさせてもらうご令嬢もいるって話だけど。

私はなんとなく。

そう、なんとなく、だ。

昔、同級生とケンカした弟が親に反発して逆に謝れなかった時、弟が泣くのを我慢してた表情が、今のイザベラちゃんにダブって見えたもんだから。

そんな顔されたら、おねえちゃん心がくすぐられるじゃない？

「えっ……」

ぽんぽんとその綺麗なプラチナブロンドの頭を撫でていた。

そう、社交界に立つような淑女《レディー》にすることじゃないってことくらい、私にもわかってるんだけど

さ。十代も半ばくらいになれば、ちょっと知り合った程度の人にこんなことされたって困惑するってことも、ちゃあんと理解している。

でも、頭を撫でてあげたくなったんだよね。

あの頃の弟と、今のイザベラちゃんは同じだと思うんだよ。

世界が違ったって、こういう時は人生の先輩が助けてあげてもいいんじゃないかなあ。

「イザベラちゃんの言葉を借りるなら、もう貴族じゃないんだから心細いとか、怖いとか、腹が立ったとか、色々言葉にしたり、泣いたりしていいんだよ」

「……な、なにを……おっしゃって、ます、の……？」

イザベラちゃんがハッとしたように顔を上げて、私を見る。

彼女の綺麗な紫色の瞳には、涙が浮かんでいた。

「いいじゃん。ジュエル級の冒険者がねだったから断れなかったんだよ、イザベラちゃんは。だから、しょうがないから私の妹になっちゃったんだよ」

「アルマ様……」

「アルマでいいよ、まだ『おねえちゃん』って呼ぶのは難しいでしょ？」

自分でも相当無茶苦茶な言い分だとわかってる。

だけど、この子には大義名分が必要なんだ。今まで名誉と矜持の狭い世界で生きてきたであろうイザベラちゃんに必要なのは、急に与えられてしまった自由な世界で歩いて行くだけの道と、靴、それから家。

私なら、それを全部、全部与えてあげられる。その自信がある。

「ね！」

にっこり笑って私が言えば、イザベラちゃんはぐっと唇を嚙みしめて、泣くのを堪えて飲み込んで、小さく頷いてくれた。

「オッケーオッケー！　今日はなんて良い日なんだろう、私にも可愛い妹ができたなんて素敵だよね！　じゃあライリー様、私しばらくこの町で暮らすから！」

有無を言わせないようにあからさまに朗らかに私が宣言すれば、ライリー様は諦めたような顔をしつつ笑って頷いてくれた。

ちょっと解せぬ。そこは普通に祝福するところじゃね？

「……わかった。依頼をする際にはギルドを通じて連絡するとしよう。わしは書状を準備せねばならん、ヴァネッサはその手伝いを。ヴァンはお客人を部屋へ案内するように」

ライリー様の言葉にヴァン様が頭を下げて、エドウィンくんと共に部屋を出ていく。

エドウィンくんはまだ何かを言いたそうだったけれど、結局何も言ってこなかった。

まあ、今生の別れってワケじゃないしまたそのうち会うでしょ！

残された私たちも町に出て家を借りないとなと思ったら、何故かディルムッドたちがついてくる。

「……なんでアンタらついてきてんの？」

「いやいや、お前が新居を構えるんなら場所を知っておきてえし」

「ちょっとフォルカス！　アンタの相棒でしょ、なんとかしてくれない？」

「無駄だ、ディルは言い出したらきかない。知っているだろう」

ディルムッドの隣に立つローブ姿の男に、イザベラちゃんが少し怯えた様子で私に身を寄せる。

おっと可愛い。なにこれ、これが母性……？

なんか別の扉も開きそうだったけど、そこはなかったことにしておいた。

「あの、アルマ……さん。この方は……」

「この全身ローブの男はフォルカス。俺の相棒で怪しい者じゃあないから安心してくれ。そうだなあ、貴族たちは俺たち冒険者のことなら二つ名の方がわかるんじゃないか？」

「は、はい」

ちょっとだけ困ったように上目使いになるイザベラちゃん、可愛い。

いやいや、私たちは別に名前を覚えてもらわなくても怒ったりなんてしないよ！

貴族の人たちの中には、〝自由民〟と呼んで蔑む冒険者の中でも特にランクの高いメンバーのことを『成り上がり』扱いしているのもいるんだよね。

そういう人たちに限って大抵が小物なので、冒険者側も特に気にしないんだけど……イザベラちゃん的には申し訳なく感じてくれたようだ。

くっ、なんていい子なんだろう。

(王子、なんでこんないい子振ったの？　馬鹿なの？)

まあおかげで私が可愛い妹をゲットできたわけですけど。

その辺は感謝してあげなくもないが悲しませたから、やっぱ感謝はなしで！

「俺が〝神薙〟であるように」

「〝馬鹿力〟の間違いでしょ」

「正しくは〝豪腕〟だな」

「お前らうるさい」

ディルムッドの言葉に思わず私とフォルカスが同時にツッコんだ。

相棒も神薙って認めてないじゃん……って思ったのは、一応黙っておいてあげた。

私の優しさである。

「まあいい。で、俺の相棒のフォルカスだが、こいつの二つ名は〝氷炎〟ってんだ。……どうだ？

知ってるか？」

「ひょ、氷炎……!?　相反する二つの魔法を、極限まで操れるという高名な魔術師の……」

「ちなみにそこのアルマは〝幻影〟なんて呼ばれてるけどな」

「幻影!?　そ、そんな高名な方でしたの……!?」

「いやいや、それはただ噂が一人歩きしてるだけっていうか」

そんなご大層な二つ名つけられるようなモンじゃないんだって！

慌てて否定する私だけど、そんな二つ名がつけられた理由は勿論ある。

転生者なもんで、前世の魔法知識チート（？）のおかげでこの世界にはない方程式を使って新しい魔法をバンバン使用していた私も気づいたわけだ。

あ、これまずいな……って。

ある程度昂奮が落ち着いてから冷静に状況が判断できるようになって、私も遠い目をしたよ。

だって、この世界にない魔法を生み出すなんて大賢者の再来かとか騒がれる可能性があるけど、正直私のポテンシャルは高くないんだよなあ。

上手いこと、身体強化とかを並行して使ってやりくりしているだけで……っていうと簡単に聞こえるけど、並行して魔法を使ったり属性を複数同時発動できるだけでもすごいって言われる世界観で色々『あのアニメみたいなのやりたい！』とか思ってやらかしたことは今となってはとても反省しつつ有効利用をだね……。

まあ、つまりは私のオリジナルではないので、正直かなり心が痛むのだ。

そうなると、自分一人で誰にも見られずに魔法を使って依頼を解決して、ある程度の地位をゲットして安全を金で買う……っていう暮らしをするのがベストだと判断したわけである。

その結果、迅速かつ隠密行動を心がけたところ、思わぬ副産物として誰がつけたか私に二つ名がついてしまい、それが〝幻影〟なんてカッコイイものになってしまった……そういうわけである。

そう、まるでそこにいたのが幻かのように、いつの間にか解決し……その手の内を見せない、ミステリアスな魔法使い……ってな感じで！　や、実際は魔法剣士なんだけど。

実物はこんな残念な感じで、なんかごめんね！

ギルドで私のことを知った新人さんたちが二度見してくるのを、何度も申し訳ない気持ちで気づかなかったふりをする私の気持ちも察してほしい。

キラキラした眼差しを向けるイザベラちゃんから、私はそっと目を逸らすのだった。


それから私たちは町に出て、ギルドに寄って紹介された商人に家を斡旋してもらった。

二階建てで広めのキッチンがあって、バスルームとトイレもある。

ちょっとお高めな理由は魔力で家具を管理するタイプの住宅だからだ。

全ての家具が魔石の埋め込まれたもので、防犯面もかなり充実している反面、魔力がそれなりにある人でないと逆に不便な物件。だけど私とイザベラちゃんだったらどんとこいだ。

ちなみに、ディルムッドとフォルカスは新居の前でお帰りいただきました。

まあ、彼らも本当に私たちの家がどこか、安全面とかも含めて確認したかった模様。

（あいつらも色々複雑な家庭事情があるからなあ。イザベラちゃんについて同情する気持ちもあるだろうけど、ちょっと過保護すぎない？）

味方が多いに越したことはないので、特に文句はないけどね。

後はきっとタダ飯狙いである。

ちなみにここは賃貸だ。いつまで暮らすか見通しが立ってないからね！

とりあえず、半年分の家賃を一括で払っておいた。

まあ私だってジュエル級冒険者を名乗っているだけあってそれなりに稼ぎがいいから、根ざすことになるなら後々一括で買えばいいし。

なんせ賭け事とかに興味はないし、推し役者がいるとかでもないし、恋愛も今のところこう……お金を使ってどうこうっていう予定もない。

だからってないない尽くしの寂しいヤツって訳でもないぞ？

「そんじゃまあ、この部屋がイザベラちゃんのね。家具はもうちょいしたら届くから、小物に関しては明日以降揃えていこうねえ」

「は、はい」

「今までの生活とかなり違うとは思うけど、ちょっとずつ慣れてくれたらいいよ」

「……ありがとう、ございます。なにからなにまで……。でも、本当によろしかったのですか？　わたくしは、その……何も、できなくて……」

イザベラちゃんが困ったように俯いて、もじもじしているのを見ながら私は可愛いなあと思った。

別に私は家政婦がほしいわけじゃないし、なにかしてもらいたいっていうよりも、ただ可愛がりたかったっていうか……ペット扱いとかじゃないよ？

ただ、こう、なんていうか。私も家族がほしいなあと思った中でイザベラちゃんが妹だったら嬉しいなって思ったわけですよ！

（そう伝えたつもりだったけど、伝わってなかったかー）

いや彼女の立場からしたらそうかも？

貴族としての立ち居振る舞いについては自負があったとしても、平民としていざ暮らそうってなったらできることは全くないと言ってもいいだろうしね。

人脈があるといえばあるけど、使うこともできず、むしろ利用される可能性がある。

金銭面で役立てるわけでなし、むしろ冤罪で沙汰待ち。

お礼に何かしようと思っても、今まで綺麗でいることがお仕事だったご令嬢からしたら家事なんて無縁だったわけで……。

彼女側の立場になって考えてみた結果、ああこりゃもう一度嚙み砕いて伝えた方がいいなと私は頭の中で答えを導き出す。

「そんなかしこまらなくても大丈夫だよ。あのね、イザベラちゃん。私さあ、こう見えて料理が趣味なんだよねえ」

「え？　は、はい」

「イザベラちゃんは美味しそうに食べてくれるから、嬉しかったんだあ」

「あ……」

「わかんないことがいっぱいあって不安だと思うけどさ、私も腰を落ち着けて暮らすのって久しぶりだし。だから、二人で色々やってみようよ、ね？　どうかな」

何もわからない、それって実は怖いことだ。

わくわくできるのは、何かができる人だけだってことを私は知っている。

わからないことがわからない、そのくらい本当に何も知らなければ怖いものなんてない。

だけど、ある程度成長したら誰だって気づくことが沢山あるはずだ。

(少なくとも、イザベラちゃんも私も、人が善意だけで生きているわけじゃないことを知ってる)

そういう環境で育ったから。

子供を捨てていく親がいる反面、引き取って大事にしてくれる人たちがいる。

やむを得ない状況で孤児院に来て捨てる大人がいる反面、巣立った後も手助けしてくれる仲間がいたり、見守ってくれる大人がいる。

だけど、安い労働力として孤児を引き取る連中だっているし、手助けされることを当たり前と思って安易に冒険者になって、逆に生活が不自由になったやつもいた。

助けてくれる人が、いつだって傍にいてくれる環境は、恵まれているのだ。

「イザベラちゃんは、まずなにがしてみたい？」

「……わた、わたくしは……」

私の問いかけに、イザベラちゃんが困ったように視線を彷徨《さまよ》わせせて、それから意を決したように私を見た。ぎゅっと握りしめたその指先が、小さく震えている。

「料理を、作れるようになりたい、です」

「え？」

「毒味をしなくて良い料理を、食べて素直に美味しいと言える料理を作ってみたいのです。そして、わたくし自身の気持ちを、きちんと伝えていけるようになりたいのです」

ああ、この子は本当に強い子なんだなあ。

私は彼女の返答に嬉しくなった。

私の見る目は間違っていなかった。

この子は世界一可愛い、可愛い、素敵な女の子になれる。私の可愛い妹だ。

「いいよお。でも、今日は疲れてるだろうし私が作ろうね。何が食べたい？」

「で、でしたら……あの、作るところを、傍で見ていてもよろしいですか？　お料理は、その、何もわかりませんのでお任せいたします」

「え？」

「お料理ができあがるところを、初めて見たんです。もう一度、見たいなって、思って……だめでしょうか……」

そういえば私が途中で軽く料理をしている時も、イザベラちゃんは目をキラキラさせていたっけ。

貴族のご令嬢だから平民の食事が珍しいのかなあとか思っていたけど、聖女としてのお勤めの際は質素な食事で過ごすって聞いたことがあるからそんなことはないはず。

ってことは、本当にあれは……。

(料理が、楽しいものに見えた……ってこと?)

確かにあのキラキラした目も、食べた時にぱあっと笑顔になった瞬間も、心のアルバムにしっかり保存してあるよ!

思わず無言になってしまった私に、イザベラちゃんが困ったように眉を下げる。

「……あ、ああやって……お料理ができあがるところが、美味しいものができるんだって、改めて間近で見たら、すごく素敵だと思って……あ、あの、ご迷惑でしょうか」

照れながら上目遣いで見てくるイザベラちゃん、なんでこんなに可愛いの?

この子を婚約破棄しちゃうとか、王子の目ってやっぱり節穴なのかな?

私は胸が撃ち抜かれた思いで天を仰いだ。

「尊い……」

「え?」

「ううん、こっちの話。そうだね、それじゃあ今からイザベラちゃんのパジャマとエプロン買いに行って、帰りに食材とお鍋だけ買って帰ろうか!」

「は、はい。え?　あの、なんだか色々増えているような……」

おっと、あまりの可愛さについついパパッとお料理作って休ませようと思ったのに、つい張り切っちゃう私の気持ちが表面に出てきてしまった。

「食材見ながら何作るか決めるからさ。帰ってきたら、一緒に作ろうねえ」

「！　はい!!」

ぱっと笑顔を見せて、いけないと思ったのか慌てて口元に手を当てたイザベラちゃんを見て私は笑った。きっと本当は、感情豊かな子に違いない。

だけど、公爵令嬢で、王子の婚約者だからと努力を重ねて最高の貴婦人になって、常にそれを意識して振る舞ってきたんだろうと思う。

今まではどんなことがあっても、優雅に微笑んでいなきゃならなかったんだろうな。

だけど、私は感情を素直に見せてくれる方が可愛いと思ったのだ。

「行こうか、イザベラちゃん。パジャマはどんなのがいいかなあ、あとワンピースと下着も一揃い要るし、まあ追加は明日以降買い揃えるとしても、靴もほしいよね！　ああ、その髪の毛もすごく綺麗だから櫛《くし》とか髪飾りも買っちゃおうか、それから――」

「い、いけませんわ。そんなに散財をなさってはご迷惑がかかります！」

指折り数える私にイザベラちゃんが慌てて手を振る。

だけど、これは譲れない。譲れないいんだよ!!

「そんなことないよ。イザベラちゃんは私の妹になったんだから、これまで祝えなかった『今日までの誕生日プレゼント』だと思って受け取って？」

「誕生日、プレゼント……」

「そ。ああー、早く家具も届かないかなあ。楽しみだねえ、お買い物！」

私の言葉に目を丸くしていたイザベラちゃんが、うっすらと目に涙を溜めて胸に手を当てている。

嫌がっている様子はない。

それどころか、嬉しそうに——本当に、嬉しそうに笑ってくれた。

「はい、わたくしも、楽しみです！　アルマ姉様！」

その笑顔を見て、私もとっても嬉しくなった。

だって、ほら、姉様だって。

姉様だって!!

にやけるなってほうが無理でしょ、コレ。

ああー、幸せだなあ！

こうして、私は可愛い妹を手に入れたのだ。

今までも毎日が楽しかったけど、これからはもっと楽しくなりそうです！

幕間　歯車が狂い始めたことを知る

「エミリア、恐れることはない。もうあの女はいないのだ、お前を虐げる者などいない」

「は、はい……」

儚げに震える少女は、誰の目から見ても庇護欲をかき立てられる風情を持っていた。

それは、一国の王子という立場のアレクシオスであっても同様らしい。

エミリア・ベルリナ。ふわりとした栗色の髪に、焦げ茶色の瞳をもつ、王子の恋人。

かつてベルリナ子爵が平民の女性と運命の恋をしたそうだが、身分差の悲恋の末別れてしまった。

しかし二人は、その後、紆余曲折を経て再会し、その時にかつての恋人が彼女によく似た娘を連れていることを知って子爵は大層驚いた。

そう、それが自分の子だと知った子爵は、父親に恋人との仲を反対されて泣く泣く別れるしかない弱かったあの頃とは違うと、二人を己の家族として迎えたのである。

これだけでも感動的な話だが、その娘には聖属性が発現した。

彼女の魔力量たるや近年まれに見るほどすさまじいものらしく、教会からは修行次第でエミリアが素晴らしい聖女になるだろうと太鼓判を押されたほどだ。

　子爵は再会とその事実に大変喜び、今までの埋め合わせをするように妻子を厚遇して、すぐさま貴族の子女が通う学園にも通えるよう手筈を整えた。

　そんな逸話を持つ少女だが、今までとまるで違う環境に送られたことで孤立していたことは否めない。その様子を見て、王子が声をかけたのもおそらくは親切心だったのだろう。

　だが彼らはまだ気がつかない。

　周囲の生徒たちから向けられる視線が、あまり彼らにとって親切なものではないことに。

「アレクシオス殿下が私の味方でいてくれるんですもの、わたし……頑張ります！」

「ああ、エミリア。お前はそうやって笑っていた方がいい」

　周囲からのそんな視線を気にすることもなく、二人が教室に足を踏み入れると一瞬教室内が静寂に包まれたが、一人の女生徒が二人に歩み寄ったことで、緊張感へと変わった。

　そんな周囲の反応をよそに、二人のところへ歩み寄った女性は優雅なお辞儀を見せる。

　さすがにそれを無視できなかったのだろう、アレクシオスが小さくため息を吐いて声をかける。

「……ペリュシエ侯爵令嬢か、良い朝だな」

「はい、殿下。どうぞわたくしのことはミリシラとお呼びくださいませ。失礼ながらわたくしの話を聞いていただきたく……場所はこちらで結構ですので、お時間をいただけますでしょうか」

「ここは学園である以上、学内は平等であると理念に基づき慣例に囚われず話しかけてくれて構わない。ところで、私の横にはベルリナ子爵令嬢であるエミリアもいるのだが、どうして挨拶しないのか聞いても？」

「あら。わたくしはベルリナ子爵令嬢と親しくありませんし、彼女から挨拶を返されたことは今まで一度もございません。ですので、必要ないかと思っただけですけれど」

「ひ、ひどい……ッ」

「あらあら」

ミリシラが小首を傾げて当たり前のように言ったその台詞に、エミリアがショックを受けたようにアレクシオスに縋り付く。

その様子を見てもミリシラはおかしそうに微笑んだだけだ。

「まあ、それはさておき。殿下、イザベラ＝ルティエ様を婚約者から外されたそうですね。そのため、わたくしが次の婚約者に選ばれましたの。他にも二人おりますが、彼女たちは既に卒業した身のため、ご挨拶は後ほどということで言付けを預かっておりますわ」

「なに？　おかしなことを言うな、私はここにいるエミリアと……」

「それは無理でございましょう」

にこりとミリシラは微笑んだ。まるで聞き分けのない子供を諭すような笑みだった。

どうしてと言葉を続けようとするエミリアを遮るように彼女は言葉を続ける。

「国内の貴族派閥のバランスを保つための婚姻、そのために選ばれたのがイザベラ＝ルティエ様でしたもの。あの方が外さ、れ、た、がために、わたくしや他のご令嬢たちも、それぞれ婚約者との関係を解消せねばならなかったんですのよ？」

「なん、だと？」

「ベルリナ子爵令嬢はそれらによって生じる、名誉や各家々に関する問題などを補える立場にありませんもの。たとえバルトラーナ公爵様がベルリナ子爵令嬢を養女にすると宣言したところで、きっとその方は王子の妻という責任の重さには耐えられませんわ」

「ひどいです……！　どうして、そんなことを言うんですか……!!」

「どうして？」

ミリシラは、ペリュシエ侯爵家の長女である。弟と妹が一人ずついる。

青く癖のある髪を結い、その性格を表すようなつり目を細めて笑うその姿は余裕そのもので、エミリアは知らず知らずアレクシオスの腕に強くしがみついていた。

「今、『どうして』と仰ったの？　礼儀作法の授業で常に最下位な上、遅刻も多ければ無断欠席もおありとか。まあ、ダンスの授業はお得意だそうですが、簡単なステップしか踊れず、学業においては特待生として入学したにもかかわらず学内順位もぎりぎり中程度、それで王子の妻が務まると？」

ミリシラの発言に、アレクシオスの方がぎょっとした顔で隣で泣きそうな顔をしているエミリアを見下ろす。まさかそこまで酷いとは彼も思わなかったのだ。

だが、すぐに彼は頭《かぶり》を振ってミリシラをキッと睨み付けた。

「それはイザベラ＝ルティエが彼女を虐げていたからだろう。授業に出られなくしたり、出ても彼女に厳しく言われればエミリアの足が遠のくのは当然だ！」

「あら、では今後に期待ですわね。確かに彼女の努力次第では評価も変わるかもしれませんし……まあ、無理でしょうけれど」

ミリシラはそう言うと、再び深くお辞儀をしてから踵《きびす》を返す。

その背をアレクシオスは憎々しげに睨み付けたが、彼自身が学内では平等であると理念を述べたばかりだ。王子としての権威を振るうには、状況が許さない。

「ああ、そうそう」

ミリシラはそれを知ってか知らずか、くるりと彼らの方を振り向いた。

そしてにっこりと笑う。

「わたくしは、イザベラ＝ルティエ様ほど甘くありませんからご注意あそばせ、ベルリナ子爵令嬢」

「えっ……」

「今まではあの方が率先して貴女の指導や注意にあたっておられましたから、わたくしたちから苦言を申し上げることはありませんでした。でも、これからは違いますのよ？」

今の婚約者筆頭は、わたくしですもの。

そう軽やかに宣言したミリシラは、それ以上彼らに興味がないのか、自身の机に戻ったかと思うと友人たちと談笑を再開した。

ただ、アレクシオスとエミリアはそれを呆然と見るしかできない。

（どういうことだ。イザベラを放逐すれば、すべてが思い通りになると思ったのに）

アレクシオスは周囲の視線が変わっていたことに、ようやくここで気づいた。

それは決して友好的ではなかったし、彼の行動を咎めるような視線が多い。

そのことに気がついて、内心焦りが生まれる。

これまでの行動は、果たして正しかったのか。もしや自分は早まってしまったのではないのか。

そんな疑念がアレクシオスの中に生まれたが、そんな彼に答えをくれる人もいない。

それでも、頼ってくれるエミリアを前に動揺する姿は見せることはできない。

王宮では宰相たちが彼の行動に対して苦言を呈していたが、アレクシオスはイザベラ＝ルティエこそが悪女であり諸悪の根源なのだと、そう信じていたのだ。宰相は学園での出来事など知る由もないからそんなことを言うのだと、何度も彼の苦言を突っぱねた。

悪女を王子の妻に……ひいては将来の王妃になど、できるはずがない。

それこそが今回、アレクシオスが起こした行動の理由なのだから。

だが、王宮以外の、学園でのこの周囲の視線に気づいてしまえば自信がぐらついた。

「アレクシオス殿下……」

「……大丈夫だ、エミリア。後でマルチェロとも話し、早急に対処する。彼なら、きっと良い知恵を出してくれるに違いないさ」

「はい……」

不安そうに見上げてくるエミリアを安心させるように、アレクシオスはなんとか微笑みを浮かべてみせるのだった。

第二章　守りたい、この平穏生活

イザベラちゃんと一緒に暮らして一週間。

ついついあれこれと買い与えちゃう私に対して、大分打ち解けてくれたイザベラちゃんは「無駄遣いはよくない」と最近はやりくりを覚えました。

ううーん、しっかり者だなあ！

でも私、稼ぎは悪くないからいいんだよ……？　もっとねだってくれてもさあ……。

ちなみに、この一週間で私が買ったもの。

ベッドとか大きめの家具一式、カーテン、絨毯、衣類、食器類《カトラリー》、後はまあ小物。

イザベラちゃんは花のモチーフが好きらしく、それでも今までは可愛らしいものは似合わないと言われていて手が出せなかったんだって。

買うよね！　全力でね!!

花柄のカーテンとか、エプロンも可愛いのを選んだよ!!

勢いでチューリップの鉢植えも買っちゃったよ。だってほしそうに見てたんだもん。

まあ私、実は植物育てるの苦手なんだけど。ついつい水やりを忘れちゃいがちだからさ……一カ所に留まって生活をしない弊害ってヤツだね……。

とりあえず、それはイザベラちゃんに育ててもらおう。

あとは服だよね。たくさんあっても困らないだろうと思ってクローゼットに入るだけ買ったし、なんだったら靴も普段用、お出かけ用、四季に合わせて……って買い込もうとしたらイザベラちゃんにストップかけられちゃったのよね。残念無念！

うーん、しっかり者だなあ！（二回目）

とはいえまあ、確かに散財ばっかりしてたら『大丈夫かこの人』って心配されるのも時間の問題なので、ここらで保護者としての威厳を保たねばならない！

……てなわけで、必要なものは遠慮せずに言ってもらう、ということで落ち着いて私たちは生活をしているのである！

「アルマ姉様、今日は何を教えていただけるんですか？」

「そうだなあー、そういえばさっき買ってきた中にジャガイモあったたね。それ取ってくれる？」

最近のイザベラちゃんは、よく笑うし、ちゃんと意見を言うようになってくれました。

こうして台所に一緒に並んでお料理とか、なんかもう癒し空間じゃやない？

よく笑ってご飯を喜んで食べてくれて、その素直な反応が可愛くて私も幸せ。

イザベラちゃんもすっかり私に懐いてくれて、姉様って普通に呼んでくれるようになったんだよ！　おねえちゃん、嬉しい！

私も聞いた話でしかないけれど、貴族のご令嬢は基本的にアルカイックスマイルで全部対応するものなんだって。感情を大きく表に出すのは下品な所作に当たるんだとか。まあ、扇子とかで口元を隠すとかそういう小物を使って誤魔化す方法はいくらでもあるとのことだったけど。

だけど、イザベラちゃんは今のところ貴族位を剝奪された平民だからね！

今の気楽な生活は、彼女にとって申し訳なさと喜びがない交ぜになったものらしい。

「それじゃあ今日はジャーマンポテトを作りたいと思いまぁっす！」

「じゃあまんぽてと？　ですか？」

「まあまあ、料理名はともかく。美味しいから楽しみにしててね！」

しまった、ついノリで。反省反省。

何を隠そう、私は前世で『お料理系配信者』だったのだ。

どういうことかって？　つまり、料理動画を作って流してたってわけだ。

ちなみに言っておくが、プロの料理人じゃないし、栄養士の資格を持っているとかでもない。ただの料理好きが、素人でも作れる美味しい家庭料理を配信していただけ!!

転生して記憶を取り戻してなにより嬉しかったことは、料理の仕方を覚えているってことだった。

孤児院の生活はそりゃ最低限の衣食住を保証されてはいたけど、パンと塩味のみの具なしスープなんて日もザラだったし、教育なんて最低限の読み書き、それもほとんど教えてもらったとは言えないレベルで、ある程度の年齢になったら働きに出るのが普通だ。

だから、美味しいご飯の作り方を最初から知っているっていうのはでっかいアドバンテージだったんじゃないかなと今でも思っている。

（冒険者になって、魔法を駆使して依頼をこなし、最低限のお金を手にして私がしたことは持ち歩きできる鍋と食材を買うことだったもんね……！）

同じ頃に冒険者デビューを果たした仲間は装備や豪勢な食事にお金を費やす中、私を見て鍋を買うなんて馬鹿だなんて言っていたけど……今頃彼らはどうしているだろうか。

あの時はまだ駆け出しだったから、安い肉と野菜だったけど、それでも野菜炒めをおなかいっぱい食べられたのは嬉しかったよなあ。

そんなことを思い出しながら、私はソーセージとベーコンを取り出した。

「まずはソーセージを三等分くらいでいいかな。で、ベーコンはこんくらいね」

「はい」

「ジャガイモは芽を取って、一口大に切る」

「はい」

私と一緒に包丁を使うイザベラちゃんの手つきはまだまだおぼつかない。子供のお手伝いレベルだけど、それがまた可愛いの。

並んで料理できるくらい広い台所がある家を選んだ甲斐があるってもんですよ……!!

「ほんでもってそのジャガイモを茹でるんだけど、その間にニンニクをみじん切りにして……それからフライパンを熱してオイルをちょこっと入れて、さっきのニンニクを炒める。で、いい香りがしてきたなーって思ったらソーセージとベーコンを入れる！」

広がるニンニクの香りに交じってじゅわっと音がする。

最初の頃こそびっくりしていたイザベラちゃんだけど、最近はとてもフライパンから出る音が楽しいらしくにこにこしている。可愛い。

「ジャガイモが茹で上がったらサッと水を切ってフライパンに入れて炒めつつ、塩こしょうで味を調えて、はい、完成！」

「わあ、いい香りです……!!」

「あとはバゲットでも切ってお昼にしようね」

笑顔で食器を並べるイザベラちゃんは、生き生きしていて一緒に生活することにして良かったなあってしみじみ思う。私もとっても楽しいからウィンウィンの関係だよ、ホント。

私と妹のこの生活、結構順調なんだけど……お城の方ではどうなってんのかね。いやもうずーっとこのままでいいんだけど、そうはいかないんだろうなあ。

そんなことを考えていると来客を教えるノックの音が聞こえてきた。

「……きっちりご飯時ってあたりが腹立つなあ」

「アルマ姉様？」

「ごめん、イザベラちゃん。食器をあと二人分出しておいてもらっていい？」

食器の準備をお任せして玄関を開ければ、そこには予想したとおりの人物が立っていて当たり前のように入ってきたから後ろから蹴りを一発入れておいた。

でも全くもって効いていないようでそれがまた腹が立つんだよなあ、コノヤロウ。

「おっ、いい匂いだなー！」

「まあ、ディル様！　ごきげんよう」

にっかりと笑ったディルムッドの姿に、イザベラちゃんが目を丸くする。

慌ててお辞儀をしようとしてドレスではないことを思い出したイザベラちゃんが照れる。それがまた可愛い。はい、可愛い！

結局ちょこんとエプロンの端っこ持ってお辞儀したんだよ、可愛すぎるでしょ……!!

「まだ平民生活に慣れてないのか？」

「は、はい……申し訳ございません」

「あ、いや。責めているわけじゃねえんだが……」

ディルムッドはコイツなりにイザベラちゃんのことを心配してくれているんだけど、すっかり気を許して元来のぶっきらぼうな物言いになるもんだから彼女も恐縮してしまうんだよね。

悪気はないんだけどね、まあ、イザベラちゃんもそこはなんとなくわかっているから、ディルムッドのことを愛称で呼んだり親しみを込めてはいるんだろうけど先は長そうだ。

「一週間やそこらで十年以上受けてきた教育を崩すなんて無理があるでしょ、むしろアンタはご飯時を狙って来るの止めたら？」

「おいフォルカス、相棒のフォロー頼む」

「難しいな」

ディルムッドの情けない声に、彼の後ろにいたフォルカスがばっさりと切り捨てる。

もうこの家で何度となく見てきた光景だ。鎧を外して無防備なディルムッドとか、ローブを脱いで寛ぐフォルカスとか。見る人が見たらびっくりする光景だ。

……でも、新居で暮らし始めてたかだか一週間程度で見慣れるってどういうことだ！　っていうか人の家で寛ぐな、ここは私とイザベラちゃんの家だってことが問題なんだけど!?

「毎回すまないな」

「……もう慣れてるからいいけど、次からは食材も持ってきてもらっていい？　ああ、ローブ脱いだままにしないでこっちに寄越して。綺麗にしとくから」

「ああ、頼む。ありがとう」

柔らかく笑ってお礼を言うフォルカスに、私は複雑な気持ちで頷いて返した。

はあ、何度見ても綺麗なお顔ですこと！

（美形だから目の保養にはいいんだけどさ……こっちの気も知らないで）

フォルカスが全身ローブで顔を隠しているのには理由がある。

美形だから人よけに……ってわけじゃなく、肌と目、それに髪の色を隠すためだ。

この世界は前世でよく見かけるファンタジーゲームよろしく髪や目のカラーが大変色彩豊かだ。

まあ土地柄によって、どの色が多いとか珍しいとかはあるんだけど。

今いるカルマイール王国の人間は肌が白く、髪の色は茶色が多めだ。魔力を多く含みやすい貴族たちに金や他の原色に近い色合いの髪色が表れやすいのも特徴的だろう。

フォルカスはカルマイール王国ではなく、北方の異国出身だ。そちらでは殆どが黒髪に白い肌、青い目をしている人が多いって話なんだけど……彼は浅黒い肌に赤い瞳、それに白い髪なのだ。

加えて美形で超がつくほどの凄腕冒険者ともなれば、周りの注目度はとんでもない。

そういった視線から逃れるために彼はローブで全身を覆い、手袋も嵌めて決して姿を見せないっていう徹底ぶりだからね……。注目されるの嫌いなんだって。

フードで顔を隠しきっているのも不審者みたいで注目されるんだけど気づいているのかなあ。

(魔力反転って事象らしいけど、ほんと厄介だよね)

彼によると、魔力が強すぎるせいで正反対の色合いになっただけで他の人と変わらないらしいけど……まあ、奇異の目で見られるのは確かだ。国元じゃあさぞかし目立っただろう。

もし他の人と同じようなカラーリングだったなら、モッテモテでディルムッドが表向きやっているようなお調子者だったかもしれない。

(……ないか)

私はそんな考えを軽く首を振って追っ払い、魔法でフォルカスのローブを綺麗にする。

そしてハンガーに掛けて戻せばいっちょ上がり。

「イザベラ、夫婦みたいなやりとりしてるけど、あれでアイツら付き合ってないからな」

「そうなんですのね……」

「こらそこ！　妙なこと吹き込むんじゃない!!」

ディルムッドがイザベラちゃんにそんなことを言えば彼女まで『そうなのか！』みたいな顔しているじゃないか。

可愛いけども。可愛いけども!!

「どうかしたのか」

「なんでもないから気にしないで」

別のことをやっていてフォルカスには聞こえてなかったらしい。首を傾げてきょとんとした顔しやがって、ホントこっちの気も知らないで……!!

っていうかディルムッド！　てめえわかってたな!?

（ああそうさそうさ、そうですよ！　私はフォルカスが好きですよ大好きですよ片思い歴も結構長くなってますけど何か!!）

思わずディルムッドのやつを睨み付けてやれば、ジャーマンポテトにフォークをぶっさしてニヤニヤ笑っている姿が見えた。

ヤロウ、後で泣かす。

「で!? アンタたち、タダ飯もらいにきただけじゃなくて、ちゃんと情報探ってきてくれたんでしょうね。なんもなかったらその皿、今すぐ下げるからな！」

「無論だ。……ところでアルマ、何を怒っている」

「フォルカスは！ 黙ってて!!」

事情があって当分誰とも恋愛とかお付き合いとかはするつもりが一切ないって彼らが話しているのを耳にしちゃって告白する前に散った私のこの捨てきれない恋心。

ディルムッドは気づいているらしく、時々からかってくるのがほんとーにむかつく!!

いつかイザベラちゃんにお前の酒場での失敗談とか猥談とか聞かせ……聞か……いや、聞かせられないな、可愛い妹の教育に悪いな……？

（よし！ 明日はディルムッドの嫌いなピーマン料理を作ろう）

どうせこいつら、明日もご飯食べに来るでしょうし。

いい復讐案を思いついたところで私たちは食卓を囲む。……約一名、先に食べてるけど。

メニューは昨日作ったスープの残りに先ほど作ったジャーマンポテト、それからイザベラちゃんが切ってくれた（ここ強調）バゲットと果物だ。バランスよさげ！

「それで？ 城の内情についてはなんかわかったわけ？」

「え!?」

私の問いかけにイザベラちゃんの方がぎょっとしたようだった。

まあそりゃそうだろう、王城内の情報を一週間足らずでホイホイ取ってこられるようでは困るってもんだよね、警備はどうなってんだと思っているに違いない。

こいつらが直接行ったわけじゃないにしろ、早馬を走らせること前提で行き来を考えても実際に探るのは二日あるかないかだってのに、王城内の情報が聞けるんだから、そりゃびっくりするよね。

イザベラちゃんは高位貴族出身だから、当たり前のように間諜や裏切りを想像しているんだろうけど……そこはまあ、こちらも冒険者なものだからツテくらい結構あるんだよね。

特に、ディルムッドは見かけによらず貴族関係に強いところがポイントだ。

それは彼の血縁関係によるものだけど……まあ、まだイザベラちゃんにその説明は早いかな。

「それなりに俺も高位貴族に知人がいるんでね」

クッと喉で笑うようにするディルムッドは、イザベラちゃんに向かってそう笑う。

説明はせずに、色々想像させるようなその笑い方に彼女も複雑そうな顔をしながら、ただ黙って頷いていた。なんか、複雑に想像してそうだけど……本当にただの知り合いから聞いただけだろうって教えてあげた方がいいんだろうか……？

「とりあえず、まだ国王と公爵は国に戻っていない。報告は受けたようだが式典中でもあるし、あちらの国からとんぼ返りできるような距離でもないしな」

「俺が聞いた話によると、さすがに大勢の前で婚約破棄を叫んじまったから取り返しがつかないってんで、ペリュシエ侯爵令嬢が次の婚約者に据えられたそうだ。まあ、他にも二人ほど婚約者が既に内定しているみてぇだが……」

「……そう、ですか……」

まあそれは私もイザベラちゃんも想定内。お互い顔を見合わせて頷き合った。

問題は、彼女に対する処遇をどう取り決めるのかって話だけど……国王不在の状態じゃあ、当面は現状維持ってところかな。

「今のところ、王城での反応は様々だな。婚約破棄自体をなかったことにして連れ戻すって案もあるようだが、保護先であるカルライラ辺境伯は中立的な立場である以上、どこの派閥も迂闊に手は出せないらしい」

「それに、〝幻影〟の名が思ったよりも影響を及ぼしている」

「およ」

ジャーマンポテトを突っつきながら、私は予想外の話に驚いた。

確かにイザベラちゃんを保護するにあたって〝幻影〟という、この私のご大層な二つ名が役立つだろうとは思ってたけど……影響とは穏やかじゃないな？

「んで？　二人は今後どうしたいと思ってるか、ちゃんと話し合えたのか？」

「ああ、うん。イザベラちゃんは私の妹として生きるってことで話はまとまってる」

「……イザベラ、念のために聞くけど押し切られたわけじゃないよな？」

「オイコラ、そこの馬鹿力やるってか？　喧嘩なら買うぞ？　いつまでもお前の方が上だと思ってくれるなよ？」

まあ正直、正面から一対一で戦ってもまだディルムッドに勝てる気はしないんだけどね！

でも昔よりは私も強くなっていると思うから、結構いい線いけると思うんだけどなあ……。

そんなことを思う私の挑戦的な発言にディルムッドは嫌そうな顔をして、ひらひらと手を振った。

「よせよせ、そんなことしたらこの一帯がクレーターになっちまう上に俺が叱られるだろうが」

「誰に」

「フォルカスに」

「なんで」

「なんでってそりゃ、お前……」

「いい加減話が進まないんだが、いいのか」

なにかを言いかけたディルムッドを遮るようにして、呆れた様子のフォルカスにたしなめられた私たちは顔を見合わせた。

それは困る。じゃれ合っている場合ではなかった。

大人しく座り直した私たちに、イザベラちゃんは目を丸くしていたけど、彼女は彼女ですぐに気を取り直したようでディルムッドに向かって真っ直ぐに視線を向けた。

「はい、わたくしはわたくしできちんと考えての結果です。本来ならば修道女になり、聖女として活動できないまでも国民に尽くすのが貴族の在るべき姿と考えておりましたが……わたくしはすでに貴族ではないと、アルマ姉様は仰いました」

そう、この一週間、一緒に過ごす中で何度も話し合ってきた。

イザベラちゃんは貴族として、裕福な生活も高度な教育も、全ては民の税から成り立ち、民に還元するためのものである……という気高く立派な考えを持っていた。

だけど、そんな彼女を王子は捨てたのだ。

なら、彼女が今まで犠牲にしてきたものを取り戻そうとするのは当然じゃないかなって私は思うのだ。勿論、何もせず堕落していけばいいってことじゃない。

貴族でなくなったって、誰かのために行動することはできるのだ。

そして私はそれを手助けできるだけの力もある。

なら、〝貴族として〟とか、〝王子の婚約者として〟なんて考えはとっぱらった『イザベラという個人がどう生きていきたいか』、それが大事なのだ。

ただ、彼女はこれまでそんなことを考えた経験がなかった。

公爵の娘として生まれ、幼くして王子の婚約者となり、ゆくゆくは王妃になる。

そんなレールをひたすら止まることを許されず走らされてきたのだから、当然と言えば当然。

だから、私はたくさん会話して、町中に行って、彼女が見たこともないものをたくさん見せた。

その結果が、彼女が導き出した答えだ。

「貴族としてという考えではなく、わたくしが、自分の気持ちについて考えるゆとりをアルマ姉様は与えてくださいました。わたくしは、貴族でなくともこの身に宿す魔力や知識を使い、誰かのためになにかをすることができる……誰かに言われるのではなく、わたくしがそうしたいと思う道を歩みたいと思っております」

「……そうか」

「それはきっと、今まで誰かに定められた道を歩むよりもずっと困難なことかと思います。今のわたくしは、無力ですから……けれど、アルマ姉様はそれでいいと許してくださいました。ですから、わたくしはアルマ姉様の妹として、これから生きていきたいと思っております」

ちょっと！　うちの妹が！　こんなにも！　可愛いんですけど!!

思わずジーンと感動を噛みしめる私をよそに、ディルムッドはただ肩を竦めただけだ。

「まあ、いいんじゃないか。無理強いされてないなら俺としても気にしない」

「では話を続けるが……」

フォルカスに至っちゃ何事もなかったかのように話を続ける始末！

情緒がねえな、この男ども!!

まあ、それはともかく。

王城では王子の唐突な行動に驚きと非難の声が多く上がったようだけど、王子はそれでもイザベラちゃんがいかに悪女であり、イザベラちゃんが虐めたっていう女の子がいかに不遇で健気《けなげ》で、それでいてどれほど聖女としての才覚があるか、そしてそれをイザベラちゃんが妬んだんだっていう話について熱弁を振るって周囲を閉口させているらしい。

わお！　思った以上にとんでもないね!!

「さすがに考えが偏り過ぎているようだが……元々、王子とは不仲だったのか？」

「いえ……そんなことはなかったと思うのですけれど……」

「そういえば全然気にしてなかったから聞かなかったけど、イザベラちゃんって学園に通ってたんだよね。エドウィンくんも一緒？」

「はい、アレクシオス殿下とエドウィン、そしてわたくしは同級生でした」

エドウィンくんの存在をすっかり忘れてたとか、まさかそんなことは言わないよ！

今頃きっと、ライリー様のところで、さぞかし健康的な生活を送っているんだろうな。

なんせ、隣国と接する土地を治める辺境伯ってのは王国の盾だからね……。

明け方から始まる訓練と共に放たれるその怒号たるやすさまじい野太さだもの……びっくりしてベッドから落っこちてないとイイネ！

彼のびっくりした顔が目に浮かぶよ。頑張れ。

「そもそもは、わたくしの兄であるマルチェロと幼馴染であるエドウィンは、殿下の遊び相手として選ばれておりましたので……わたくしも婚約者になる前から殿下のお顔を存じておりました」

「へえ、つまり全員幼馴染ってやつかあ」

エドウィンくん、幼いとは思ってたけど、ちょっとそれは心配になるね？　いくらなんでも世間知らずすぎたからなあ。箱入りは箱入りなんだろうし、そういう意味じゃイザベラちゃんの方がもっと箱入りでもおかしくないんだけど……何が違ったのやら。

「殿下とわたくしの婚約が調った頃はまだ殿下もエドウィンも、親しく言葉を交わしていたのですが……はっきり疎遠になったのは、学園に入ってからです」

「そうなんだ。ねえ、イザベラちゃんのお兄さんってどんな人？」

「兄ですか？　そうですね……公爵家の後継として誰もが認める、大変立派な方です。わたくしとは一つしか違いませんが、どれほど努力を重ねようともとても及ばぬほど優れた頭脳を持ち、幼い頃から大人顔負けの駆け引きもできる、自慢の兄でした」

「……でした？」

イザベラちゃんの言葉に、私が首を傾げる。

なんせ、過去形だったし……それに、彼女の顔は悲痛なものだ。

「わたくしたちは、とても仲の良い兄妹であったと思います。両親はあまり子供に感心のない人たちでしたが、兄はわたくしのことを慈しんでくれて、寂しさもなく、幸せでした。……ですが、王子と婚約した辺りからでしょうか」

イザベラちゃんによれば、それまで仲が良かったのに少しずつ兄と距離ができたような気がし始めたらしい。初めは気のせいかとも思ったけど、最終的に兄を問い詰めた結果『王子の婚約者だから』と諭され、その場では納得したんだとか。

まあ、王子の婚約者がいつまでも兄にべったりだと、色々勘ぐられるってのはあるからなあ……。確かに、一理あるといえば一理あるけど……貴族ってめんどくさいね？

「次第にわたくしも兄に対してどう接して良いのかわからなくなり、気がついた時にはもうお互いの距離は取り戻せないほどになっていたのです。その結果、兄もエミリアさんの言葉に耳を傾けるようになって……」

「エミリアさん」

……って、誰だっけ。

イザベラちゃんが悲しげにしたので、きっと嫌なヤツに違いない。だけど聞き覚えのない名前に首を傾げた私に代わって、フォルカスが教えてくれた。

「ベルリナ子爵が平民の女性に生ませた娘だ。世間には身分差を越えた愛だなんだと謳っているそうだが、金と人脈に物を言わせたようだ。特待生として入学したはいいが、あまり成績はよくないらしく、王子と同じ学力の上級クラスに入れたのは賄賂があったからだという噂もある」

「あらやだ、きな臭い」

ベルリナ子爵って名前は私も聞き覚えがある。

今の子爵は三代目だが、初代が確か結構有能な商人で、そのツテを使って飢饉《ききん》だか疫病だかの解決に尽力したんだとか。それで男爵位を賜ったのだけれど、その後、小さな戦争で二代目が高位貴族を庇ったかなんかでこれまた陞爵《しょうしゃく》して現在の子爵になったと。

初代、二代目と立派な領主だったけど、三代目は絵に描いたようなボンクラとはこれ如何に……ってことで有名なのだ。領主としても能力があんまりないって話だからなあ。

「で、そのエミリアさんってのが今回の婚約破棄に関係しているんだっけ？」

「はい……」

特待生として編入したエミリアは、貴族としての自覚がとにかく薄いものだから、イザベラちゃんはハラハラしていたらしい。

たとえば、大口を開けて笑うとか、男女ともに関係なく話しかけるとか……婚約者の有無を気にしない距離感というか、自由奔放だったみたい。ただ、それを注意するとすぐ泣いてしまう情緒不安定なところもあって、そこが王子の庇護欲センサーにひっかかったらしい。

彼女らが通う学園は、上に立つ者を育てる場なので当然のごとく生徒の殆どが貴族だ。

特待生として入学する一般市民なんてほんの一握り。それも相当有能で、どこぞの貴族やら学会やらが推薦してくるレベル。

だから自然と序列とかを理解した振る舞いができている人たちが多いので、エミリアさんとやらの行動には多くの人が目を丸くして彼女が孤立しがちになり、それを心配して注意すれば泣かれ、王子が彼女を庇いイザベラちゃんが逆に咎められる……と負の連鎖が起こったんだって。

「学園では討論などをするにあたり、身分を慮《おもんぱか》りすぎて己の意見を述べることができなくては成長できないという理由で〝平等〟を謳っているのですが……彼女はその平等を勘違いして、周囲から顰蹙《ひんしゅく》を買い遠ざけられていたのでわたくしもどうにかしたかったのですけれど、それをアレクシオス殿下に誤解されてしまったのだと思います」

「あー、いるよね。平等って言葉をはき違える人」

平等、それはとってもいい響き。

でもよく考えなくてもわかる話だ。ただ働きたくないからって理由で何もしないで遊ぶ男と、金を稼ぐために努力している男、それで同じだけの金を手に入れられるはずがない。

私たち冒険者が掲げる自由と同じで、完全なるモノなんて、ありゃしない。

でも、時々いるのだ。『人間は皆平等だ、地位や身分など廃するべきだ！』とか『人は皆自由だ、誰に媚びることなく、国に囚われることなく生きられる！』とか。

聞こえはいいけど、実際には国ってのは要するに、リーダー格がいて互いを守る群れだ。リーダーを敬わず、群れは形成できるだろうか？

そこには序列があり、ルールがあって、それを守るから庇護されるのだ。

逆に自由はそこから抜け出すことだ。

何があろうと自己責任、他者に甘えて美味しいところだけ得るなんてできるはずもない。

そうなれば結局のところ、個人の努力はある程度必要になってくる。

「次第に授業に遅れてくるようになり、宿題もやらぬようになり……聖女としての資質はとても高いと思うのですが能力を持て余し、上手く使いこなせないようでした。それが悔しいのか、そこでも泣いてしまう部分があって……教会側からもわたくしにどうにかできないかと相談があったのですが、わたくしが至らぬばかりに申し訳ない結果になりました」

「待って、本当にその子同級生なのかな？」

メンタル幼稚園児じゃない？

思わずツッコんだ私、悪くないと思う。

まあ、それはともかく。

その後ディルムッドが別の貴族から聞いた話によると、王子様は真面目なタイプのイザベラちゃんがそこらの貴族令嬢と同じでつまらないって思っていたらしく、型破りなエミリアさんとやらに出会ってコロっといったたってことらしい。

アホかとバカかとバナナかと。

そうだ、後でバナナのスフレパンケーキを作ろう。

（……まあ、おかげでイザベラちゃんが自由になれたんだから、オッケーか）

私は空っぽになった皿を流しに持っていって少し考える。

王子が婚約破棄をやらかしたのは大勢の前って話。

で、エミリアさんとやらに対して王子とエドウィンくんは傾倒している。多分、流れで考えるならイザベラちゃんのお兄さんもそうなんだろう。

なんせ、妹のことを心配しているなら追放沙汰になんてさすがにならないはずだ。

公爵家の跡継ぎってんなら、不当な裁きだと訴えてイザベラちゃんを屋敷で保護したり、国王が帰るまで抗議行動だってできたはず。

多分、そのことはイザベラちゃんも気づいているはずで……慕っていた兄から見捨てられたのだという事実は、彼女をとても傷つけたに違いない。

（フォルカスが言ってた〝幻影〟の名が利いているってことを考えると……）

多分、王都にいる主要貴族たちには私の庇護下にあると知られているってことで間違いない。

さすがにジュエル級冒険者に喧嘩を売るほどバカじゃないらしい。

「フォルカス、〝幻影〟の名前ってどこまで有効かな」

「しばらくはお前の名前もカルライラ殿が目を光らせておられることもあって平和だろう。問題は国王が帰ってきてからだな。……ところで、何を作っているんだ」

「ん？　バナナスフレパンケーキ」

なんと！　材料がバナナと卵だけっていうお手軽デザート！

しかもカロリーオフという優れたデザートなんだぞ!!

卵を卵黄と卵白に分けたらその卵黄と潰したバナナを混ぜて、そこにメレンゲ状にした卵白を混ぜて焼けばできあがり！

いやー、私も前世、ダイエットの時にお世話になったわー。

今はダイエットとか無関係の健康生活を送ってるので、蜂蜜たっぷりかけちゃうけどね！

「はーい、デザートだよ！」

「ありがとうございます……わあ、初めて見るものですね……！」

見たことのないデザートに目を瞬かせてどこからフォークを入れるか悩むイザベラちゃんは可愛いねえ……癒しだねえ！

漫画とかで見た悪役令嬢のイザベラちゃんはこう、怜悧な美少女って感じだったけど、今の表情豊かな方が絶対に可愛いって。

（いや、でも待てよ？）

ドレスアップしたイザベラちゃんもきっとすごく素敵だったんだろうなあ。

いや、ほんと王子は残念なことしたよねえ。

（逃がした魚はでかいって言うけどさ）

貴族としての在り方を常に考えて、自分が何をすべきかを知っているこの子を、王子は決して手放してはいけなかったんだろうにね。

まあ、この子が私に助けを求める限り、絶対に戻したりなんかしないけど。

「まあ、ふわふわしていて不思議な食感……」

「気に入ったんならまた作るよ」

「はい、是非！」

嬉しそうに微笑むその笑顔！　ああー、こいつらいなかったら抱きしめてるのに。

ついでに言うと、ディルムッドの皿はもう空っぽだし、フォルカスは蜂蜜をたっぷりかけて美味しそうに食べている。ホント、お前ら遠慮しないな。

「アルマ姉様と一緒にいて、すっかりわたくしも太ってしまいましたわ。もう以前のドレスは一つも入らないと思います」

「そうお？　イザベラちゃんはちょっと痩せすぎなくらいだったから、今の方が健康的でいいよ。いざとなったら旅もしなくちゃいけないんだし、そのくらいがいいよお」

国王が戻ってきてイザベラちゃんを害そうとするなら、私はこの国を出て行こうと思っている。別に、ここじゃなくても生きていけるからね。

むしろよそに行って色んなものを見た方がイザベラちゃんのためにもなるんじゃないかなあ。

だけど、イザベラちゃんは私の言葉に驚いたらしく目を丸くしていた。

「えっ、旅ですか？」

あら可愛い。イザベラちゃんの紫の目が宝石みたいだから、今度似た色の宝石でアクセサリーでもプレゼントしようかなあ。何がいいだろう。

「うん。まあ苦労をさせる気はひとっつもないから安心してね！」

旅となればイザベラちゃんが過ごしやすいように内部がふかふかの馬車を買うつもりだし、馬だって気性の穏やかなやつを選んで、そんでもってあちこち見て回ったらいいんだ。色んなものを見て、オイシイものを食べて、気に入った町があればそこにしばらく逗留して、飽きたらまた旅立つ。

私がそんな計画を話すと、ディルムッドとフォルカスが呆れていた。

「食い倒れ旅でもすんのかよ」

「うるさいな、旅の醍醐味でしょ」

「姉様、そこまでお考えくださったのですね……！　けれど、そのようなことになったら王国側から敵視されてしまうのでは？」

「大丈夫だよ、それならそれで、私は今後一切この国の依頼は受けない。それだけ」

私が笑顔でそう言い切ったのを聞いてディルムッドが天を仰ぎ、フォルカスは我関せずだ。

ねえ、お前らのソレどういう態度？

そんな私に、イザベラちゃんが恐る恐るといった様子で口を開いた。

「姉様、今までそういえば聞いたことがございませんでしたが……姉様は、ジュエル冒険者としてどのような宝石をお持ちなのですか？」

「ん？　私？」

私は懐から冒険者証を取り出して、イザベラちゃんの掌の上に載せた。

普段はそんなことしないけどね！　妹だから特別扱いは当然でしょ。

「こ、これは……」

「目立つでしょう？　だから出したくないのよねー！」

からから笑ってみせるけど、いや本当に出すの恥ずかしいのよ。

私の冒険者ランクを示す宝石は〝青真珠《ブルーパール》〟なのだ。

ちなみにジュエル級冒険者たちが持つ宝石は、希少性と強さが比例しているっていうけどあれは嘘だ。私を除いたジュエル級冒険者ってのは総じて化け物、そのくらいに思っておけばいい。

私は前世の知識のせいで妙な感じに魔法が使えるだけだから！

この世界のルールに則って得体の知れないほどの魔力を持っているとか、ドラゴンの首を腕力だけで落とすとか、そんな人外な能力は私にはないんだからね！　ここ、重要だかんね!!

で、私の青真珠とやらは、まだもうちょいヤンチャだった頃にですね……たまたま立ち寄った別の国の港町に立ち寄った際、色々あってお腹空いてたもんだから……ええ、空腹だとこう、目の前に獲物がいると思ったら普段以上の実力が出せたりするもんじゃない？

結果、他の冒険者を寄せ付けない勢いで単独討伐しちゃったわけで……。

あ、貝はとても美味しかったです。

「すごいですわ、アルマ姉様！　こんなに鮮やかな青真珠、わたくし王宮でも見たことがございません」

「あーうん、化け貝《シェルホロウ》ってモンスターを倒したことがあってね……その一部で作られてるんだよ」

「成る程……だから姉様のジュエルランクは〝青真珠〟ですのね」

「そゆこと」

ちなみにフォルカスはブレスレットタイプで、スタールビーが嵌まっている。

なんでも、彼の出身国で産出された石なんだってさー。

ジュエル級冒険者は見えるところに冒険者証を出しておいて、勝負を挑んできたり宝石を奪おうとしたりする狼藉者を倒して強者としての態度を世間に見せつけろとかギルドじゃ言われるんだけどさー、目立ちたくないじゃん？　大半のジュエル級冒険者がそう思っているんだ。

ってことで、ディルムッドが広告塔よろしくピアスで目立ってくれているわけであります。

案外こいつがお年寄りとか目上の人間に優しい男なもんだから、ギルド上層部にいいように扱われちゃっているっていうか、断り切れなかったっていうかね。

まあ、私たちの代表として目立ってくれているんでそこんとこは感謝してる。

でも明日来たら絶対ピーマンのフルコースだから。覚えとけ！

「まあ、国王が戻ってからが問題だろうな。もし万が一、ヤバそうなら俺らも手助けするからよ。イザベラが覚悟を決めた上にアルマもやる気なら、とっとと出てくのが一番だろう」

「そうだねえ、まあ簡単にイザベラちゃんを自由にしてくれるとは思えないけど」

「まあな、そこは同意する」

私とディルムッドの会話に、イザベラちゃんが少しだけ不安そうな顔をしたけれどすぐに表情を引き締めて凛とした表情になった。

「ご迷惑をおかけして申し訳ないと思います。このご恩は、いつか必ずお返しいたしますので……」

「あ？　そんなん気にしなくていい」

ディルムッドはにやりと笑ってイザベラちゃんの頭をがしがし撫でた。

首！　イザベラちゃんの細い首がもげちゃわないかしら!?

「ちょ、ちょっと！　ディル!!　イザベラちゃんはアンタと違って普通の子なんだから、手加減しなさいよ！　首もげちゃったらどーすんの！」

「あ？　そんな簡単にもげるわけねぇだろ。大体手加減してるっつーの」

馬鹿力なりに手加減はしたのだろうけれど、あっという間にボサボサになっちゃったイザベラちゃんの髪の毛を、私が撫でるように直してあげる。

だけどイザベラちゃんは、驚いたように目を丸くしたまま私の方を見ていた。

「ふつう……」

「イザベラちゃん？」

「わたくし、普通の子、ですか？」

「え？　うん」

イザベラちゃんの問いかけに、私は首を傾げる。

だけど、彼女はすごく嬉しそうに笑った。だからつられて私も笑った。

よくわかんないけど、イザベラちゃんが可愛いからいいか！

「わたくし、今までそのように言われたことはありませんでした。ですから、嬉しいですわ」

「そうなの？」

「はい。王子の婚約者、筆頭公爵家の娘、聖女、貴婦人……どれもこれもわたくしの身分を形作るものでしたが、わたくし個人を表した言葉ではないと今になってみると、そう思います」

ああ、なるほど。

だからイザベラちゃんは私に『普通』と言われて嬉しかったのかあ。

……可愛すぎないかな？

「どうしよう、ディル、フォルカス」

「一応聞いてやる。なにがだ」

「うちの妹がこんなに可愛い……!!」

「そんなこったろうと思った！　知るか！」

「まあ、弟や妹は可愛いものだ。わかるぞ」

呆れたようにディルムッドは言うけど、お前だって結構ニヤニヤしてんじゃないかとツッコみたい。フォルカスは同意してくれたけど……止めろ、そんな優しい目でこっちを見んな。

あっ、そんなことよりイザベラちゃんを愛《め》でなければ！

ああー、本当にこんないい子を手放すとか王子って見る目がないんだねえ。

「……わたくし、詳しくは存じませんがジュエル級冒険者の方は殆どがペアか単独か、そのように行動なされると聞きましたが……アルマ姉様はお二人と仲がよろしいのですね？」

「ん？　んー、まあ、そう、かな？　そういやそうだね。他のジュエル級冒険者に比べれば確かに私たちは仲が良いと思うよ」

「そうだなあ、素で会話できる貴重な相手って感じか」

「お互い事情もある程度は知っているし、組みやすい仲間でもあるな」

実を言うならディルとフォルカスには一緒に組まないかと誘われたこともあるけどね。

とはいえ、二人には厄介な事情がちょっとあって、そのせいで自由にあっちこっちふらふらできないってところがあったので残念ながらお断りさせてもらった経緯がある。

まあ、他にも理由はあるんだけど……そこらへんの事情については、まだイザベラちゃんに話すつもりもない。今はあれこれ片付けなきゃいけないことがあるからね。

多分、なにかあるってことはもう察しているだろう。賢い子だから。

なんたって、うちの自慢の妹ですから！

「私が二人と出会ったのは、キマイラ討伐でギルドが総出になった時なんだよねえ」

「ああー、そういやそうだな。あれが初めてだったか」

「懐かしいな」

私が話し始めると、二人も懐かしむように目を細めて笑った。

その頃は私もまだゴールドランクだったんだよなあ……懐かしい。

「まあ、私はその頃ソロだったからさー、討伐隊つってもみんなが仲良しこよしするわけじゃないの。いかに他のやつらを出し抜いて手柄を立てるかって冒険者はみんな思ってるしさ」

「まあ……そうなんですね」

「騎士とか兵士もそんなもんでしょ。戦争があったら手柄を立てて昇進できるのとおんなじ。冒険者だと名誉よりも、もらえるお金の額が変わるってのが一番重要なとこだねえ」

「身も蓋もないな」

「だが、その通りだ」

ディルムッドとフォルカスが笑う。

イザベラちゃんは目を丸くしていたけれど、私たちの言葉に興味津々だ。

「んで、割とその頃から私は調理器具とか持ち歩いているクチでね」

「ディルムッドが遠征地なのにいい匂いがするとか言い出して、アルマのテントに突撃したのが出会いだったな」

「ホントあれはいい迷惑だった」

「しょーがねえだろ、ほんっとあの遠征部隊のメシはマズかったんだよ……」

「だからって後輩にたかる？　まあ、すごく気持ちはわかるけど」

ディルムッドの言葉に私は頷いた。あの時のご飯は本当に最低だったもの。

あの時、国側の要請を受けてのギルド任務だったから、最低限の食料やポーションの類いが全員に配給されたんだけど、なんていうの？　もっそもっそのビスケットと、かったーい干し肉だったわけ。これがねえ、スープに入れても浸してもひたすらマズい。逆にどうやったらそんなん作れるのか不思議になるレベルだったわ。

そんなんだったから、夜を明かすことになった時に、一人テントでコッソリ自前の食材使って料理してたらまさかのジュエル級冒険者が突撃後輩の晩ご飯ですよ。

「まあ、そんなんでそっから仲良くなったのよ」

「そうなのですね……」

「正直、腐れ縁だと思う。まあ美味しい食材とか分けてくれるから助かるけどね……一人だと狩りにくいやつも当然いるから」

魔法が効きにくいやつとか、力業でいかないといけないようなやつとか。

案外そういうやつって肉が美味しかったりするのよ！

「こちらもその分、美味い食事でもてなしてしてもらっているからな、互いに助け合いをする仲だと思えば構わないだろう」

フォルカスがそうまとめてディルムッドも笑う。

そこからあちこちの依頼で倒したモンスターの話とか、珍しい景色の話とか、私たちが今まで旅した場所の話題になった。イザベラちゃんも楽しそうだ。

いつか連れて行ってあげよう、改めてそう思う。

「そんじゃまあ、メシも食ったしオレらはまた辺境伯の館にでも行ってるわ」

「はいはい。どーせ明日も来るんでしょ?」

「おう。なんか持ってきてほしいモンとかあるか?」

ディルムッドが立ち上がると、フォルカスも立ち上がる。

当たり前のようにうちに来て食事をするつもりなのはなんでだ……辺境伯の館っつったらそれなりのシェフもいるだろうに。

(うちは確実に、私が作れる範囲の家庭料理しか出ないんだけどなあ)

でもまあ、もらえるものはもらっておこう。

どうせだったらこの辺じゃ手に入らない食材とかがいいかもしれない。

「そうねえ、じゃあなにがいいかなー」

「アルマじゃねえよ、イザベラの方だ」

「えっ、わたくしですか?」

「おう、なんでもいいぞ」

健気な女の子に貢ぎ物をあげようってか?

いやまあ、イザベラちゃんを甘やかしたい気持ちはわかる。

だーけーど! その役目は! 私の特権だぞ!?

(まあ、心が狭いって言われるのも癪だから黙っとくけど)

ディルムッドはただの厚意なんだろうし、イザベラちゃんは困ったようにしつつも嬉しそうだ。

裏も表もない厚意っていうのは、彼女にはどうも新鮮らしいんだよね。

それがものすごく不憫ではあるんだけど、同時にすごく可愛い……小さいことに喜びを見せるイザベラちゃんが本当に可愛くて、嬉しそうに笑う笑顔が最高……。

「そ、それでは、あの、果物がいいです！」

「わかった。適当に見繕ってくる」

「どうせだったら明日は夕飯時に来なさいよ。お昼時は私たち出かけるから」

「ん？　わかった」

くっくっくっ、夕飯は私特製のピーマンフルコースだ！

期待してやってきて恐れ慄《おのの》くがいいさ！

私のそんな内心に気づくことなく、ディルムッドとフォルカスが去って行くのを見送って私は心の中で独りごちる。

（……こういう、くだらないやりとりができる平和が続くのがいいんだよなあ）

イザベラちゃんに必要なのは、こういう時間なんだろうな。

国王が帰ってきたら、事態は動き出すんだろう。

「じゃ、あいつらも帰ったし食器洗っちゃおうか！」

「はい、姉様」

それまでは、この子に精一杯楽しい時間をプレゼントできたらいいなと思うのだ。


そして翌日。

私はイザベラちゃんを連れて、町中に出ていた。

今までは生活に必要なものを買うような、市場とか日用品を扱う店が集まるような通りを中心に案内してきたけれど今日はちょっぴり趣を変えて行動をしてみることにした！

「アルマ姉様？　どこに行かれるのですか？」

「今日はね、ギルドを見学させてあげようかなって思ってね」

「ギルド、ですか？」

冒険者ギルド。それはどこの国どころか、どこの町にもある。

まあさすがに小さな村とかになるとないんだけどね。やっぱり事務員雇うのだってタダではないので……。言っちゃえば民営の、企業みたいなもんだからね、そこんとこ世知辛いのよ。

一つの国に複数あるギルドの、特に王都なんかに居を構えるギルドの長が国内ギルドの代表を兼任していて、その下に各都市のギルド長がそれぞれエリアの総括をしている。で、さらに下に町や村のギルドの長がいて……みたいなピラミッド組織図があるんだけど、詳細はちょっと私も知らないなあ、面倒くさいし知らなくても大丈夫。

とにかく、そんな感じで運営されているので、案外ちゃんとしている。

前に仲良くなった受付嬢によると、福利厚生も結構整っているらしい。

……もしかしてギルドシステム作ったのって私と同じ転生者じゃないのか……？

なんて思った日もありました！

結局のところ人間が集まれば国ができるように、こういうシステムって勝手にできるんだろうなって今では思うことにしている。

（別に他の転生者がいたところで、私の生活が変わるわけじゃないしね）

いたとしても『へー、そうなんだ』で終わるわ。興味ないもん。

で、まあそれはともかく。

今回ギルドに連れて行くのは、今後私と一緒に旅することになった時にお世話になることも多くなるかなと思ったから。雰囲気に慣れておいてもらおうかなって！

ライリー様が直接治めるカルライラ領のこの都市は比較的穏やかな方で、ギルドも礼儀作法が行き届いている感じ。だから慣れるにはもってこいだと思わない？

もっと荒れた地域だと、ギルドにいる職員も冒険者たちもまさに荒くれ者って感じだから、そんなのがイザベラちゃんに絡んだ日には多分、私が燃やしちゃうし。

「まあギルドに寄ったらその後にちょっと買いたいものがあるんだよねえ。それから市場に寄って、今日の食材を買って帰ろうね」

「はい、姉様！」

笑顔でのお返事、可愛いなあ……！

ちなみに『ちょっと買いたいもの』はイザベラちゃんの髪飾り。

編み込んだり色々いじらせてもらっているけど、この子ったらお世話になりっぱなしだから……って遠慮して身を飾ることはしないんだよねえ。

くうっ、どこまでも健気で愛しい。

おねえちゃんとしては、色々甘やかしたい気持ちがこう……溢れ出てくるわけですよ。

だから有無を言わさず受け取ってもらおうかなって！

さすがに大きな宝石をあしらったネックレスとか、そんな下品なことはしないよ？

デカいだけがいいってもんじゃないし、お金をかければいいってもんでもない。

まあ、イイモノを買えばそれなりのお値段になるのは当然っちゃ当然の話なんだけど、それはさておき……折角だから普段から使えそうで、イザベラちゃんに似合うものを贈りたい。

(同時に、私の庇護下にあるんだと示したいしね)

だからそれを見せつけるためにもギルドに連れて行くわけだけど……。

そうねえ、さすがに贈り物で青真珠はやりすぎかなあ。束縛強いカレシか私はってなるもんね。

(でも一番わかりやすいんだよなあ)

アメジストか、それともあればだけど紫真珠か。

うん、紫真珠とかいいかも？

いやでもイザベラちゃんのことだから値段を気にしそうだな。どうするか、悩ましい。

「姉様？」

「うん？」

「ギルドの看板、通り過ぎましたけれど……」

「おっと」

いけないいけない。真剣に悩んでいて失敗しちゃったよ！

髪飾りについては宝飾店で考えるしかないね。そもそも石があるかどうかが難しいところだし。

（あれ、待てよ。紫翡翠とかもいいんじゃないかな）

それならお値段も手頃だし、色々なデザインもあるし、なによりこの領の特産品だし。

やだー、私ったら冴えてるー!!

「それじゃあギルド見学、パパッとしちゃおうね！」

「は、はい！」

「どうせだったらイザベラちゃんも登録しとく？　国外に出ることを前提に考えちゃいけないのかもしれないけど、冒険者証は取っといて損もないから」

「えっ、誰でも取れるものなのですか」

「取れる取れる。まあおねえちゃんに任せなさい！」

基本的に冒険者登録だけだったら年齢制限とかないからね。

依頼によっては年齢制限あるけど。

それにこれはあまり公にはされていないけど、他国で奴隷だった人とか元犯罪者とかでも冒険者証は取れる。ただし、ルールが守れなかった時は恐ろしい目に遭うのだと心得てもらわないといけない。イザベラちゃんには、そんなものを見せたりしないけどね。

勿論、彼女を傷つけようとする人がいるなら……おわかりだよね！

私は意気揚々としてギルドのドアを開ける。

木造の建物の中は割と役所みたいな造りだ。カウンターがあって、掲示板があって、広めのホールに色々な人間がいてあれこれと立ち話をしたり、仕事を探したりと賑やかである。

その様子にイザベラちゃんが目を丸くした様子で、少しだけ怖いのか私の服の裾をぎゅっと掴んでいた。その様子に私は彼女の、その裾を摑む手をとって握ってあげる。

それに驚いたような顔を見せたイザベラちゃんに、私はとびっきりの笑顔を返す。

おてて繋いで見学……ってのはちょっと恥ずかしいかもしれないけど、これで可愛い妹が安心するなら安いものだよね！

「それじゃ、初めてのギルド見学ツアー、始めよっか！」

ギルド見学ツアーをして、大量のピーマンという買い物をして帰ってきて料理の下拵え《したごしら》をしていると、いつものように玄関ドアから来客を伝えるベルが鳴った。

そしてイザベラちゃんが下拵え中の私に代わって出迎えた客は当然のごとくあの二人だ。

「おう、来たぜー」

「いらっしゃいませ、ディル様」

「ん？　随分ご機嫌じゃねえか、イザベラ」

「ふふ、そうですか？」

イザベラちゃんはディルムッドが言うとおり、ご機嫌だ。

その理由を知っている私は鼻高々である。

なぜなら、プレゼントした髪飾り、すっごく喜んでくれたんだよね！

派手なものじゃないけど彼女の髪を飾るそれは、小さな真珠が複数あしらわれたものだ。定番の白も、私の青も、彼女の目を表す紫もついている。完璧じゃね？

最初は金額で遠慮していたイザベラちゃんだったけど、最終的には納得してくれた。正直、そんなの気にしなくていいのにね！

とはいえ、そこはどうしようもないことだから私はちゃんと言い訳を考えておいたのだ。

『お揃いの髪飾りつけてたら、姉妹らしくていいかなって。記念にもなるしさ！』

なんせ私は黒髪の直毛だし、青い瞳をしている。

イザベラちゃんの緩やかなクセのあるプラチナブロンドに紫の瞳とは似ても似つかないので、いざ『姉妹だ』と周囲に言ったところで誰も信じやしないだろう。とはいっても、血の繋がらない家族なんてどこにでもいるのだから本人たちが良ければそれでいいのだ！

……ただまあ、それで納得しない人のためにも実際、そういう繋がりは必要だと思う。ってなわけで、私たちは今、お揃いの髪飾りをつけているのだ。

まあ、私はイザベラちゃんみたいに腰まで長い髪ってわけでもないから髪型は違うけど。

私は肩甲骨より少し下くらい、イザベラちゃんは腰くらいまであるから二人とも色々ヘアアレンジしやすいってのは利点かな。

一人の時はあんまり気にしなかったし、フォルカスに異性アピールってのも今更だから特になにもしなかったけど……イザベラちゃんと一緒だと、楽しいんだよ。

「なんだお前ら、同じ髪飾りなんか付けて」

「ふっふーん、いいでしょ。お揃いにしてみたの！」

ってもかんざしなんだけどね。

討伐依頼とか戦闘がある時には使えないけど、その時にはイザベラちゃんに預かってもらうつもりで買いました。普段の、こういう暮らしの時にはつけていたいよねって言ったらイザベラちゃんも賛成してくれたんだよ。

「ほーん。まあ、いいんじゃねえの」

「褒め言葉はどこ行った」

「あー？　まあいいじゃねえか。ほらイザベラ、土産だ」

「まあ、水晶葡萄！　こんな上物をよろしいんですか？」

「おう」

水晶葡萄とは奮発してきたな。貴族でもなかなか口にできない逸品だぞ？

さすがジュエル級冒険者、稼ぎが違うぜ……！

だが！　ピーマンフルコースは変わらない！

こっそりと調理を続ける私をよそに喜ぶイザベラちゃんを見てディルムッドもまんざらじゃなさそうだ。デレデレしやがって！　私の妹だぞ……と歯ぎしりしそうなところでフォルカスがひょっこりと遅れて現れた。

「なんだディルムッド、土産をもう渡したのか」

「おう」

「ならば私も渡しておこう、アルマ」

「ん？」

「土産だ」

カウンターキッチンに置かれたのは巨大なウサギ。

おおう、血抜きがちゃんとされているとはいえ、そんなもんいきなり置かれてびっくりだね!!

イザベラちゃんが小さく悲鳴を上げかけたけど、ぐっと呑み込んだのが視界の端に見えた。

えらいぞ、イザベラちゃん!!

「いやいやいやいや、ちょっと待って!?」

だけど私はそれをフォローできる状況じゃなかった。

勿論、ピーマン料理をディルムッドに見られたくないっていうのもあったけど、このウサギ、とんでもない代物だったのだ。

「どこの世界に討伐ランクの高難易度モンスターを手土産にするやつがいるのよ!?」

「なんだ、気に入らなかったか？」

「嬉しいけども!!」

そう、このウサギ、ただのウサギじゃないのだ。

見た目に反して凶暴で狡猾、さらに魔法も扱う特殊モンスターの部類で、ある一定の地域にしか存在せず、それでいてその毛皮、肉は最高級品であり、額にある角や、両足の爪、目玉や骨は錬金術の材料になるという、常に依頼が出ているやつだ。

凶暴さもさることながら希少性も高く、なおかつ生息地が危険地域に指定されているので並の冒険者ではなかなか討伐できないことで有名なんだけど……それを夕飯のお土産にするフォルカス。

さすがジュエル級冒険者様ってか？

私が言うのもなんだけど、非常識な存在だな！

「アルマにはいつも世話になっている。そのくらい妥当だろう」

「そ、そう……？　まあ、くれるならありがたくもらっておくよ、ありがとう」

家庭料理の代金代わりでもらっていい代物なのか……？

そこはちょっと疑問だけど、まあくれるっていうなら断るのも失礼だよね。美味しいし。美味しいものに罪はない!!　折角だからウサギ肉のソテーも加えよう。

「よーし、それじゃあウサギが焼けるまでに前菜から出していこうかな！」

ピーマンパーティー、開始だぞ！

私が運んだ料理の数々にディルムッドの顔が引きつっていく。

にひひ、やってやったぜ！

「アルマ、てめぇ……！」

「おやおやあ～？　ディルムッドさん、どうかしたのかなあ～？」

「くっそ、卑怯な……!!」

本日のメニューはこちら！

たことカラーピーマンのマリネを手始めに、パプリカサラダ、ピーマンのポタージュ、白身魚のソテー・ピーマン添え、ピーマンの肉詰め。

どうだ！　渾身のピーマンメニューだぜ！

まあ若干可哀想に思えてきたので、ウサギ肉は多めに切り分けてあげようと今、思いました。

本当はオイスター炒めとかにしたいんだけど、ごま油とかオイスターソースとかが手に入らないから難しいんだよねえ。牡蠣《かき》は手に入るけど、オイスターソース作るのってどうやるのさ？

こちとらレシピの知識はあるけど、調味料を作るところはちょっとわからないんだよねー、前世の知識は調味料ありきだもの！

ってことで、まあ、今あるもので美味しくいただきましょう。

「それじゃ、いただきまーす！」

ピーマンパーティーはディルムッド以外には好評でした。

なんであんなにピーマンを買うのかと不思議がっていたイザベラちゃんも、調理の仕方次第でこんなに変わるものなのかと大喜びで、それを見たディルムッドがもうなんにも言えない顔していたのが面白かった！

飲めや歌えや……ではなかったけれど、賑やかだった食卓も二人が帰っていくと途端に静かになる。並んだ食材の値段を考えると、若干桁違いなものが交じっていたけど気にしない！

美味しい食べ物と飲み物は大事なのだ！　人生の潤いだよ。

私とイザベラちゃんとで手分けして後片づけをして、お疲れ様会みたいに温かいお茶を淹れて飲む。紅茶を私はストレート、イザベラちゃんはミルク入りで。

熱々のそれにふうふうと息を吹きかけて冷ましながら飲んでいると、イザベラちゃんがほうっとため息を吐いた。

「どうかした？」

「いいえ、こんなに日々が満ち足りている生活が、送れるなんて……まるで夢みたいで」

常にイザベラちゃんは人の前に立つ生活を送ってきた。

その感覚はそう簡単に抜けるものじゃない。

筆頭公爵家の娘として、王子の婚約者として、いつ誰が見ても完璧な貴婦人でいられるように努力し続けてきたその暮らしは、私には想像できない。

でも微笑みを絶やさず、動じず、凛と立つ姿で居続けるというのはとても大変だったと思う。

「夢じゃないよ」

「……はい」

「大丈夫、これからはこんな日を送っていいの。王子が要らないって言ったんだもの、気にしないで良いよ。でも、そうだねえ。王妃になるっていうのは無理だったけど……今まで勉強してきたこととか、努力してきたことは絶対に無駄じゃないと思うんだ」

「そうでしょうか」

「何も知らないってことは、これからなんでも知ることができるんだ……なんて言ってた人もいるしね。イザベラちゃんは知識がたくさんあって、偉い人との話し方も知っている。平民の暮らしだってまだまだとはいえ、知ったわけでしょ？」

「はい」

最初は面食らってばっかりだったイザベラちゃんも、最近ではパン屋のおばさんと世間話ができるくらいに打ち解けている。

若干、周囲の人から嫁に来ないかコールが発生しているのが気になるが、イザベラちゃんを嫁にしたいならまず私を倒せと啖呵《たんか》を切っておいたから大丈夫だろう。

「商売をするんでもいい。その頭の良さを活かして、どこかで家庭教師とか教鞭をとるとかってのもいいかもしれない。ギルドの事務方とかだって、どこぞの大きな商会で働くことだってできる」

「……はい」

真剣な顔をするイザベラちゃんは、どこか泣きそうだ。

私はそんな表情が見たいんじゃない。この子には笑っていてもらいたい。

何度不安になってもいい。そのたびに私が大丈夫だって言ってあげたい。

だけどそれを言葉にするにはちょっとだけ恥ずかしかったので、手を伸ばして頭を撫でるだけにしておいた。

「それから、いつか、誰かのお嫁さんにだってなれるよ」

「なれるでしょうか」

私が冗談めかして言えば、それを受けてイザベラちゃんも笑ってくれた。

まだどこか、ぎこちない笑顔だけど……うん、今はそれで十分だ。

「なれるよ、私の世界一可愛い妹だもの」

私の言葉に穏やかな笑みを見せたイザベラちゃんが、目を伏せる。

まだどこか遠慮がちだけれど、私が味方だと理解して甘えてくれる彼女はやっぱり可愛い。

そんな私の気持ちもわかっているのだろう、イザベラちゃんは不安を口にすることをずっと躊躇《ためら》っていたように思う。

だけど、再び目を開けて私を真っ直ぐに見る彼女は、意を決したように口を開いた。

「もし、陛下がお戻りになって……わたくしを連れ戻しに来た時、どうするべきなのか今でも迷うのです。姉様についていくと決めましたが、それでも……貴族としてのわたくしに答えを求められた時、わたくしはきっぱりと断ることができるのだろうかと」

「うん」

「アルマ姉様と一緒に行きたい。ですが、わたくしはこれまで領民に、国民に生かされてきた貴族なのです。その責を全うせず逃げるのかと、そう言われるのが怖いのです」

この子は、きっといい為政者になれたのだろうと今でも思う。だけど、同時に優しすぎるから、今回のことがなくてもいつか周囲の期待に潰されていたんだろうな。

そう思ったら、やっぱり手放すことなんてできそうにない。

「いいんだよ、今まで、ちゃんと務めは果たしてきたんだから」

「……果たしてきた？　ですが、わたくしは何も……」

「遊びたい時期に我慢して、立派な淑女になって、周囲の期待通り王子の婚約者として振る舞ってきた。自由を代償に、責任を果たした」

そしてそれを『要らない』と王子は捨てたのだ。

誰も庇わなかったし、守らなかった。ボロを着せて、地方へと行かせた。

今だって、私の庇護下にあるから大丈夫だとでも考えているんだろうか？

謝罪もなければ、彼女を案ずる声すら届くことはない。

所在地を隠したりなんかしていないのにもかかわらずだ。

こっそりディルムッドを通じてライリー様に問い合わせたけれど、来ていないという話だから確かに何もないのだ。つまりは、それが答えなんだろうと私は思っている。

でもそれって、あんまりじゃないか。

「今までちゃんと務めを果たしたんだからこれからは自分の責任で生きる番なんだよ。大丈夫、どんなことがあろうと、おねえちゃんが守るから」

「……アルマ姉様」

「この一件が終わったら、旅に出ようねえ。どこに行きたい？」

「でしたら、わたくし」

イザベラちゃんが笑う。涙がぽろりと零れたけど、見なかったことにした。

頭を撫でると心地よさそうに目を細めて笑うイザベラちゃんが可愛くてたまらない。

「わたくし、どことは決めず、姉様とあちこちを見て回りたいです。姉様ほどではございませんが、わたくしも魔法が使えますもの。お役に立てるよう努力いたします」

「いてくれるだけで元気百倍だけどなー」

「……これからも、このような生活がしたいです。姉様と一緒に、わたくしらしい生き方を」

「うん」

大丈夫だよ。私はそれを言葉にしないで、ただ頭を撫でた。

可愛い妹だもの、守ってみせるに決まってるじゃん？

来るなら来いって話だけど、場合によっちゃ覚悟していただきましょう。

この子との平穏生活、守りきってみせるとも！

青真珠の名にかけて!!　……なーんてね。

幕間　アルマの恋

アルマが恋を自覚したのは、本当に一瞬の出来事だった。

彼女自身が『あ、落ちたな』と思うほどに。

ディルムッドの野性的な勘のおかげで、彼とフォルカスとアルマの三人は出会い、彼女の料理を通じて仲を深め、気がつけば外面を取っ払って互いにある程度の〝事情〟を打ち明け合う関係になったのは、彼女がまだゴールドランクの冒険者だった頃だ。

アルマとディルムッドは同い年で、フォルカスが少し年上。

まるで兄弟、或いは親戚かのような親しくてほどよい距離感のその関係はとても気楽なもので、その頃の関係からは恋愛の〝れ〟の字もまだ見えていなかった。


アルマという女にとって、恋愛というものは『よくわからない』ものだった。

別段それは前世の記憶がどうこうという問題ではない。ただ、よくわからなかった。

理屈はわかっているし、理解もできている。

前世では恋人がいたようだがそこの記憶は曖昧で、今世も孤児院にいた頃に憧れた相手がいたくらいで、孤児院を訪ねてくる女性たちから恋愛の愚痴を聞かされることもあったが、実際に『恋をしたのか』と問われると、首を傾げるしかない程度の感覚である。

冒険者になって以降、周囲が色恋の話題で沸いた時も、アルマは笑って言っていた。

「それよりも、美味しいものとか世界中の不思議な景色を見たいかなあ｜。まあ、いい出会いがあれば、きっと私だって恋するよ！」

そんな風に笑っていた。冗談のつもりだった。恋に興味がないだなんて口にしようものなら、周りの女性たちがこぞって恋の素晴らしさを説いてくることを知っていたから、『いい出会いがあれば』なんて単なる逃げ口上だ。

アルマは少なくとも、そう考えていた。

だが、どうだろう。

ある日、討伐隊の募集があり、アルマはそれに参加した。

それは山間部でのものだった。相手は未確認の敵であり、複数いるということしかわかっていないというものだったが、幸い民間人も避難済み、予想以上の参加者ということもあって周囲には余裕ムードが漂っていたものだ。

それがまさかの魔法が効きづらい敵の登場で、アルマだけでなく他の冒険者も劣勢となった際に増援として駆けつけたのがフォルカスだった。

だが彼もまた魔法特化な冒険者であったことから、アルマたちは互いに顔を見合わせて『敵と相性最悪だなんてツイていない』なんて笑うしかない。

それでも怪我人を逃がすために、二人で囮《おとり》を買って出た。

少なくとも怪我人を大勢抱えて守りに徹するよりは、囮で引き離した方がまだ安全だと判断したのだ。軽症の冒険者に他の冒険者たちの避難を任せ、二人は囮として駆け出した。

それからどれだけ時間が経ったのかアルマにはわからない。

ディルムッドが来るとわかっていても、それまで持ちこたえられるだろうかなんて弱気になったくらいには厳しい戦況の中、二人は囮として努力した。

「もう、みんな逃げられたかな」

強がりを言うのにも、声に力が出なくてアルマは悔しかった。ジュエル級になりたくてなったわけではないが、慢心していたのかもしれないと思うと悔しかった。

（なにがジュエル級冒険者よ、魔法が使えなければこんなにも弱いじゃない）

だが憤ったところで現実が覆るわけでもない。

事実、身体強化を使って尚モンスターの攻撃を捌ききれないほど、体力の消耗が激しい。

「アルマ！」

吹っ飛ばされそうになる彼女を、フォルカスが抱き留め、アルマの無事を確認してほっと息を吐き出す彼の姿に胸がズキリと痛んだ。

（ああ、迷惑をかけちゃった）

そう思うとアルマは悔しくてたまらなかった。もっと自分に出来ることはあったのではないか、こんなことを考えている間にも動かなければ、そんな考えに囚われて余計に動けなくなっていると自覚していて、それがまた悔しい。

そんな彼女をただ見つめて黙っていたフォルカスが、そっとアルマの頬についた泥を拭った。

「案ずるな」

「……フォルカス？」

「お前のことは、私が守る」

彼女を安心させるようにそう言ったフォルカスが、魔力を一気に放出させる。

それはまるで青い光が放たれたように彼女には見えた。

あの光景は、きっとアルマにとって一生忘れることなんてできないくらい、綺麗だった。

アルマを抱き留めたまま、片腕を前に突き出したフォルカスがどのような魔法を放ったのか、彼女にはさっぱり理解はできなかったのがまた悔しかったけれど、ただ、とんでもない魔法であろうことは理解できる。

目の前の敵が消し飛んだどころか、彼女たちの前にあった景色が変わってしまうほどの威力。モンスターの欠片《かけら》も残らず、そこはクレーターとなったのだ。

放ったフォルカスも無事ではなく、彼が纏うローブはボロボロで、アルマだって彼に抱きかかえられて守られていたというのにその余波で頭がクラクラしたほどだ。

「ふぉる、かす……、今の、なに？」

「奥の手だ。……今は、まだ話せない」

「う、うん」

その時、彼の腕の中から見上げたフォルカスがアルマに向かって微笑んだのがよく見えた。

いつもはローブに隠されたその顔が、はっきりと微笑んでいるのが見えたのだ。

それを見て、アルマは思った。

あ、恋に落ちたな、と。

（いやだって、かっこ良かったし？　抱きしめられて守られるとかそりゃ私だって乙女だからときめきますし？）

ボロボロのフードから見える褐色の肌や、アルマの無事を確認して目を細めるようにして笑っている姿に、ときめくなって方が無理な話だった。

彼女は前世の記憶もあったし、孤児院で色々な話を耳にしていたので早熟であった。その分、こと恋愛に関しては夢を見ない現実主義者《リアリスト》であると自分で思っていた。

（それがこのザマか……）

しかし自覚したからには、これからの対応についてアルマは考えなければならなかった。

異性として意識してしまったからには今まで通りなんてことは難しいだろうとさすがの彼女でも

思ったのだ。あわよくば、友人から恋人になりたいな、なんてことも思った。

だが、そうは思ったもののアルマはそれからフォルカスを前にした途端、今までの関係を壊すことが怖くなり結局アピールできずにいるわ、アピールするにも方法がわからなくて彼好みの料理を作ってはみるものの、同時に彼の相棒であるディルムッドにリクエストされればそれも作るので結局アピールとしては弱いわで、今までと何も変わらない生活でしかなかった。

その上、偶然聞こえてしまった二人の会話が決定打となって、彼女はとうとうアピールすることを諦めたのだ。

（……いつかは、思い出になるでしょ）

早い失恋だったなあ、残念だなあ。でも友人として彼のことを大事にしよう。旅に出ればそうしょっちゅう会うはずないし。

その時はそんな風に思って、ゆっくり気持ちを消化しようと考えたのだ。


ところが数少ないジュエル級冒険者、約束でもしない限りそう会うこともないと簡単に考えていた彼女を待ち受けていたのは、ちょくちょく連絡を取ってくる二人の存在で……アルマは彼女にしては珍しく、頭を抱える日々が続き、そして諦めるのだった。

「まあ、なるようにしかならないよね！」

幕間　イザベラ＝ルティィエという少女

イザベラ＝ルティィエはカルマイール王国の、筆頭公爵家と呼ばれるバルトラーナ家に生を受けた。

この家が筆頭公爵家と呼ばれるようになったのは、先代が王妹を娶《めと》ってからであった。

当時のバルトラーナ公爵から見て先王の側室の娘であったという。

女の子が生まれたら、王家に連なる者に娶らせて絆を深めよ、そのように望まれたが生まれたのは男児であった。それが現バルトラーナ公爵である。

そしてその後、バルトラーナ公爵は結婚し、男児を設けた後、女児が生まれた。

生まれたばかりの赤子には、父親からは『イザベラ』、そして祖母からは『ルティィエ』の名を贈られた。王家の血を引き、いずれはどこかへ嫁いで国を強くするための役割を担った娘。

生まれながらに貴婦人の中の貴婦人として〝イザベラ＝ルティィエ〟が生を受けた瞬間である。

しかしながら、彼女にとってそれが幸運かどうかはまた別の話。

両親ともに彼女には無関心であったが、彼女は祖母と兄に見守られ、健やかに成長した。

その祖母もイザベラ＝ルティィエが幼い頃に他界し、彼女は兄に守られて育ったといえる。

少なくとも、兄のマルチェロは彼女にとって理解があり、優しく、頼りになる存在だった。

そんな彼女に、転機が訪れる。

王家唯一の男児である、アレクシオスの婚約者に選ばれたのだ。

幼さから当時は婚約というものに実感はわかなかったが、幼馴染であるエドウィンと兄がすでに王子の遊び相手となっていたことから、きっと良い関係を築けるに違いないと彼女は幼心に思ったものである。

だが、それこそが彼女にとって窮屈な生活の始まりでもあった。

元々王族であった祖母が貴婦人としての振る舞いの基礎をイザベラ＝ルティエに教えていたこともあり、スタートは上々といったところだったのだろう。

それがまた、拍車をかけた。

『誰よりも立派な貴婦人にならねばなりません』

『筆頭公爵家の名を汚《けが》すような真似をしてはいけません』

『王子の婚約者として、気高く、そして常に堂々とした振る舞いをしなければいけません』

公爵令嬢として、王子の婚約者として、彼女は常に人々の目に晒された。

どこの場にあっても完璧な貴婦人であるようにと常に厳しく教育を受け、そしてその期待に応え続けたイザベラ＝ルティエは決して弱音を吐かなかった。

弱音を吐くことは、許されなかったのだ。

そのせいだろうか。

いつしか誰もが『イザベラ＝ルティエはどのような難題でもこなせるのだから、もっと高みを目指すべきである』という考えになり、彼女はやり遂げて当然と思われるようになったのだ。

それだというのに、王子がお気に入りの少女のためにイザベラ＝ルティエを切り捨てた時、周囲は彼女に向かって落胆しただけだった。慰める声は一つも聞こえなかったのだ。

完璧なる貴婦人が、あんなに落ちぶれるなんて。

豪奢なドレスも、祖母の形見のアクセサリーも、全てを失って尚、矜持だけは失うまいと前を向いてボロボロの馬車に乗せられる彼女の耳に届いたのは、嘲笑だ。

誰よりも素晴らしい貴婦人となった彼女は、孤高の存在になっていたのだ。

なんでも〝できて当たり前〟だった少女は、ほんの一度のミスさえ許されない。

ここまで言われねばならないのかと悔しくとも、唇を嚙みしめるしかできなかったのである。

ところが、そんな生活が一変する。

『イザベラちゃんはすごいねえ！』

道すがら、野盗に襲われた馬車を救ってくれた冒険者のアルマと出会ってから、イザベラ＝ルティエの生活は大きく変化した。

もとより追放されたのだ、変化がない方がおかしいのではあるが、そうではない。

『イザベラちゃんは、えらいねえ』

頑張り屋だね、いい子だね、可愛いね。

惜しみなく降り注ぐように与えられるその言葉の数々に、イザベラ=ルティエは目を丸くするばかりだ。そしてそれは、どこまでいっても甘やかだ。

今まで、王子の婚約者になってからは誰一人として褒めてくれなかった。

彼女の祖母と、兄だけが彼女を褒めてくれたと記憶している。

それだって幼い頃ばかりの記憶で、最後にそんな言葉を聞いたのはいつだったか思い出せないほど昔の話のような気がして、イザベラ=ルティエは泣きそうになった。

できて当たり前。

そう言われてきた彼女はアルマの言葉を初めは素直に受け止めることができなかった。

だから彼女の言葉にどう反応していいかわからず、困るばかりだ。

しかしイザベラ=ルティエは人を見る目に自信があった。

筆頭公爵家の娘というだけでも十分だったが、王子の婚約者になったことですり寄ってくる人間の多さに目を丸くし、そしてその利己的な考えに辟易《へきえき》して自身がいいように使われないよう気をつけてきた経験が彼女をそう育てた。

「アルマ姉様。ジャガイモの皮むき、全て終えました」

「えっ、もう？　すごいねえイザベラちゃん、すっかり包丁使うの上手になったねえ！」

「まだまだですわ」

アルマの言葉も、眼差しも、何も含むところはない。

ただただ真っ直ぐに、彼女に向けてくるそれらはとても、変わらずとても甘やかだ。

それを受け入れてしまいさえすれば、ひたすら心地好く感じる。

(……もう、いいのよ)

イザベラ＝ルティエという少女はもういない。

ここにいるのはアルマの妹、イザベラなのだ。

それが証拠に、アルマは一度もイザベラのことをイザベラ＝ルティエと呼ばない。

ただのイザベラという、何も持たない少女そのものをアルマは慈しんでくれている。

「アルマ姉様」

「うん?」

「これからも、一緒にいてくださいまし」

自分が自分であれるように。

まだ見ぬ『自分』をきちんと見つけられるように。

歩まされる道を行くのではなく、自分で道を見つけていく、その時に標《しるべ》でいてほしい。暗闇の中の、明かりのように。

そんな願いを込めたイザベラの言葉に、アルマがきょとんとしてから笑った。

「当たり前だよ、可愛い妹だもの!」

第三章　そして望まぬ嵐がやってくる

それはもう、本当に唐突だった。

私とイザベラちゃんはとっても平和に暮らしていたのだけれど、ディルムッドがライリー様経由で国王夫妻たちが帰国したという連絡をくれた。

それを受けて『ああ、そろそろかあ』と対策を練っていたんだけど……そこから幾日か経っても謝罪だとか、状況の確認だとか、王都への呼び出しだとか、そういうことが一切ないのだ。

本当にない。

これっぽっちもだ。

おかしいと思うじゃない？　普通に考えたら。

（さすがに放置しすぎだとは思ったよ？　確かにさ）

そろそろアクションをなにか起こしてくれないとなあとは思っていたけど、これはないんじゃないかなあ!?　私は目の前の状況にそう文句を言いたくなっていた。

そう思うのには勿論、理由がある。

私たちの前には、まるで立ちはだかるように仁王立ちしている少年の姿がある。

金の髪になかなか整った顔立ちで苛立ちながら、足を踏みならす姿は紳士とはほど遠い。

しかしながら、なにを隠そう……いや隠れてないけど、この行儀が悪いお坊ちゃんがこそイザベラちゃんを振ったというアレクシオス殿下らしいのだ。

それを裏付けているのがイザベラちゃんの反応であり、彼の後ろにいるエドウィンくんとそのお目付役というか、ストッパーになるためにやってきたであろうヴァネッサ様だ。

お役目ご苦労様です……。

(これが王子だってんだから、この国の未来は暗いかなあ)

「この私が！　迎えにきてやったというのに！　なんだその態度は!!」

「頼んでおりません」

最初こそ驚いて顔色を青くしたイザベラちゃんだったけど、すぐに私の手を握ってきたかと思うと深呼吸をしてきっぱりはっきり、冷たく言い切った。

その顔色はまだ少し青かったけど、凛としていて成る程、貴婦人だ。

「このっ……不敬にも程があるぞ、イザベラ＝ルティエ!!」

一体このお坊ちゃんは何をしているんだろうか。

そもそもなんで王子が護衛もつけずにここに来ているんだろうか。

いやまあ、エドウィンくんとヴァネッサ様がいるってことは、ライリー様にはご挨拶した後か？

だとしたら見えないところに護衛がいるのかもしれない？

「ええと……ヴァネッサ様？」

よく事態が飲み込めないので、ご説明お願いします！

そう私が視線を向けると、とっても疲れた笑顔を見せたヴァネッサ様が私たちの方へと歩み寄ってきた。あれ、王子放置でいいのかな？

「ごめんなさいね、アルマさん。イザベラ＝ルティエ様もごきげんよう」

優雅にお辞儀してみせるヴァネッサ様は私たちに対して礼を払ってくれるんだけど、それを見てまた王子は腹が立ったのか顔を歪めている。

「王太子であるこの私を無視するとは、貴様らいい度胸だな……!!」

いや、立太子の儀を行ってないんだから、それは違うんじゃないのか。

思わずそう思ったけど、声に出したらもっと面倒になりそうな気がして私は黙っておいた。

だって話が進まなくなりそうだからね……。

「国王陛下が今回の話を受けて、是非ともお二人にお話を伺いたいのだそうよ。勿論、これは強制ではないし、我々カルライラ家はイザベラ＝ルティエ様の味方です。これまで聖女として危うい地域でも怯まず祈りを捧げてくださったことに対し、我らは恩を忘れておりません」

「……覚えておいでだったのですか」

「はい。それは当然のことです」

聖女の役目は祈ること。だけれど、こうして辺境地などの国境辺りはモンスターも多いし、治安的にも侵略の要として危険な部分はある。

特にカルライラ領は二つの国と隣接しているので色々と複雑なのだ。

一つは友好国、下の王女が嫁ぐ予定の国。

もう一方はまあ一応国交はあるし不仲ってわけじゃないけど、それだけってやつだ。

ぶっちゃければ、その国を警戒して下の王女さまは輿入れが決まっているわけで……婚姻関係になれば友好国同然だし、同盟を結ぶ大義名分になるからね。

とまあ、そんな事情から危険とは言わないけれど決して安全とも言いきれない……そういう地域がカルライラ領ってわけだ。

そういうところこそ国を守る結界の重要な部分であり、聖女の祈りが欠かせない場所でもある。

だけど、考えてほしい。誰が危険な場所に好んでいくだろうか？

そもそも聖女になれば色々と便宜を図ってもらえるにしても、それはほぼ強制的に労働を強いられているのだ。それこそ、平民から貴族まで平等に……なんて謳っているが、実際の所は貴族の姫君がいやだとごねたら平民の子に話がいく。

教会では平等に扱っているというけれど、結局それは建前なのだ。

なにせ貴族の多くは、お布施を多く払ってくれる存在だから、教会も優遇せざるを得ないのだ。

そんな中、ヴァネッサ様がイザベラちゃんに恩を感じていると明言したなら、彼女がそんな危ない場所に赴いた事実があるということだ。

聖女の中で誰よりも身分の高い貴婦人であったイザベラちゃんが、臆することなくお役目を果たしていたという事実に、私は知っていてもなんだか感動してしまった。

「……イザベラちゃんは、いい聖女だったんだねえ……」

「そんなことはありません。わたくしは……ただ、責任を果たすべく……」

いい子だなあ！

思わず私がしみじみ言えばヴァネッサ様も頷いていて、そんな私たちにさっと頬を染めたイザベラちゃんが謙遜する。

ああ、可愛い！

「嘘を申すな！」

思わずほっこりした私たちを邪魔するように、王子が怒鳴る。

私たちを……というか、イザベラちゃんを指さして、彼は声を張り上げた。

「そこなるイザベラ＝ルティエは王子妃の教育の合間に出た聖女の任に関しても、公爵家の権威を用いて自身の負担を軽くし、他の貴族家出身の聖女たちを扇動して平民出身の少女、エミリアに厳しく当たったのだ!!」

あれ？　おねえちゃん妹のために怒ってイイ案件じゃないかな、これ。

思わずヴァネッサ様を見れば彼女も同じように思っていたんだろう、ぐっと親指を立ててゴーサインをくれた。うん、私そーいうヴァネッサ様のノリ、大好き。

「いい加減にしてくださいまし！」

それじゃあと一歩前に出ようとした私よりも先に、イザベラちゃんが王子の方を向いて凜とした声を上げた。

「……なんだと？」

「いい加減にしてくださいましと申し上げました」

王子に対して頭を下げるわけでもなく、媚《こび》を売るでもなく、ただただ冷たい目線を投げかけるイザベラちゃんはまさしく貴族の姫君だった。

凜と矜持を胸に立つその姿は、町娘のような服装だ。それでも目の前の、華美な服装を身に纏った正真正銘の王子よりもずっと輝いて見えたのは、姉としての欲目だろうか。

「わたくしのことをどのように仰ってても構いませんが、他の聖女たちを、聖女たちを支える方々を侮辱するような言葉は許されるものではございませんせん」

「くっ、貴様……」

「殿下が仰るように、身分を笠に着て聖女のお役目を軽んじる者がいることは否めませんが、真面目に取り組んでこられた方々も同時に貶すような物言いは、およしください」

「そっ、それは貴様についてのことであって……」

「わたくしは、王子の婚約者として多くの者の目に晒されて参りました。その中には貴族や教会だけでなく、民の目もあるということをお忘れなきよう」

凛として言い放つ彼女は、王子の言葉に怯むことはない。

そりゃそうだ、ヴァネッサ様が恩を感じているのと同じように彼女の行いを見てきた人がいるのだ。

そしてなによりイザベラちゃん本人が、誇りをもって貴族の姫君として、王子の婚約者として、聖女として……全ての立場において恥ずかしくない振る舞いをしてきたってことだ。

怯む理由が一つもない。

勿論、王子の発言がただのはったりって可能性もある。

イザベラちゃんをきちんと裁きたいなら、彼が言っていた内容が正しいことを証明してくれる証人や状況証拠その他諸々を突きつければいいのだ。

それがないなら、王子の発言はただの難癖でしかないけどね。

(むしろ、何の証拠もなくよくそんなこと言えたなあ)

私としては呆れるばかりだ。王子ってもうちょっと頭の良い生き物だと思ってたよ。

でも、ちょびっとだけ驚いたことがある。

「ア、アレクシオス殿下、どうか、どうか落ち着いてください！　イザベラ＝ルティエ嬢に関して確たる証拠なくこのような往来で……」

「何を言うんだ、エドウィン！　お前だってエミリアの話を聞いていただろう!!」

「そ、それは、そう、なのですが……とにかく、どうか落ち着いて話を、お願いですから……」

王子の尻馬に乗ってイザベラちゃんに対してエドウィンくんも何か言うかと思っていたんだけど、彼は神妙な顔をしているではないか。

それどころか王子を止めようと、何度も声をかけているではないか！

まあその声かけも弱々しくって聞いてもらえてないから、実質意味ないけど。

「ヴァネッサ様、エドウィンくんに何したんです？」

「あらいやだ、ヴァン兄様と一緒に彼をおもてなししただけですのよ。カルライラ流にね」

うふふと笑うヴァネッサ様、美しゅうございます!!

いやあ、それってつまりカルライラ・ブートキャンプですね？

そういやこの二週間とちょっとでエドウィンくん、しゅっとしたんじゃないかな。

ダイエット効果が目に見えて表れるのって二週間経ったくらいだもんね……？

「根が素直な子なのでしょうね、色々教え甲斐がありました」

「……そっすか……」

「ええ、とても。詳しく聞きたいですか？」

「いえ、結構です」

色々ツッコミどころ満載だけど、聞かないぞ。聞かないぞ!!

そんな私をよそに、イザベラちゃんは王子に対して追及の手を緩めない。

BEFORE

「そもそも、わたくしを追放なさったのは殿下ではありませんか。だというのに何故そのわたくしに、共に王城へ行き陛下に対し弁明せよと仰るのか、理解できません。神に誓い正しき行いをなさったのでしょう？」

「……そうだ。だが、性急に事を進めすぎたために父上が」

「証拠がおありなのでしょう、それを提出なされればよろしいではありませんか。それとも証拠などなかったのですか。わたくしを王城に連れて行き、何を弁明せよと？　ベルリナ子爵令嬢を虐げたと証言せよと？　それとも聖女として役目を放棄していたと？　王子妃の勉強を地位を理由に遊んでいたとでも？　馬鹿らしい！」

ふっと酷薄な笑みを浮かべて王子に啖呵を切るイザベラちゃん、かっこいいぞ!!

いいぞもっとやれ！

あれだな、悪役令嬢っぽい感じではあるけど、真っ当なことしか言ってないから大丈夫だ。

むしろ私は全面的に応援しちゃうからね！　やっちゃえやっちゃえ!!

万が一の時は私も前に出るつもりだし、ヴァネッサ様がオッケー出してくれてるんだからやりすぎなきゃ大丈夫ってことだと思うんだ。

ところが、反論されるとは思っていなかったらしい王子は驚いた顔をして固まっている。

いやいや、どうしてそんな表情をしているのか、私にはさっぱり理解できない。

あれだな、『元カノはフラれても自分のことを好きだろう』って思ってる勘違い男かな？

それとも王子が命令したら、なんでもハイハイって聞いてくれると思っているのかな？

（どっちにしろ、バッカじゃないの）

イザベラちゃんじゃないけど、そう思う。声に出さなかった私、偉いと思うんだ！

しばらく呆然としていた王子が怒りに顔を歪め、腰に佩《は》いた剣に手を伸ばすのが見える。

へーえ？　そう出るんだ。

それなら私だってこれ以上、黙って見守らなくてもいいってことよね。

「おやめください、アレクシオス殿下!!」

でもそれを止めたのは、イザベラちゃんでもヴァネッサ様でもなかった。

なんと、エドウィンくんが王子の剣を摑む手ごと押さえ込んだのだ！

あの王子のことを『王太子殿下』と呼んでライリー様に叱られていたエドウィンくんが、『王太子殿下の側付きになるんだ』って夢見がちだったエドウィンくんが！

王子の行動に反対するようなことを言うんじゃなく、行動してみせただと……!!

（カルライラ・ブートキャンプ、恐るべし……!!）

そんな私の感動になんて当然気がつくことのないエドウィンくんは、必死の形相で王子にしがみついている。体格的にはややエドウィンくんの方が勝るけれど王子は王子でエドウィンくんの行動に腹を立てているらしく、空いているもう片方の手で彼を引き剝がそうとしていた。

「殿下！　殿下！　どうかこのような往来で剣を抜こうなど愚かな真似はおやめください!!」

「ええい、放せエドウィン！　お前は私の味方だろう、何故邪魔をするんだ……！」

「味方だからこそです！　ここで剣を抜きイザベラ＝ルティエ嬢に向けるということは、そこにいる〝青真珠〟に剣を向けるのと同じです！」

その言葉にぎょっとした王子が周囲を見ている。

だけど青真珠ってのがジュエル級冒険者のことだとは知っていても、それが私だってことはわかっていないんだろうなー。まあ、そんなこったろうとは思ってたけど。

ヴァネッサ様とお話ししている段階で気づいたかなとも思ったけど、あのオ、ウ、ジ、サ、マ、はイザベラちゃんしか眼中にないし……まあ自分で言うのもなんだけど、モブ感あるし。

いっちょディルムッドを見習ってかっこ良く名乗りでも上げてみるか？

そんな風に思ったけど、でも私の口から出た言葉は、違った。

「エドウィンくん久しぶり！　ちゃんと私のこと見えてたんだね」

……言ってから、そうじゃないだろ私って思ったよ。

ああそうさ、自分でも思ったよ!!

いや、うん、ここはジュエル級冒険者としての威厳を持って前に出るべきだったと思うよ？

挨拶はそれからでも良かったろうってさ……。

空気読めよってディルムッドがいたらツッコまれたんだろうなってちょっぴり凹むわ。

でももう遅いじゃん？　やっちゃったことはしょうがない。

「どうもー、〝青真珠〟のアルマでぇっす」

だからもう、そこは開き直ることにした！

っていうかそれしかもう道は残されていないのだ!!

余裕綽々《しゃくしゃく》っぽい感じで前に出る。内心はやっちまったなあと思ってバクバクしている。

緊張？　それはない。どっちかっていうと恥ずかしい。

「ねえ、エドウィンくん」

私はイザベラちゃんの肩を抱くようにして引き寄せ、エドウィンくんに向かってにっこりと笑いかけてやった。可哀想に、彼はひどく緊張した表情でそれでも王子の剣を押さえ込んだままだ。

カルライラ・ブートキャンプの教育はしっかり身についているようで、なによりです。

「そちらの、変わったオトモダチを私にも紹介してくれないかなあ？」

勿論、わざとだ。でも、王子が自分で名乗りを上げていないのも事実。

知っていて当然？　んなもん知るかってハナシ。

私のあからさまな挑発に、エドウィンくんは顔色を青く、王子は赤くしている。

それが面白くてつい笑ってしまったけど、視線は決して外さない。

イザベラちゃんに酷いことをした張本人。

手放してくれたことに感謝はしているけれど、傷つけた挙げ句に今も軽んじるような言葉を投げかけたことを、私の中で許す選択肢などない。

（エドウィンくんはヴァン様とヴァネッサ様にあれこれ言われて状況を理解したんだろうねえ）

一体何をしたんだか知らないけれど、学んで反省してくれたならまだ許せるかな。

イザベラちゃんもこれまでの生活の中で、彼について思うところはないって言ってたし。

『エドウィンは私に酷い言葉を投げかけることなどは殆どありませんでした。殿下の言葉にただ追従するだけでしたので……特には、なにも』

……いやむしろ無関心なのか。笑う。

笑っちゃだめか、イザベラちゃんが色んなことを吹っ切れるのはいいけど、切り捨てることばかり覚えてはいけない。

余裕ができた時に辛くなるのは彼女自身だ。

それはよろしくないことだよね。まあそこは今後、保護者として考えていこう。

「こ、こちらは……この方は」

「私はこの国の王太子、アレクシオスだ！　貴様が〝青真珠〟なのか。そこなるイザベラ＝ルティエは罪人である！　よって、王城にて改めて裁判を行う必要があるためわざわざ私が自ら連れ戻しにきたのだ！　王太子として貴様に命じる！　邪魔立てするな!!」

「裁判、ねえ……」

このオウジサマ、自分の発言が色々矛盾していることに気がついているのだろうか。

そもそも裁判や正式な手続きをせずに追放を決めたのは、王子だ。

勿論、彼一人ですべてが行えたとは思えないので、誰か手引きした人間はいるのだろうと思う。

ただまあ、それを明かすのは私の役目じゃない。

私がすべきことは、可愛い可愛い妹を守ることだ。

(ここから連れて逃げるのは簡単。だけど)

彼女を縛り付ける鎖をぶっちぎるには、もっと別の方法が必要だ。

私はイザベラちゃんの頭を撫でて彼らに向けるのとは違う笑みを浮かべた。

どんなって？

そりゃもう可愛い妹に向けるんだから、親愛の笑みに決まっているでしょう！

「ねえ、イザベラちゃん」

「は、はい。なんでしょうかアルマ姉様」

「ヴァネッサ様もお迎えに来てくれたし、一度ライリー様のところに行こうか」

「おい！　私のことを無視するんじゃない!!」

王子がなにか喚いているけど、ここ町中だって気がつかないかなあ。

私たちがココに暮らしている以上、味方になるならどっちだって話なんだよね。

そもそも彼が『自分は王子だ、王太子だ！』って喚いたところで、それを証明することができないんだから笑っちゃう。

まあ、ヴァネッサ様がカルライラ辺境伯の娘として証明してくれたら、成り立つっちゃ成り立つけど……彼女はそんなんする気全くないみたいで、私たちの方に笑顔向けてるしね……。

「そうしていただけると助かりますわ。実は父が此度《こたび》の件で陛下からのお手紙を預かっておりますの。それでお迎えにきたのですけれど、そうしたらあちらの方がいらしてよくわからないことを館の前で喚き散らした挙げ句にこの騒ぎですもの。エドウィン様と共にとても驚きましたのよ」

おっとりとした仕草をして本当に困っている、みたいなパフォーマンスしてるけどその言葉の意味はつまり『エドウィンくんの試験も兼ねてお迎えに来たら、王子が勝手に来て暴れているんでびっくりした』ってことでしょ。

知ってるんだぞ、私は!!

「……ねえヴァネッサ様、エドウィンくんの行動に点数をつけるなら?」

私がこっそり尋ねると、ヴァネッサ様は意外そうな顔をして私を見つめ何度か瞬きをした。

それからにっこりと、蠱惑的な笑みを浮かべたではないか。

お、これは高評価なのか!?

「まあまあ及第点を差し上げようかなと思っております」

厳しいー!!　まさかの及第点。

可哀想に、エドウィンくんってばあんなに頑張ったのになあ。

まあ、イザベラちゃんを擁護する台詞が出てきてないし、ご挨拶もなにも自分からしてくれてないし、王子のことも紹介できてないししょうがないのか？

エドウィンくんはこの後、ブートキャンプでしごかれるのかなあ。

それとも、王子と一緒に王城に戻されるんだろうか。

（……なんにせよ、あの王子の側付きになるんじゃお先真っ暗な気がするけど）

そういう意味じゃ、このままカルライラ領に残った方がエドウィンくんのためになる気がする。

根が素直ってヴァネッサ様も言っているし、態度次第ではこのまま可愛がってもらえるんじゃないかしら。

☆

その後、なんだかんだ文句を言う王子様を連れて、私たちはライリー様が待つという執務室に行ったんだけど……そこに着いたらまあ鬼気迫るっていうか、顔怖いですよライリー様！

眼光だけでエドウィンくんが汗搔いてますけど、一体何があってそうなったのか気になるような気にしたらだめなような……。

「アレクシオス殿下、勝手な振る舞いは困りますな。謹慎しておられたはずだというのに、一体どのようにしてこの場に来られたのか……後ほどゆっくりと伺わせていただきましょう。お話によっては国王陛下から厳しい判断が下されるものとお考え下さい」

だけど、口火を切ったのはその場にいた見知らぬ男性だった。

ライリー様の横に立つヴァン様とは反対側を陣取るその人は、年齢的には初老だろうか。背筋がピンと伸びているけれど、どこかひょろっとした人で、文官のようだ。

ちょっと神経質そうな顔にモノクルを嵌めているので、余計に気難しそうに見える。

「イザベラちゃん、あの人って誰か知ってる?」

「あの方はサイフォード男爵ですわ。平民出身ですが有能さで登用され、叙爵されたと聞いております。国王陛下の右腕とも呼ばれ、長年近侍を務めておいでの方です」

「ふうん?」

成る程、国王の右腕と呼ばれる人物なら私も名前を聞いたことがある。

基本的には後ろに控えて目立たない人物だけれど、何か有事が起きた際には国王の代わりにあちこちへと走り、身分が上の人間にも臆することなくビシバシ文句をつけ、常に最上の結果をもたらす有能な人物だって噂。

ま、話半分だとしても有能には違いない。

そんな私たちの声が耳に届いたのだろう、王子に対して厳しい声を投げかけていた人物……サイフォード男爵は私たちの方へ体ごと向けると打って変わって穏やかな笑みを浮かべて一礼した。

「貴女が〝青真珠〟のアルマ殿ですな、お初にお目にかかる。ラルフ・サイフォードと申す。それに、イザベラ＝ルティエ・バルトラーナ公爵令嬢もお久しぶりでございます」

「……どうも、アルマです」

「サイフォード男爵様もご壮健で何よりです。……今のわたくしは、一介の平民に過ぎませんのでどうかそのように」

イザベラちゃんが私の手を握るようにしてそう訴える姿に、キュンとする。

その手は少しだけ震えていて、自分が連れ戻されるかどうか不安なんだろうなあ。

そんなイザベラちゃんの訴えを、サイフォード男爵は首を振って否定する。

「そうは参りません」

「ですが」

「勿論、此度の醜聞について貴女様の立場は大変難しいものとなってしまいましたが、決してバルトラーナ公爵令嬢に落ち度があったなどとは考えられません」

「なんだとっ！」

男爵の言葉は、本当だと思う。

イザベラちゃんが冤罪（というかそれ以外の何物でもない）であった場合、そんな状況で一方的に罪を突きつけられた醜聞は残るものの、名誉の回復として貴族位の剝奪は撤回した上で慰謝料だとか、より良い縁を繋ぐだとか、そういった補塡をすることが当然望ましい。

ただ、それと社交界の関係は全く以て別だから、結局のところ貴婦人のまま世俗から離れることを勧められる……って、実質追いやられるんじゃんっていう未来しか見えないんだけどね。

だけど、ココで大事なことは二つ。

国王の右腕である男爵が『バルトラーナ公爵令嬢』とイザベラちゃんのことを呼び、彼女に落ち度はないと考えていると宣言した……つまり、王家はすでに冤罪として認めているってことだ。

その上で王子が裁判について言っていたということは、今回の件を白黒はっきりさせて貴族たちの動揺を鎮めるってところだろうか？

それとも彼女の名誉を回復するためのパフォーマンスの一環としての証人喚問ってところかな？

ついでに言うと王子に関しては独断で動いていると思っていいだろう。

男爵の言葉から王城で謹慎を命じられていたみたいだし。

(王子はここでプリプリしている場合じゃないと思うんだけどなあ)

だって謹慎中に勝手に出歩くとか、それ脱走っていうんじゃないかな。

怒りを露わにする王子に対して、男爵の態度はどこまでも冷静そのものだった。

「イザベラ＝ルティエが無実だと!?　なにを馬鹿な……!!」

「むしろ殿下の方が何を仰っているやら。議会にも、陛下にも相談せずに衆目の前で婚約破棄？

そもそもバルトラーナ公爵令嬢が王家に嫁ぐことは、王家にとって意味のあること。罪があるなら
ば正式な訴えの後、婚約解消の上、裁判をするのが当然だというのに勝手な行動ばかり……あり得ません」

「くっ……」

「知らなかった、などとは仰らないでいただきたい。王族として教育を受けている殿下だからこそ

理解していないといけない事柄なのですから」

「も、勿論知っている……だが、だからこそ、国民を守るべき彼女が平民から貴族に上がり苦労をしている特待生のエミリアを虐げていたと知り、私は……」

王子は段々と言葉を小さくさせながら、俯いてしまった。

信頼していた婚約者の行動が悪辣だったから、ショックだったと言いたいわけだ。

でも、それってさあ。

「勝手だよね」

おっと、口が滑った！

私が思わず零した言葉に「いっけね」と更に心の声が駄々漏れる。

みんなが目を丸くして私に注目する中で、一番早く反応したのはイザベラちゃんだった。

「もう、アルマ姉様ったら！」

おかしそうに笑うイザベラちゃんの姿に、私も「ごめーん」とおどけてみせたので、場が一気に和んだ。さすがイザベラちゃんだぜ……!!

ライリー様とヴァン様はちょっぴり呆れた様子だったけどね。

あれ、きっと『アルマだからしょうがない』とか思ってるんだよ。解せぬ。

理由としてはディルムッドと同じジュエル級冒険者だから、常識が通用しないとかそういう感じに思われてるところがちらほらとだね……理不尽の極み！

まあそれはともかくとして、私は朗らかに笑うイザベラちゃんのことを凝視している王子に向かって一言、文句を言ってやることにした。

いや正直なところ一言じゃ足りないから一言じゃないけど、この空気ならいけるいける！

「だってさあ、自分は恰好悪くて役にも立たない状況で親に叱られて泣きべそかいて、結局フった女に縋って助けてもらおうとしてるんでしょ？　細かいことはわかんないけど、ないわー」

「なっ、なっ、なっ」

「しかもその理由が、完璧だと思ってた婚約者がイジメをしていたらしいからでしょ？　失望したっていうけど、そもそも失望させたのはどっちなのかしら」

「なっ、えっ、き、貴様ッ、……だ、誰に物を言って」

「アンタだけど。オ　ウ　ジ　サ　マ？」

忘れてもらっちゃ困る、私はジュエル級冒険者。

自由に生きるための実力社会の頂点……とまではいかないけど、そこそこの地位にいる以上、王侯貴族に媚びへつらう必要はない。

この国を追い出されたって、他の国に行くだけだしね？

不敬罪ってだけじゃ国際手配はできないし！

なんならこの国と仲がよくない国まで足を伸ばせばいいんだし？

オウジサマはそこんとこまでちゃんと理解しているのかいないのか、私の言葉が乱暴なせいなのか、目を白黒させつつ顔色を赤くして青くして、大変忙しそうだ。

「弱者に相談されたから助けた。それはいいと思うよ、先輩として話を聞いてあげるってとっても大事。だけどさ、その問題の相手ってただの知り合いとかじゃないでしょ。婚約者でしょ？」

「そ、そうだ！　だからこそ……」

「だからこそ、話し合いが必要だったんじゃないの？　今後結婚して苦難を共にするパートナーなのに、一方的に事情も聞かずに悪いって決めつけて叩きのめして、ご機嫌だったわけだ？」

「そ、それは……」

私の言葉に王子はぐっと言葉に詰まった。ちょっとは思うところがあるらしい。

 っていうか、そんな顔するくらいだったら最初からするなっていうんだよ。

「そもそも、それが全部勘違いだったらどうするわけ？」

「えっ……」

「しっかりした証拠があるんなら提出すればいい。イザベラちゃんが罪人だという証拠を出せるモンならね。それがないから彼女を連れて行って、彼女に罪を認めさせて、それで自分は救われようって魂胆なんでしょ？」

「ち、違う、私は……」

「待たれよ、アルマ殿」

私が突きつけていく言葉の数々に、王子はふるふる震えるばかりだった。

あーあ、こんなんが跡継ぎじゃこの国ヤバいんじゃないのかって思った時に、ライリー様が間に割って入る。

「アルマ殿が仰ることはすべて正論だろう。だが、まず殿下にお聞きしたいことがある。王城にて謹慎中との話だったはずですが、一体どのようにしてこちらへ？　供もおらぬようですが。事と次第によってはこのカルライラ、動かねばなりませぬ」

「……ここに来た時には、護衛はいた」

すっかり意気消沈した王子はもう抵抗する気力もなくしたのか、大人しく答えてくれた。

（ちょっと言いすぎた？　大人げなかったかな？）

本気で泣きそうなくらいしょげている王子を見て、私のなけなしの良心が痛む。

ちょっぴり反省はするものの……いや、やっぱり論外だしなあ。

「マルチェロが……手助けしてくれたんだ。ここにイザベラ＝ルティエがいる、イザベラ＝ルティエが父上の前で罪を認め、エミリアに謝罪してくれたら……それを私が受け入れたら、全てが丸く収まる策があると……」

「いや無理があるでしょ」

おっと、また思わずツッコんでしまった。

さすがに今度は空気を読めって感じでライリー様にため息を吐かれてしまった。

「アルマ殿」

「だって、ライリー様……」

「わかっている！　わかっているんだ……」

王子が膝から崩れ落ちる。

それを見ても私は別に罪悪感とかはなかった。

隣のイザベラちゃんは、驚いたように体を震わせたけど……彼の下に駆け寄る様子もない。

エドウィンくんだけが、王子を支えるように膝をついただけだった。

「イザベラ＝ルティエの代わりに、ペリュシエ侯爵令嬢が私の婚約者になった。陛下が戻る前にだ」

ぽつり、ぽつりと王子が話し始める。

エドウィンくんが初めの頃言っていたように、イザベラちゃんが諸悪の根源で、能力のあるエミリアさんとやらに嫉妬して酷いことをしたと王子は信じていた。

貴婦人の中の貴婦人がそんなことをしたという失望と共に、平民から子爵令嬢となった娘が王子と結ばれる、そんなシナリオが完成すればきっと国民は喜ぶに違いない。

そう思っての行動だった。

イザベラちゃんに関しては、今まで信頼していた分だけ失望したから、苦労させたかったんだとか。バカか。いやバカだな。本物のバカだ！

そんで、国王が戻ってから独断での行動を詫びて、エミリアさんとやらを紹介して、苦労もあるだろうけれど支え合って結婚を……と思い描いていた未来は叶わないと思い知ったとのこと。

何故か国王の裁可を待たずに次の婚約者が決まり、王太子を僭称したことについて大臣やほかの重鎮たちに代わる代わる説教され、果てには教会からも苦情を受けるという始末。

「それは当然のことでございましょう」

呆れたようにイザベラちゃんは言ったけれど、それはもう……なんていうか、すっごく吐き捨てるような言い方だった。

いやでも、これはしょーがないわあ……。

「そもそもわたくしたちの婚約は、国にとっての大切なもの。そのことをお忘れですか」

「お、覚えている。王家の血を、戻すために……」

「さようですわ。そもそもは、男児であるる殿下がおられるので組み上げられた計画だということも、ご存じでしたか」

「……姉上たちを、友好国に嫁がせ、より関係を強固なものにし、残る私をいずれ国王にする」

「そうです、そのためには他国から干渉を受けぬよう、国内から王妃となる人物を選ばねばなりませんでした」

イザベラちゃんが凛とした表情で、それでもどこか冷めた視線を王子に投げかける姿はなんていうか……聞き分けの悪い生徒を叱る先生みたいだなって……。

「そして、各派閥のバランスを考えたところで、王家の血を継ぐ筆頭公爵家の娘であるわたくしが選ばれたのです。更に言えば、資産的に落ち目であった我が家にとってもメリットのあることでございましたし、王家の血を戻すという名目もあれば誰がそれに異を唱えられましょう」

王家の血を戻す、その言葉で貴族たちも黙らざるを得ない。

バルトラーナ公爵家の領地経営で出た赤字を国が嫁入りの支度金という形で補塡する。

そしてどこの家の姫君たちよりもイザベラちゃんが秀でることで、彼女以上の存在になれない限り王妃にはなれないと牽制して国内の貴族たちのバランスをとった。

こうして誰も損をしない関係を作り出したのだ。

その目論見は功を奏し、国内が荒れることなく見事に婚約問題は解決した。

ただし、イザベラちゃんがなまじ、すさまじい努力家な上に才能があったから出来た話ではあったのだけれど。

もしそうじゃなかったら今頃どうなっていたんだろう？

だからこそ、彼女の〝貴婦人としての〟名誉が地に落ちてしまった今、婚約者としてそのままにできずに万が一が起きた場合の措置である、各派閥から婚約者を出し、正妃については誰にするか、議会で決めることと定まっていたのだそうだ。

なので国王の帰りを待たずに次の婚約者が現れてもなんの不思議もないってこと。

まあ、要約するとそんな感じだけど……。

「えっ、それって全部イザベラちゃんに押しつけてただけじゃん！」

「まあ、そうですわね」

私の驚いた声にイザベラちゃんが頷いた。

いやいや、そんなあっさり……とんでもないことですよ！

「勿論、国としても彼女のことを常に気に掛けておりましたぞ」

「でも結局追放されたじゃない」

男爵が慌てて口を挟むものの、私は思わずバッサリ切り捨ててしまった。

私の発言に、誰もが口を噤んでしまった。実際、本当の話だし反省はしていない。

「それは……言い訳できませんな……」

「良いのです。おかげで、わたくしはアルマ姉様に出会えましたもの」

にこっとイザベラちゃんが花のように笑う。

その発言があまりにも尊くて私は思わず彼女を抱きしめてしまった。

あーもう！　うちの妹が！　こんなにも可愛い……!!

「わたくしも、無理だとか、辛いとか……そういうことを殿下に相談すれば良かったのですわ。きっとお互いに言葉が足りず、心に距離がどんどんとできてしまいもう埋める事ができなくなっていたに違いありません」

「イザベラ……」

王子が、イザベラちゃんの言葉に初めて申し訳なさそうな顔を見せる。

だけれど、そんな彼を気にするでもなく私に抱きついたまま彼女は言葉を続けた。

「屈託ないベルリナ子爵令嬢に、殿下が惹かれるのも当然のことでしょう。アルマ姉様が仰るように、婚約者としてわたくしに問うてくださっても良かったのですが……兄もまた、わたくしのことを信じられなくなってしまっていたのですね」

悲しそうに目を伏せて、私にぎゅっとしがみつくイザベラちゃんの心の中はきっと、とても寂しさに満ちているのだと思う。

だって、長く婚約者であった人も、幼馴染も、そしてあろうことか実の兄も、イザベラちゃんのことを守ってくれなかったんだもの。

国のためだからと誰よりも努力して尽くしてきたのに、イザベラちゃんを支えるどころか、周囲の大人たちは誰も彼女を救えなかったのだ。

「これからはもっと私を頼っていいからね。なんでもちゃんと相談するのよ？」

「はい、姉様」

「……話を戻してもいいか、アルマ殿」

姉妹仲良く幸せを噛みしめていたら、ゴホンと咳払いをしたライリー様が苦笑しながら私たちに声をかけてきた。しょうがないなあ、話に戻ってあげよう！

ライリー様はこちらの味方、それがわかっているからきっと酷いことは言わないだろうって思ったからだけどね！

「男爵が陛下より、バルトラーナ公爵令嬢に手紙を預かってこられたとのことだ。殿下のことは気にせず、目を通してくれるか」

「……はい」

男爵が、仰々しいビロード張りのトレーに載った手紙をイザベラちゃんの前に差し出した。

彼女はそれをつまみ上げ、震える指先でその便箋を開く。

「あの……、姉様も一緒に、目を通していただけますか」

「いいの？」

「はい、お願いいたします」

乞われて一緒に手紙を読む。

内容は、まあ……とにかく謝罪だった。

本来なら王が謝罪などするものではないが、これは息子の不出来を嘆く父親としての謝罪だ……なんて書いてあって呆れたね。

（いやいや、国王って立場からも謝罪しなさいよ。王子が仕出かしたことなんだからさあ）

思わずそう考えたけど、今度は声に出さなかった私、えらーい！

まあそれはともかく、事情を本人の口から聞きたいし、今回の件を引き起こした原因の一人でもある彼女の兄については『妹が来ない限り黙秘する』と言っていて、親である公爵夫妻も手を焼いているのだとか。

いやもう、ひっぱたくなりなんなりして口を割らせろよ……と思ったのはナイショである。

手紙がイザベラちゃんの手の中にあってよかった。

私宛てだったら絶対にぐしゃっと握り潰していたね。自信がある。

（いやー、もう！　どいつもこいつも!!）

どんだけ身勝手なんだっつーの！

イザベラちゃんをなんだと思ってるんだ。私の可愛い妹だぞ!?

きっと私の顔は苛立ちで般若みたいになっていたに違いない。

ヴァネッサ様が横からつついてきて、イザベラちゃんに聞こえないように「顔、顔！」って教えてくれたからね……ありがとうございます、可愛い妹には見せらんないわ。

「まあ国王が味方らしいってことは理解した。私は、イザベラちゃんの意見を大事にするよ」

「……アルマ姉様……」

まあそのイザベラちゃんは私の妹だってこの場で宣言してくれているわけですけどね！

ふふん、これ以上嬉しいことはないわー、前々からそう決めていたとはいえ、改めて目の前で言われると嬉しいのなんのって。

王子は膝から崩れたままだけど、知らん。

「どうして、……どうしてだ、イザベラ！　お前は、私のことが好きだったんだろう!?　だからエミリアにあんな酷いことを……!!」

ガバッと顔を上げたかと思うとそんな世迷《よま》い言《ごと》をのたまう王子に、一瞬にして部屋の中の空気が三度くらい下がった気がする。

「まだ言うんだ」

「まだ仰いますの」

そして私とイザベラちゃんが思わずといった感じで同時に言ってしまった。

いやん、姉妹仲が良すぎてタイミングまでばっちりだ。

思わず顔を見合わせて笑い合っちゃったよ、ごめんな、ラブラブで!!

「そもそも政略結婚ですもの。わたくしは、アレクシオス殿下に対し寄り添いたいと思ってはおりましたけれど、恋情は一切ございません。幼い頃から共におりましたし、いずれはこの方と夫婦になるのだと思えば情は勿論ありましたが……それだって一方的な婚約破棄で消し飛びましたし」

「そりゃそうだよねえ、長く一緒にいていきなり『そんな女だと思わなかった!』ってちゃんと話もせず一方の発言だけ信じて、碌な証拠も提出できないような男にかける情はないわあ」

私たちの飾らない言葉に、王子はうなだれていくばかりだ。

周囲もコレばかりは味方もできないだろう、言いすぎだって止められるかと思ったけど、誰一人言わないし。ヴァネッサ様なんて、王子を支えようとしつつバツが悪そうなエドウィンくんをそっと遠ざけてるし。

(……あれはもしかしなくてもわかる。ヴァネッサ様、エドウィンくんのこと気に入ったな……?)

可哀想に、そう思わず声に出しそうになったがそこは素早く飲み込んだ!

ライオンの尻尾をわざわざ踏みに行く必要はないからね。

ヴァネッサ様、実は女騎士としてとっても強いのに、さらに貴婦人としても名を馳せていて〝カルライラの花〟なんて領民や部下たちに慕われているんだよね。

だけど、実は年下の可愛い男の子がタイプで、しかも〝素直で教育したくなるような〟っていう前提がつくから困ったもんだ。

当たり前っちゃ当たり前なんだけど、公にはされていない性癖なわけで……なるほど納得、エドウィンくんは見事なまでに彼女の好みドンピシャじゃないか。

頑張るんだ、エドウィンくん。

若干こっちに救いを求めるような眼差しを向けるんじゃない！

まあそれはともかくとして、男爵まで王子の味方をしないのには正直笑っちゃいそうだ。

男爵からしたら、国内の危ういバランスを保つのに成功して今まで何事もなく過ごしてこられたっていうのに、王子の軽率って言葉じゃ許されない行動のせいで、これからについて頭が痛い状態だからしょうがないのかもしれない。

（……そのベルリナ子爵令嬢のエミリアさん？　だっけ？　まあなんにせよ、その子が現れるまでは、噂じゃ王子はちょっと大事にされすぎている感があるけど、優秀な婚約者と共に穏やかな治世を築けるだろう……なーんてまあまあな評価だったのになあ）

確か、漫画では完璧すぎる婚約者に息苦しくなって、破天荒なヒロインに『自分を見てもらえた！』って喜びで恋に落ちるんだよね。

いやいやいや、お前さあ……って前世でもツッコんだ覚えがあるもの。

だってそうじゃない？

王子で次の国王って決まってるなら、結婚も仕事のうちでしょう。

完璧な婚約者に劣等感？

婚約者にあれこれ押しつけるつもりはないってところはまあ及第点をあげるけど、そもそも役割が違うんだから、なにを対等に考えているんだこの間抜けって思う私は口が悪いんだろうか。

（ま、声に出してないからいっか）

イザベラちゃんは手紙を綺麗にたたみ直してから、目を伏せて何かを考えているようだった。

その様子に、男爵が言葉を重ねる。

「陛下はバルトラーナ公爵令嬢を賓客としてお迎えし、王子からの申し立てについて意見を伺いたいと仰せです。勿論、今回の件はあまりにもお粗末過ぎる内容ですので、公爵令嬢に対し名誉回復をさせていただきたい点も含めてとなりますが」

「……」

「ご同行をお願いしておりますが、これは決して強制ではございません。陛下はご自身の誠意を示すために、やつがれを向かわせたのでございます」

国王の右腕を、自分の代理として。

それは今の国王にできる精一杯ってヤツなのかもしれない。

なにせ、王子の行動をアホかとバカかと責め立てるのは簡単だけど、片方だけの話を聞いて処断してイザベラちゃんの名誉を回復したとしても『めでたしめでたし』にはならないもんなあ。

「……わたくしは……」

誰もがイザベラちゃんの答えを待つ中で、彼女はゆっくりと口を開いた。

か細いその声に一瞬彼女自身が驚いた様子だったけれど、すぐにきゅっと口元を引き結んだかと思うと勢いよく顔を上げ、強気な笑みを見せた。

「……今日、今すぐに出発はできません。また、同行者が一緒でなくば王城へは行きません。これは国王陛下の御心や男爵様個人を疑ってのことではなく、わたくしが現段階ではまだ罪人扱いをされているということを考えてのことです」

イザベラちゃんの声は、静かだった。

静かだけど、それ以上は譲歩しないという強さを持っている。

その返答に男爵がちょっとだけ眉間に皺を寄せたけど、あれはどういう感情からだろうね？

未来の、優秀な王妃を失ったことに対する失望？

それとも、彼女の発言が要求過多だと苛立った？

わからないけど、彼女の意見を否定するなら私がとる行動はただ一つだ。

「アルマ姉様」

「うん、どうしたの？」

イザベラちゃんは、それまでと打って変わったように不安そうな目で私を見上げていた。

そして胸の前で手を組むようにして、それはまるで懇願するような上目遣いで、ああ、そんなの私以外にしちゃだめだからね!?

モッテモテになりすぎて、お外出歩けなくなっちゃうレベルだよ！

「わたくしと一緒に、王城へ行っていただけませんか」

「いいよぉ」

私はイザベラちゃんのお願いに即答する。断るなんて選択肢、あり得ないでしょ。

行くってんならお願いされなくてもついていくつもりだったし。

だけど、イザベラちゃんにしたら予想外だったらしい。

目をパチパチさせちゃって、かーわいいの。

不安そうに揺れてた目が今はびっくりしちゃって、落っこちちゃいそうだね。

まあ、物理的にそんなことはないってわかってるけどさ。

「可愛い妹を守るのは、おねえちゃんの役目でしょ？」

「姉様……!!」

私の言葉にパアッと笑顔になってぎゅっと抱きついてくるこの妹の可愛さよ……。

今なら私もドラゴンを一撃でやっつけられそう。

私も思わず抱きしめ返しながら、おや？　と思ってイザベラちゃんに聞いてみた。

「でもなんで今すぐはだめなの？」

「だって、おうちにある食材が傷んでしまうじゃないですか」

「ああー……」

そうでした。日持ちしないモノ結構あるわ。

いやあ、うちの妹がしっかり者で大変助かります！

確かに私の亜空間収納とか使えば腐らないけど、結局それも収納しに一旦家に戻らないといけないっていうね。うっかりうっかり。

あと王都までの道はそこそこ長いから、お弁当も作らなきゃなあ。

何がいいだろう。やっぱり王道のサンドイッチかな？

どうせだったら色んな種類を作ってデザートもつけちゃおうか。

「それじゃあライリー様、私たちは準備も兼ねて一旦家に帰りますね！」

「……サイフォード男爵、貴殿は当家でゆるりと休むが良い。して、イザベラ＝ルティエ嬢はいかほど準備に日数が必要と思われますかな」

「では、二日ほどお待ちいただきたいですわ」

「承知した」

「カルライラ辺境伯様、なにを勝手な……!!」

「たかが二日で名誉を傷つけられたご令嬢が足を運んで下さるというならば、貴族として、紳士として待つのが当然であろう。また、わしも此度の件については国王陛下に色々とお伺いしたい点があるのでな、同行させてもらう」

「……ふう、致し方ありませんな」

まあお偉い人たちにはお偉い人たちの事情ってものがあるだろうけど、今回は被害者であるイザベラちゃんの意見が優先だよね。

ライリー様が味方だから男爵も強く出られない……というよりは男爵も一応抵抗しましたっていうポーズでしかなさそうだ。

そりゃそうか、お使いを言い渡されている立場だもんね。

きっとできる限り早く連れてこいとか言われてるんだろうなあ、大変だなあ中間管理職って。

「それじゃあイザベラちゃん、帰ろっか」

「はい！」

「イザベラ……」

生き生きとした表情のイザベラちゃんを、眩しいものを見るような目を向けて手を伸ばす王子。

その声は彼女の耳にも届いていたはずだけど、イザベラちゃんは決して振り返ることはなかった。

きっと、もう彼女の中では婚約者だった王子のことも、公爵令嬢だったことも……過去のことにできたんだろう。そして今回、王城に行くって決めたのは、そんな過去と正式に決別する覚悟だと思うんだ。新しい人生を歩くための大事なステップなんだと思う。

（その道を行くのに、ちゃんと私を頼ってくれた）

私のワガママで、妹になってくれたイザベラちゃん。

最初は遠慮ばっかりで、いいのかなっていつも顔色を窺ってばっかりだった。

次第に笑顔が増えて、素直な気持ちを話してくれるようになって、私の傍にいたいって言ってくれて。私たちは、初めの頃に比べたら、ずっと姉妹になれたはずだ。

「イザベラちゃん」

「なんですか？　姉様」

「おねえちゃんは、ずーっとイザベラちゃんの味方だからね。間違ったことをしたら叱るかもしれないし、私が間違えたら叱ってね。でも、いつでも味方だよ」

「……はい」

帰り道、繋いだ手はいつもより温かかった。


私たちは家に帰ってまず、食事をとることにした。

よくよく考えたら買い物に出たのはお昼を作るためだったんだよ。

なんにしようか楽しく話をしながら歩いていたら、まさかのあんな往来でオウジサマ襲来からの国王からのお呼び出し……ってね、盛りだくさん過ぎだわ！

はー、まったくもう。やれやれって感じだよ。

「時間も大分経っちゃったし、簡単なのにしようねえ」

「はい。でも、どうしましょう……」

「うーん、……クレープとかどうかな」

「クレープですか？　前にアルマ姉様が作ってくださったデザートの……？」

「今回はお食事クレープね」

以前、三時のおやつで作ったことがあるんだけど、それはフルーツたっぷりカスタードのクレープだったから食事と結びつかなくてイザベラちゃんが首をひねっている。

それがまた可愛くって思わず笑みが零れたけど、まあ論より証拠！

戸棚から卵と牛乳、小麦粉を取り出して混ぜる。

今回はお食事用だからね！　砂糖はなし。

「イザベラちゃん、ハムとレタス用意してくれる？　トマトもあったっけ」

「は、はい。トマトもあります」

「じゃあトマトはスライスして種を抜いておいて」

「はい！」

本当はツナ缶みたいのがあると嬉しいんだけど、ないからなー。

無難に卵とハム、レタスにトマト。あ、あとチーズも巻こうかな。

バターをフライパンに入れて生地を焼いていく間に私がチラリと横を見ると、イザベラちゃんが丁寧にトマトをスライスして種を抜いているのが見える。

（初めの頃はあんなにおっかなびっくりだったのになあ）

まるごとのトマトに包丁を入れる時も、生肉や生魚がまな板の上に出てきた時も、おっかなびっくりだったっけ。それが随分進歩したもんだよね！

おねえちゃんの指導の賜物《たまもの》だって内心ちょっぴり自慢である。ふふん。

「イザベラちゃんは、王宮に行ったらさ、国王に言ってやりたいこととかあるの？」

「……そうですわね。事実をはっきりさせて、決別したいとは思っておりますが……」

私の問いかけに、イザベラちゃんがふと手を止めて黙り、そしてまたレタスをむしり始める。

平素と変わらない穏やかなその声は、もう彼女の中で答えが出ている証なんだろうなあと思うと感慨深い。いや何回目だよって話なんだけど、感慨深いモンは感慨深いのよ！

だって私の可愛い妹の成長なのよ!?　これを喜ばずにいられるかっての!!

「両親と兄もその場にいるようですし、これを機にお別れの挨拶くらいはしておこうかと思います。兄はともかく、両親とは血縁ですし……何も言わないのも不義理でしょうから」

「そっか」

まるで他人事のように話すイザベラちゃんだけど、そうだよねえ、お兄さん以外はあまり家族としての触れ合いもなかったっていうし……そのお兄さんも王子と婚約した頃からよそよそしくなったってんだから……それって実質他人と言ってもいいのでは？

それなのに、ちゃんとお別れの挨拶をして義理を果たそうとするうちの妹、天使のような優しさの持ち主では？　いやもしかしたら天使なのかも？

「尊い」

「え？」

「なんでもない、こっちの話」

危うい危うい、心の声がだだ漏れになるところだった。若干漏れてたけどセーフでしょ。

（しかし王城かあ）

話し合いとやらをするんだったら、当事者が招かれるのは当然。

なんせ、国王不在の間に王子がやらかしたのを誰も止めないとかあり得ない。

ってことは彼を止めるストッパー担当がいてもおかしくないはずなんだけど……。

エドウィンくんはまずないね、初めの頃のあの様子を思えば無理でしょ。

男爵は……あの様子だと、国王と一緒に行事に参加していたっぽいし。

公爵家がイザベラちゃんを嵌めたとは思えないし、だとすると他の貴族？

子爵家の娘を傀儡《かいらい》に仕立て上げて、〝イザベラ＝ルティエ〟という完璧な令嬢に泥を塗って引きずり下ろそうっていう暗躍とか？

（その辺を明らかにしたいから彼女を呼ぶんだろうけど）

勿論、彼女から話を聞きたいってのが理由の大半だろうし、直接謝りたいってのもあるだろう。

だけど、ほんの少しだけ……そういう貴族間の問題を孕《はら》んでいるとしたら、彼女が王城に来て証言するのをよく思わない人間が行動に出るという可能性もある。

（考え過ぎだといいけどね）

なんにせよ、イザベラちゃんが私を同行者に選んでくれて良かった。

もし一人で行く気とかだったら、ゴネてでもついて行く気だったけどね。

いい大人なんだから駄々こねんなって？　知らないよ、妹の一大事なんだよ！

イザベラちゃんの意思はしっかり決まっているようだけど、多勢に無勢で城に閉じ込められたりして再度婚約を定められたり、他の人と政略結婚を……なんてあったらどうすんの。

もう少し城の人間を信用してあげたいところだけど、ディルムッドとフォルカスもこういう場合、王城で親しい人間以外は信用するなって言ってたし。

あの二人が言うんだから間違いない。アイツら、こういうことにはとても強いので。

そんなことを考えている間に焼き上がった生地で具材を巻いて出来上がり。

わくわくした顔でクレープにかぶりついたイザベラちゃんは、パッと笑みを浮かべる。

うんうん、その笑顔が私は大好きだ。

「美味しいです！」

「こういうのもアリだと思わない？」

「はい、デザート以外にもこんな食べ方があるなんて……なんて素敵なのかしら」

「中身が色々自由に選べるのが楽しいよね。魚とか、焼いたお肉でも美味しいよ。パプリカとかも色合いが綺麗だし。デザートも果物やクリームを変えると面白いし」

「それも美味しそうです……！　デザートの方も、今度はわたくしも焼いてみたいですわ」

「じゃあ今度、一緒に作ろうね」

美味しそうにクレープを両手で持って食べるイザベラちゃんは、ほんの少し前まで大勢の前で冷たい表情をしていたのが嘘みたいに楽しそうだ。

（やっぱり、その表情の方がいいよ）

凛とした、〝貴族令嬢のイザベラ＝ルティエ〟って女の子も素敵だったけどね。

そう私は胸の内で呟いておいた。

「ねえイザベラちゃん、王城に行くのにどんなお洋服がいいかな？」

「でしたらわたくし、アルマ姉様が初日に買ってくださったすみれ色のワンピースにいたします」

「お、いいねえ」

彼女に華美なドレスはもう、必要ない。

だってもう、私の妹だもんね！

☆

それからきっちり二日後の朝、私たちはライリー様たちと共にカルライラ領を発つこととなった。

ライリー様はエドウィンくんと、私はイザベラちゃんとそれぞれ馬車に乗る。

本当は全員乗れそうなくらい大きい馬車だったから、私たちはみんなと一緒でも構わなかったんだけど、そこはライリー様の配慮らしい。さすがライリー様、怒らせない限り紳士だわ……。

ちなみにサイフォード男爵と王子が一緒の馬車なので、そこは安心だ。

もし王子と一緒とか言われたら、それはこちらから全力で拒否させてもらうところだった。

見送りに来てくれたヴァネッサ様からコッソリ聞いた話によると、この二日間、ずぅー……っと男爵が王子に説教をしていたらしい。その上、まだ足りないらしく王城に着くまでも説教するらしいよ。

いい気味って思ってちょっと笑ってしまった私は悪くない。

「馬車旅は久しぶりだからちょっと新鮮だなあー」

「アルマ姉様はいつも徒歩で旅をなさっておいでdo したのよね」

「うん。イザベラちゃんとエドウィンくんに会った時、本当に久しぶりに馬車を操ったんだけど、案外覚えてるもんだよねえ。あっ、でもイザベラちゃんと旅をする時には私たち専用の馬車を買うからね。どう？　クッション足りてる？」

「もう姉様ったら……カルライラ辺境伯様がご用意なさった馬車ですのよ？　十分座り心地の良い

物ですから、大丈夫ですわ」

「ならいいんだけど……辛くなったらすぐ言ってね？」

コロコロと笑うイザベラちゃんは可愛い。

今朝方まではとても緊張していたのだけれど、つい先ほど、エドウィンくんと少し話して和解をしたこともきっと彼女の気持ちを明るくさせたのだと思う。

『……僕は、世間を知らない子供だったのだと思う。それは、言い訳にならないと気づいた。……でも、どうか謝罪をさせてほしい』

『エドウィン……』

『幼馴染の、イザベラ＝ルティエ。そんな大切な友を、いつの間にか愚かな僕は見失っていた。申し訳ありませんでした……！』

『……きっとわたくしは、許すことはできないと思うのです。だけれど、わたくしもきっと、友を頼らなかったからこそ、あなたもわたくしを見失ったのでしょう。お互い様ですわ』

『許されるとは思っていない。許してくれと願うこともしない。ただ、謝罪をさせてくれたことに感謝する。これから、王城でどのようになるかわからないが……お前の幸せを願うよ』

『道は交わらぬようになったかもしれません。それでも、いつか……お互いに、もう少し大人になった時、気持ちは変わるかもしれません。わたくしも、幼馴染の貴方が少しでも幸いを摑めるよう、遠くから祈ります』

二人のその会話を聞いて尊いと思ったのは私だけじゃないはずだ。

エドウィンくん、成長したね……!!

これから王城に戻れば、彼も糾弾される対象の一人だ。

王子はそれがわかっているのかいないのか、とにかく自分は悪くない、周囲が唆《そそのか》したからだと言ってては男爵に叱られているらしいけど……エドウィンくんはただ黙って頷いただけだったと、ライリー様は言っていた。

彼はきっと、罪を罪として理解したんだろうと思う。

その上で、きちんと今回のことを見届けて、受け入れる覚悟を決めたのだと思う。

え、待って。

一ヶ月も経ってないのにすごく成長したよね。

カルライラ・ブートキャンプがあったからってすごすぎない？

（ヴァネッサ様、何したんだろう……。本当に、何したんだろう……）

出立の見送りに来ていた彼女の方を思わず見たけど、微笑んで手を振られただけだった。

それに気がついたエドウィンくんの顔色が、若干悪かった気がするけど……そこは気のせいということにしておこう。

「イザベラちゃん」

「はい、なんでしょうか」

「いざって時には私、イザベラちゃんを攫って逃げるから、頑張ってしがみついてね！」

「まあ！」

私の言葉を冗談と受け取ったのか、目を丸くしたイザベラちゃんがくすくす笑う。

ちなみに本気だけど、それは告げずに私も笑顔を返しておいた。

「はい、姉様。勿論ですわ。わたくしを連れて逃げてくださいませ！」

「……なんだろう、私たち、駆け落ちするみたいだね？」

「あら、本当ですわ」

自分で話題を振っておいてなんだけど、身分差で恋が叶わぬ二人がするような会話だよね。

思わずイザベラちゃんと顔を見合わせて、笑ってしまった。

馬車の中にいるのが私たちだけで良かった。ライリー様が聞いていたら眉間に皺が寄っていただろうし、王子だったらやかましくなってしょうがない気がする。

まあ、もしかしたら御者さんに聞こえているかもしれないけど。

「ここから王都までは馬車だと早くて五日だっけ」

「そうですわね、強行軍でそのくらいだと思います。おそらく今回の場合ですと、要所で馬を取り替えての強行軍かと思いますけれど……そうでなければ一週間程度かと」

「貴婦人連れて強行軍とか無理すぎない？」

「普通に考えたらあり得ませんわ。ですけれど、脱走した王子というオマケもおりますから……護衛の都合も考えると、強行軍にならざるを得ないと思いますの」

男爵の脳内では私も護衛として戦力にカウントされている気がするんだけどね？

ま、直接お願いされていないからこれっぽっちも王子のことを守る気はない。

イザベラちゃんは当然！　私が守る!!

ライリー様はまあ、ほっといても大丈夫だと思うし……エドウィンくんは心を入れ替えたっぽいからピンチだったら考えてあげてもいいかなあって。

男爵は護衛がいるから大丈夫だろうし、王子は……まあ、男爵、頑張って。

「途中でどなたかが耐えられないようであれば休憩を取るとは思いますけれど」

「そっか。まあ、魔法で眠らせてあげるくらいなら協力してもいいけど」

「姉様、ちょっとそれは過激ではないかしら……」

「えっ、そう？」

いい方法だと思ったんだけど。静かになるよ？

でもイザベラちゃんが止めといた方がいいっていうなら、そうしようね！

「王都までの旅、馬車に乗ってばっかりだけど楽しもうね！」

「はい、姉様！」

二人なら、どこに行っても、何をしてもきっと楽しいよ!!

第四章　いざ、王城決戦！

王都までの道のりはまあ……それなりに大変でしたよ、ええ。

野盗が出たとかモンスターがとかそんな冒険譚みたいなものはひとっつもなく、行程そのものは天候にも恵まれたおかげでとても良かったと思う。

なかなかないよ？　行程全部がいい天気に恵まれて、道も混まずに進めるなんて。

馬車旅をしているとどっかしらトラブルがあって、それを行き交う人たちで助け合うってのが暗黙の了解なんだけどそういうのもなかったし。

いやあ平和って素晴らしいね!!

……と言いたいところだけど、王子がすっかり顔色を悪くして途中休憩したり私とイザベラちゃんとで介抱したり回復魔法をかけたり……なんてこともあったんだよね。

果たしてそれが馬車による強行軍のせいなのか、サイフォード男爵の説教のせいなのかは不明だ。

（まあ甘やかされて育ったオウジサマにはいい薬だったんじゃない？）

ちなみにエドウィンくんは思ったよりも元気そうだった。

ライリー様と二人の馬車とか緊張しているだろうなあと思ってたんだけど、意外や意外、なんか師匠と弟子っぽい感じになっていて、あれ？　って思ったよね。

カルライラ・ブートキャンプのボスは確かにライリー様で間違いないけど、ヴァネッサ様にはあんなに怯えていたのにその差は一体？

いや、聞いたらヤバい気がするので、私は何も見なかったことにする。

そんなこんなで無事に王都に辿り着いた私たちは、王城の裏口からこっそりと入城を果たしたのであった。なんでこんな風に隠れる必要があるのさって正直思わないわけじゃないけど、仕方のないことだと理解もできるから複雑だ。

イザベラちゃんは悪くない、だけど不名誉な方法で陥れられてしまった彼女は良くも悪くも人目について噂の的となるだろう。

それを避けるって意味でも裏口からこっそりってのは合理的だ。

正面からだといくら気をつけてこっそり入ったとしても、誰かしらの目に留まるだろうからね！

「アルマ姉様……」

「大丈夫、イザベラちゃん。今日も可愛いからね!!」

不安そうにしているイザベラちゃんに、私は笑顔で肩を叩く。

衛生面に関しては私が清浄魔法を遠慮なくバンバン使ったから、イザベラちゃんは今日も輝いているよ！　ちなみにこの魔法はイザベラちゃんも使える。

けどほら、妹を磨くなら私がやりたいじゃない！

この魔法はごくごく一般的なもので、衣服を綺麗にしたり体を綺麗にしたりと便利なものだ。しかも消費魔力が少ないと来れば魔力持ちなら是非覚えたい魔法である。

無属性魔法と呼ばれる分類なので、属性に偏りのある人も使えるのもいいところだと思う。

ただ、この無属性魔法は召喚魔法と並びちょっと厄介なところがある。

それは呪文や魔力の流れをどうこうというよりも『イメージする』という部分。

魔法で綺麗にしていくイメージと言えば簡単なんだけど、それができる人とできない人がいるのよねえ。四大元素だと目にしたことがあるからイメージしやすいらしい。

だから結局のところ使えない人たちの方が多いので、お風呂とか水浴びとか行水とか、そういうのはどこでも行われているんだけどね……でも大丈夫！

私クラスになれば一瞬で全身どころか服から靴までピッカピカ!!

イザベラちゃんも聖女のお勤めの際には重宝していたって話。

「髪型もそれで似合ってるし、うちの妹は今日も最高に可愛いよ！」

「もう、姉様ったら……」

イザベラちゃんは少し気分が落ち着いたのか、まだ少し不安げながらも笑顔を見せてくれた。

そうだよね、緊張しないはずがないよね。

（言うなれば魔王城に攻め入った勇者の気分？）

いやわかんないけど。

とにかく裏口から入った私たちはサイフォード男爵に連れられて、豪奢な客間に案内された。途中何人か文官とか侍女が来たけど、あくまで目立たないように人払いするための人員みたいな感じだったかな。いやあ、厳戒態勢だね！

王子？　ああ、そんな人もいましたね。

途中で屈強な騎士たちに連行……じゃなかった、介抱されながら自室に向かったみたいだよ！

「それではこちらの部屋をアルマ殿に。バルトラーナ公爵令嬢には別のお部屋を……」

「いやです」

「しかし……バルトラーナ公爵令嬢。そうなると平民と同じ部屋というわけには」

「アルマ姉様と一緒の部屋でなくば、謁見の前にわたくしは王城を去ります」

きゅっと私の手を握って震えながらもきっぱり意見を言うイザベラちゃん。

うん、そうだよね。おねえちゃんも同意見だよ！

「サイフォード男爵を信じてないわけじゃないけどさ、こうまでイザベラちゃんを放置しておいていきなり王城に招くなんて、罠かと疑われてもしょうがないと思わない？」

「しかし……」

「それとも、ジュエル級冒険者である私では、彼女の護衛は任せられないとでも？」

「……さすがに、そのようなことは思っていません。それに罠などないと誓わせていただこう」

「あなたはそうでも、他の人は？　彼女を陥れた人物が、他に内通者がいないと言い切れるの？　王子が彼女によりを戻してくれと泣きつきに来たら、彼女の部屋を担当する侍女は王族の入室を拒めるの？」

「それは」

実際問題、王子に関しては、そんなトンチキな話はないと思うけどね！

内通者とか暗殺者とかはともかく、いっくら追い詰められていたとしても、さすがにご令嬢相手に王子たる身分の人間がそこまで……いや、待てよ。

（一方的に婚約破棄をして、あんなボロ馬車に押し込んで強制労働とか言い出す王子だもんな、ないとは言いきれないな……）

私の若干攻撃的な言葉に、男爵が苦いものでも口にしたかのような表情をしている。

でもここは譲らないよ！

男爵には男爵で役目があるんだろうけど、私は私で妹を守るおねえちゃんですから。

「申し訳ないけど王城でゆっくりするつもりはないんだ。呼んでおいて時間も取れないっていうなら、私たちは早々にここを辞去させていただきたいのだけれど、どうかしら？」

私のその言葉に、とうとう男爵も諦めたらしい。うなだれて了承してくれた。

その様子はまるで本当に萎れた花のようで、私の良心がだね。

(……あれ、なんかちょっと、ごめん……?)

男爵を追い詰める気持ちとかはなかったんだよ、本当に。

苦労は察してはいるんだけど、こちらはこちらでほら、やっぱり城下見物とかもできたらとかその程度の軽い気持ちだったたっていうか。

よろよろと出て行く姿を見るとちょっぴりこう、罪悪感が生まれたね。

イザベラちゃんの件以外で、男爵が困っていたらそっと手助けしてあげてもいいかもなって思った瞬間でもあった。だってなんか、苦労してそうなんだもの……。

(ま、縁があったら……ね)

ないのが一番だけど!

それからどのくらい待っただろう?

あの後すぐに、私とイザベラちゃんが二人で過ごせるだけの広い部屋に案内されて、少なくとも侍女の人がお茶を二回は運んできたんじゃないかな。

で、そのくらいでようやくお呼び出しがきたのだ。

国王と面会なんてどのくらい時間がかかるもんなのかと心配だったけど、私たちの様子からあまりゆっくりはしていられないと判断したのかもしれない。

仰々しくも謁見ということなので、場所は大広間かと思っていたんだけど、どうも違うらしい。

案内の侍女さんが王城の中でも奥まった方へと歩んでいくから思わず私が首を傾げると、こそっとイザベラちゃんが教えてくれた。

「おそらくわたくしたちが向かう先は、陛下の私的な会議をなさるためのお部屋のはずです」

「へえ、そんな部屋があるんだ。なるほどねえ」

よっぽど周りには聞かれたくないらしい。まあそりゃそうか。

次代を担う王子がとんでもない言動をした挙げ句に、冤罪で一人の貴族令嬢の人生を奪うような酷い目に遭わせた……だなんて、公の場で審議したら国中が荒れるよね。

私としては公の場で、加害者全員が土下座でもしたらいいと思ったりなんかもしたけどさ。

大人ですんでそこはね、何も言わないでおきました！

エドウィンくんみたいに反省するケースもあるから、やっぱりそんなのだめだよね！

そうこうしている間に、一つの部屋の前で侍女さんが立ち止まってここだと教えてくれた。

ドアを押し開ける侍女さんの後ろで、私はそっと隣に立つイザベラちゃんに声をかける。

「イザベラちゃん」

「は、はい」

「ん！」

段々顔色を悪くして、緊張で強ばった表情のまま胸の前で手を握りしめるイザベラちゃんに手を差し出す。突然のことに目をぱちくりしていたイザベラちゃんだけど、私の顔とその手を見て、それからちょっと照れたように笑って手を重ねてきた。

私は繋いだ手を持ち上げて、もう片方の手で撫でてあげた。

「あーあー、握りしめすぎてすっかり白くなっちゃって。大丈夫だよ、私がいるでしょ?」

「はい、アルマ姉様……」

「イザベラちゃんをエスコートするのは私。どんな時だって守ってあげるからね。約束!」

「ふふ、はい。これ以上ない信頼のお約束ですもの、信じております」

私たちが足を踏み入れた部屋は、さすがに国王の私的な会議室だけあって中の広さは相当なものだった。優に二十脚以上ある椅子と、巨大な一枚板のテーブル。

その上座に、厳しい顔をした国王らしき人物。男爵が後ろに控えているから間違いない。

私から見て国王の右側に座る、今にも倒れそうな顔をして座る女性がおそらく王妃。

それから、ちょっとずれた左側の位置に座る態度のでかいオッサンとその奥さんらしい人物。多分あれがイザベラちゃんのご両親ってやつなのだろう。

え?　あれが!?

って感じで思わず二度見したけど、そこはノータッチでよろしくお願いします。

一体イザベラちゃんの美遺伝子はどこからやってきたんだろうか……。謎だ。

そしてそのオッサン夫婦の隣に、俯いた青年が一人。私たちの入室に気がついて、ゆるゆると顔を上げたけど、彼がイザベラちゃんのお兄さんだろう。

彼だけはイザベラちゃんとよく似ていた。顔立ちが。雰囲気は違うけど。

でも美遺伝子がちゃんと存在していた。

私たちの入室と共に向けられた視線は、どれもこれも友好的とは言い難い。

それがちょっと気に食わないなと思ったところで、座ったまま国王が声を発する。

「……よく来てくれた。余がこの国の王、ヘンリクである。サンミチェッド侯爵夫妻、またベルリナ子爵夫妻は遅れて参るゆえ、まずは寛がれよ」

国王という立場にある人物にしては随分腰が低いお出迎えだなと思ったけど、それも仕方ないのだろう。今回のことはあまりにもイザベラちゃんが理不尽に虐げられたとしかいいようのない問題なのだ。

それを明かすに辺り、堂々と出迎えられないわ、名誉の回復方法についても頭が痛いわ、自分の息子とその他の処遇も悩みどころな上に、ジュエル級冒険者である私の存在でしょ？

私だっていきなりけんか腰になんかならないのにねえ、可哀想な国王様！

だから私も笑顔で挨拶を受け取って、近くの椅子に手をかけた。

「お言葉ありがとうございます。それじゃあ私たちは下座《コチラ》で。ね、イザベラちゃん」

「イザベラッ、お前は私たちの娘なのだからこちらへ……！」

「はい、どうぞ～」

外野の声がうるさいけれど、あえて無視しつつ紳士の真似事をして椅子を引いてあげればイザベラちゃんは花が綻ぶように笑った。

「ありがとうございます、アルマ姉様」

彼女も色々と思うところがあるのだろうし、複雑な心境だろうけど、あそこにいるオッサンたちに今更『私たちの娘』なんて言われても心に響かないんだろう。

なんせ、この一ヶ月くらいの間で人を寄越すなり手紙を送るなり、彼女の安否を確認する行動はいくらでもできたはずだ。

それなのに一度もなかったのはどう考えたってギルティすぎる案件。

ただ、気になるのは……彼女のお兄さん、マルチェロだっけ？

彼は一言も喋らず、ただじっとこちらを見ているだけだ。

見た目は綺麗だけど、あの視線はいただけない。なんというか、こう、粘っこい。

正直イザベラちゃんだけを見つめているその視線は、不気味だ。

（……王子が抜け出して辺境に来たのは、あのボウヤが手引きしたってことらしいけど）

だとしたら、彼は公爵家の中でどんな立ち位置なのか。

両親よりも部下たちを掌握しているのだとしたら、公爵家はメンツ丸潰れになる可能性があるよねえ。王城から監禁されている王子を連れ出し、辺境区まで連れて行った後、合流まで単独行動させるとか、なにかあった場合の責任問題が諸々発生中だもの。

それが当主である公爵の知らぬところでってなると、もうね？

公爵家のメンツどころか、公爵家お取り潰しの方が可能性高いかもしれない。

(私もさすがにイザベラちゃんの生家が落ちぶれていく様を見たいわけじゃないんだけどなあ)

両親との思い出が無いにしても、おばあさまとの大切な思い出はあるだろうし。

幼い頃は、まだいい思い出があったみたいだからさ。思い出は大事だよ、とってもね。

青ざめたサンミチェッド侯爵夫妻が挨拶を述べつつ入ってきて、我が子を探して視線を巡らせたかと思うと、国王を前にしているのも忘れて絶句していた。

「……来たようだな」

いや、決して笑ってはいけないんだけど笑いそうだった。

ライリー様の横に座る、引き締まったエドウィンくんを見て絶句しているんだもの。

笑わないように頑張った私、すごくえらいと思うの。

その後、顔面蒼白で今にも倒れそうなベルリナ子爵夫妻と猿ぐつわをされた女の子が登場して、同じように猿ぐつわされた王子が到着して……これで役者は揃ったらしい。

……いや、待って？　王子が猿ぐつわされている状況って、相当な絵面なんだけども。

可哀想とはこれっぽっちも思わない。

だけど、猿ぐつわって人質になって交渉の場に連れてこられるくらいでしか見ないと思うんだけど……ここ、王子の母国で生まれ育った王城よね……？

(まあ、いいか)

私が考えてもしょうがない!

さて、私の見たところ、だけども。

国王は割と良識がありそうだけど、男爵が意見を言うことで所々修正を入れているってところかな。王妃に関してはもう今にも倒れそうで、意見なんて言えるのかしら。

公爵夫妻は第一声でイザベラちゃんに謝罪がなかった点で、私の中でギルティ確定。元々ギルティだったけど、追加で加点されたのでもう許すことはない。

ぜってぇ、イザベラちゃんの自由をもぎ取ってみせっからな……!!

(気になるのは、兄のマルチェロくんだけど……まあこの話し合いで様子を見るか)

エドウィンくんは落ち着いて、膝の上で握った拳を見つめている。うん、カルライラ・ブートキャンプが完全に彼をまともにしたと思うと感慨深い……私は何もしていないけど。

彼の両親はどうやら良識的な人らしく、イザベラちゃんに謝罪の言葉を述べてから座っていた。

きっとエドウィンくんは三男ってことでみんなから可愛い可愛いって甘やかされて育っちゃったんだろうなあ。ご両親はチラチラとエドウィンくんを気にして視線を送っているけれど、特別何かを言うでもなくこの場の裁定を待つスタンスらしい。

そういう所を見ると、エドウィンくんの素直なところとか、カルライラ・ブートキャンプで更生できたんだから根は真っ直ぐだったと考えられるから、ご両親もいい人だと思うんだよ。

(それで、まあ)

猿ぐつわされた女の子。

あれが例のエミリア・ベルリナ子爵令嬢ってやつだな。

ぶっちゃけ、要はベルリナ子爵令嬢が物語の主人公ってことなんだけど、私が漫画で読んだのは途中までだったからなあ。

イザベラちゃんが断罪された後、物語がどうなったのかは知らないんだよね。

内容が合わなくて途中で止めたんだけど、そこまでの内容はざっくり言えば平民上がりの貴族になっちゃった女の子のサクセスストーリー。

淑女となるべく学園に入って王子や貴族の令息と知り合い、興味を持たれて困っちゃ〜う☆　的な展開からラブロマンスへ。そこで我らがイザベラちゃんが彼女の行動に苦言を呈し、最終的に私と出会うきっかけになった婚約破棄をされる、と……。

私は〝その先の展開〟を知らないけど、こんな展開ではないだろうなってことくらいはわかる。

（普通に考えたら、ヒロインは王子と結ばれてめでたしめでたし……であって、猿ぐつわで話し合いになるようなラブロマンスはあり得ないもんねえ）

私だってもっと穏やかに話し合いが始まると思ってたよ!!

この状況に私は始まる前からげんなりして、今からでも遅くないからイザベラちゃんを連れて国外へ脱出しようか……なんて思っちゃったくらいだ。

全員が集まったことで国王が重々しく口を開く。

「みなよく集まってくれた。ここにいる者は、何故集められたか、よく理解していることと思う」

国王の言葉に、男爵が改めて今回の経緯を私たちに説明する。

説明するというよりは確認作業ってところだろうか。

知っていることなので私もイザベラちゃんも、口を挟むことはない。ただ、エドウィンくんとエミリアさんのご両親は知らないこともあったようで、顔色がすごいことになっている。

時折、不満そうにくぐもった唸り声が聞こえるけど、誰もそこにはツッコまなかった。

「さて、……残念ながら我が息子、アレクシオスに話を聞いても埒《らち》が明かぬ故、こうして当事者たちに集まってもらった。男爵が述べたこと、委細、間違いないか。バルトラーナ公爵令息マルチェロ、並びにサンミチェッド侯爵令息エドウィンよ」

「間違いございません。我々は、ベルリナ子爵令嬢の言葉を鵜呑《うの》みにし、彼女の証言のみを元にイザベラ＝ルティエ嬢を一方的に断罪し、議会に裁判を求めることなく、我々のみの勝手な判断で身分剝奪を言い渡し、カルライラ辺境領へと送りました」

国王の厳しい問いかけに、エドウィンくんがはっきりと答えた。

その言葉に、くぐもった唸り声が止んで、信じられないといった様子の王子の視線がエドウィンくんに注がれているけれど、彼はそれに怯むことはない。

「僕は、過ちであったとその場で気がつけず、アレクシオス殿下を諫めるどころか、そうすべきだと賛同したのです。罪を認め、裁きを待つ所存です」

「……さようか」

国王は少し驚いたようだけれど、頷いただけだった。

そしてちらりと視線を向ける。

相変わらず、もう一人の当事者であるマルチェロくんはだんまりだ。

視線も変わらずイザベラちゃんに向いたまま。

「マルチェロよ、お前は幼い頃から優秀で、両親に代わり領地の運営にも携わってきた。王妹が降嫁した際の持参金もあり、豊かとなった公爵家を食い潰した両親に代わりお前はよくやっていた」

ほほう、イザベラちゃんの両親はとんでもない金食い虫だったと。いやな新事実だな。

そんでもってお兄さんは跡継ぎとして頑張っていたと……まあ素晴らしいこと！

まったくもって私たちには関係ない話だね？

「その手腕を買い、公爵家の後嗣として彼らより権限を与えるよう推挙したのは余である。お前ならば、アレクシオスを支え、時に諫め、導けると信じてのことだった。それなのに、何故、此度のような愚行をお前は許したのだ？」

イザベラちゃんが言っていた通り、きっとマルチェロくんはとても優秀だったんだろう。それこそ国王が認めるくらいには。

だけど、彼の視線は……切々と訴える国王ではなくてイザベラちゃんだけに向かっている。

それに私はより一層、気味の悪さを感じざるを得なかった。

国王はそんな彼に痺れを切らしたらしく机を叩くようにして大きな声を上げる。

「いいや、むしろお前が主導したとアレクシオスは言っておった。それは誠なのか？　イザベラ＝ルティエ嬢がここに来れば、そなたは全てを話すと約束したであろう！」

その大きな物音と声に、まるで今聞こえたかのような様子でようやく彼が緩やかに視線を国王へと向けた。

マルチェロくんは何を話すのだろう。

その様子に誰もがそう思った瞬間、別の声がそれを遮った。

「あ、あたしは悪くないわっ！　全部、そう全部マルチェロが仕組んだのよ！　あたしを貴婦人の中の貴婦人に、王妃になれるよう手助けしてくれるって。王子がどうしたらあたしを見初めてくれるのか、教えてくれたのはそこのマルチェロよ!!」

先ほどから首を振るようにして必死に訴えるベルリナ子爵令嬢の猿ぐつわが外されていた。

いやまあ、私の視界にも動く騎士は見えていたし、国王が彼女を使ってマルチェロくんを追い込もうとしているってのはわかるんだけどね……。

ベルリナ子爵令嬢の言葉を受けて、国王は再びマルチェロくんを見る。

「どうなのだ、マルチェロ」

国王の厳しい声にも彼は無反応だ。口を開いたと思ったのに、もう閉じている。

そしてただただじっとイザベラちゃんを見つめていた。

その様子に、猿ぐつわを外されたベルリナ子爵令嬢がヒステリックに叫び出した。

「ねえ！　なんとか言いなさいよ、マルチェロ！」

ここで私は嫌な予感がした。だって、そうでしょ？

（……おかしいでしょ、私が読んだ漫画のヒロインは、まあ物語としてご都合主義はしょうがないにしても前向きで、明るくて、みんなから愛される可愛い子って描かれ方をしていた。こんなヒステリックじゃあ、なかった）

勿論、ここは私が前世で見た漫画の世界そのものじゃないんだから、キャラが違っても何も不思議はないんだけど……これは違いすぎだろう。

そこで一つの可能性に思い至った。

転生したのは、私だけじゃない、ってことに。

「そもそもアンタよ、イザベラ＝ルティエ！　あたしを虐めてたくせに、なんで？　なんでアンタがいなくなったのに、あたしは王妃になれないの!?」

おっと、そんな考察をしていたらイザベラちゃんに飛び火が！

すわ一大事と思ったけれど、私の手を握ったままイザベラちゃんは軽く眉をひそめてベルリナ子爵令嬢を見ただけだった。

「……虐めた記憶などありませんけれど、なにを勘違いしてらっしゃるの？」

「勘違いですって！」

「わたくしは、特待生として入学し、また、殿下が気に掛けていた貴女を守っていたに過ぎません」

守っていた。

イザベラちゃんがはっきりとそう告げた言葉にエドウィンくんが俯き、王子は目を丸くしている。

私は国王の方を見て、王子へと視線を向け、そして最後に男爵を見る。

(猿ぐつわ、外してやったらどうなの)

ぎゃあぎゃあ騒いでうっさいから物理的に黙らせたんだろうけど、同様に扱っていたベルリナ子爵令嬢を解き放ったままなんだから、王子だってそうしてあげるべきだ。ま、国王たちからしてみれば、失言されたらたまったもんじゃないから黙らせておきたいんだろうけどね。

(そうは問屋が卸すもんか)

こういうことは、きっちりしとかないとね？

王室にとっても、国にとっても、私たちみたいな一般人にとっても大事なことだもの。

私がにっこり笑みを浮かべてみせれば、国王と男爵は顔を見合わせて、諦めたように王子の猿ぐつわを外すよう近くの騎士に指示を出す。

「だって、だって、だって！　だってアンタはいつだってあたしのすることなすこと文句をつけてきたじゃないの！　無理ばっかり言ってきたじゃないの!!」

「それは、必要なことだったからですわ。貴女は貴族になったのですから、貴族のルールは守らねばなりません。それが貴女を守る道でもあるのです」

「あたしは！　平民だったのよ！　それを貴族になったからってすぐにどうこうできるわけじゃないでしょ!!　ずっと貴族だったアンタと一緒にしないで!!」

ベルリナ子爵令嬢……長いな、エミリアさんでいいか。

エミリアさんの言葉はもっともらしく聞こえるけれど、イザベラちゃんは彼女の金切り声に煩《わずら》わしそうな表情でため息を一つ吐き、静かに彼女を見つめて口を開いた。

「一年です」

「……え？」

「貴女が貴族令嬢となり、学園に通い始めてから一年経っております」

「そ、それがなによ……」

端的な言葉に怯んだエミリアさんは、イザベラちゃんの静かな言葉に圧倒されているようだった。

今まではエドウィンくんや王子に囲まれていたから、イザベラちゃんなんて怖くないと思っていたのかもしれない。

だけど、今、守ってくれる人がいない状況で淡々と事実を語る人物を相手にすることで、まるでその人が得体の知れないもののように彼女には見えるのだろう。

ちょっといい気味だと思うのと同時に、うちの妹かっこいいって私は感動している！

「その一年、貴女は貴族令嬢として領民の税を糧に生活をしているのです。もう貴女は己が『平民であったから』を言い訳にはできないのです。領民たちの代表者として、統治者側の人間として、指標となる立場としての自覚を持たなければなりませんでした」

「……そ、それとこれとは……」

「だからこそわたくしは、貴族令嬢として身分による挨拶の順序やその場にあった振る舞い方、マナーについて注意もしましたし、時には教えました。講義が難しいからと当たり前のように遅刻したり勝手に休んだりすることに対しても、何故注意するのか常に説明したはずです」

いやいや、それってただのサボりじゃないかな……？

よく特待生になれたなあ、お金を積んだからってなかなか進学は難しくない？

それとも、元々の頭は良かったのかな。

「だって！　それは……それはアンタがあたしに厳しく言うから……！」

「子供か」

エミリアさんの言い訳めいた声に思わずツッコんでしまった。

いやだってこれは黙っていられなかったっていうか……つい、反射的に。

「姉様ったら！」

「ごめんねえ、つい……」

「でも、姉様の仰る通りですわ。わたくしたちにとってあの学び舎は、これからを学ぶための小さな国家なのです。故に、そこで己の立場を見出せぬ者に未来はありませんでした。それに気がついてほしくて、周りの方々と距離ができないようにするためにもわたくしが率先して彼女に注意をしていたのですけれど……」

結果として、イザベラちゃんの親切心はまったくもって伝わらず、特待生で王子と親しくなったエミリアさんに〝王子の婚約者〟が嫉妬したと変換されたらしい。

いやあ、いくらなんでも頭がお花畑過ぎないかな？

「王子もわかってなかったワケ？」

「……ペリュシエ侯爵令嬢にも、似たようなことを言われて、だが……何故、叱ることがエミリアのためになるのか私にはわからない……彼女は、困っていた。困って、いたんだ……」

「そりゃ困ってるだろうね。話を聞く限り真面目に勉強してないんだから、普通に通っていたら困ることだらけじゃない」

「……なに……？」

「えっ、なんでわかんないの？　王子、大丈夫？」

主に頭が。

さすがにそこまで直接的なことは言わないけど、多分この部屋にいた人全員に伝わっているはずだ。ごめん、あんまりオブラートに包むとか慣れていないんだ！

ええ……なんて言ってあげれば良かったんだろう。

わからないから、王子がびっくりした顔をしているのをいいことに私は言葉を続けた。

「だって、王子も含めて学園だっけ？　そこに何をしに行ってたの？　みんなにちやほやされに行ってたんじゃないでしょ？」

「そんなはずなかろう！」

学校だか学園だか学院だか、私にとっちゃどうでもいいことなんだけど、王子は私の発言にかなりご立腹したらしい。

いかに貴族令息を含め、これからの国を支える逸材が切磋琢磨する環境なのかを熱弁してくれた。うん、話は半分以上聞かなかった。長いんだもの！

反省はしていない!!

まあ王子がご高説をひとしきり話して満足したタイミングを見計らって、私はビシっと言ってやることにした。これは大人がしてあげなくちゃだめなヤツだからね。

「……ということだ、わかったな！」

「わかったわかった。やっぱりなんもわかってないじゃない、王子」

「なに……!?」

「特待生として入ったんだから、貴族の令嬢として今後は婿を取り、子爵家を盛り立てていかなきゃいけないんでしょう、ベルリナ子爵令嬢は」

私の言葉に、王子が嫌そうな顔をしたけれど周りはその通りだと頷いた。

それを受けて私は更に言葉を続ける。

「だって『平民上がりだから』を言い訳に授業をサボりまくって一年を無駄にしてんのに税金で贅

沢な暮らしをしてても貴族としての自覚も持てず義務を果たそうとしていないってことでしょ。それなのに叱られている理由がわからないって王子もだめじゃない？」

ワンブレスで言い切ってやったわ！

私のその言葉と周囲の反応に、怒りで目を吊り上げていた王子も思わず目を白黒させたけど、そんなので私が遠慮するとでも？

「平民上がりで苦労もあるだろうって気に掛けるのはいいけど、甘やかすことと優しくすることは別だよね？　普通ならそこを注意して一緒に頑張ろうって声をかけてあげるのが王子の役目だったんじゃないの？　イザベラちゃんはそれを理解してたからそうしてあげてたんでしょ、それをやれ嫉妬だなんだって馬鹿だとしか言いようがないんだけど？」

「そ、それは、しかし……」

「しかも話を聞く限り、イザベラちゃんが率先して注意することで、結果的に守っていたってことじゃない。王子の婚約者が叱責したんだから、下位のご令嬢たちがしゃしゃり出てきたらイザベラちゃんへの不敬になるから、今までは誰も何も言わなかったんでしょ？」

「……それ、は……」

王子はそこまで説明されて、思うところがあったのかさっと顔色を青くして俯いてしまった。

いや、平民の私にそこまで言われて悔しくないのか。

ただ、正論しか言ってないけどな！　言い返せるもんなら言い返してこいや!!

「わたくしは彼女の勉強を率先して手伝いました。課題も、居残りも付き合うことも厭《いと》いませんでした。殿下は、ベルリナ子爵令嬢のために、何をなさったのです？」

「わた、私は……私は、淑女についてのことは、知らぬ……」

「そうよ！　アンタがいなくなったら誰もあたしを爪弾《つまはじ》きにするばっかりで……アンタがいなくなったのに、全然！　楽しくならない！　なんでよ!?」

「本来は課題も含め、自分のことは自分でするものですわ」

「それは平民だとか関係なしだねえ。人間としてどうかと思う発言だよ、それ」

エミリアさんはこう……ちょっと、ねえ。色々勉強し直した方がいいんじゃないのか？

呆れてしまったイザベラちゃんに、私も大いに賛成する。

「聖女としてだって、あたしの方が能力は強いはずなのに……なのに、なんでイザベラ＝ルティエ、アンタばっかり！　どうしてみんな、酷いわ！」

「まともに能力の勉強もせず、祈りにも参加しないのであれば難しいでしょう。教会からは清掃活動から地道に行うよう再三言われていたでしょう？」

「あたしは！　貴族になったのよ!?　なのになんで掃除なんて……ッ！」

「……呆れて物も言えませんわ。殿下、これでも全ての根源がわたくしにあると今でもお思いですの？　幼い頃からの婚約者であるわたくしを信じる気持ちは、本当に……欠片も持っていただけなかったのですか？」

イザベラちゃんの訴えに、王子はしばらくモゴモゴと口元を動かして、俯いた。

今まで可愛いばかりだったエミリアさんのヒステリックな様子に、百年の恋も冷めたってやつかもしれないけどね。自業自得だ馬鹿者め！

まあ、私は空気読めるおねえちゃんなんで、イザベラちゃんの活躍の場で水を差すようなことはしませんけどね！

「……たし、かに、イザベラ＝ルティエが無罪ではと、おも、思わなかったわけでは、ない。だが……だが、マルチェロが……」

「んん？」

ここでもまたマルチェロくんか！

そういや辺境伯んとこに来たのもマルチェロくんの誘導だったたし、やっぱりどうあっても黒幕はマルチェロくんなんだよなあ。

イザベラちゃんもそれを察しているのだろう、厳しい表情だ。

「他の誰でもないマルチェロが言ったんだ。妹のイザベラ＝ルティエが嫉妬に駆られてエミリアを虐げていると。それを止めたいし、罪を償わせるべきだと……手筈を整え、彼女が言い逃れできぬ学園のパーティーで罪を公言し、身分を失わせた後のことは全て受け持つからと……！」

「そんな、まさかお兄様が……」

イザベラちゃんが真っ青な顔で震えている。

私は彼女の手をぎゅっと握った。

それにハッとした様子で、イザベラちゃんも握り返す。

「じゃあ聞くけど、あのオンボロ馬車も、ちょっと野盗が襲ったくらいで逃げ出す護衛も、ぜーんぶマルチェロくんがやったことなんだ？」

「なんだって？　彼女は確かに罪を犯したが、カルライラ領でしっかりと罪を償うからと……その手筈も全て済んでいるし、エドウィンが、幼馴染のよしみで彼女に付き添うと自ら買って出てくれたとそう聞いているが……」

「僕はそのようなことを言っておりません！」

ここまで黙っていたエドウィンくんが、俯いたままだったけれどはっきりと声を上げた。

ヴァネッサ様たちに何を言われて彼がどう考えたか私にはわからないけれど、イザベラちゃんと話していた彼は自分の過ちを知っていた。

「僕はマルチェロ殿に、『アレクシオス殿下は王太子としてこの婚約破棄を決定した。カルライラ辺境伯もイザベラ＝ルティエの身柄について快く預かってくれるとのことだが、念には念を入れて殿下の側付きであるお前にも行ってもらいたい』とそう言われたんです！」

そうだねえ、あの頃は『アレクシオス王太子殿下』って言ってはライリー様に怒られてたもんねえ。まだほんのちょっと前の出来事だっていうのに、もう懐かしいんだから不思議だ。

まあ、ほっこりした私とは裏腹に、残念ながらサンミチェッド夫妻は今にもぶっ倒れそうだけど。

「さよう。それはこのライリーがエドウィン殿と話した際に告げられている。しかし、我が領にはそのように罪を償うための協力を求められたことも無ければ、二人の来訪を告げる先触れがやってきたこともない。快く預かる？　これはどういうことか」

ライリー様の言葉に、国王も怪訝そうに眉を寄せている。

そして、問題の人物に視線が集まったところでマルチェロくんがゆっくりと周りを見回した。

「……そうだ。面倒だった王子も、幼馴染ヅラで厄介だったエドウィンも、これを機に一掃できると思ったのに。……まったく、ここまで整えてやっても成功しないだなんてこれだから使えないヤツは嫌いなんだ」

ここまできて、ようやくマルチェロくんが言葉を発したかと思ったらなかなかどうして。

視線を一周させてイザベラちゃんに戻した彼は、苛立たしげに、憎々しげにそう言った。

その言葉に王子とエドウィンくんが弾かれたように目を見開く。

「お前らがもう少しちゃんと役目を果たせば、ゴミ掃除が一挙に出来て国にとっても幸いだったのにな。おれの目的達成のそのついでで国まで良くなるんだ。黙って消えればよかったものを」

がたんと椅子を倒す勢いで立ち上がったマルチェロくんに、近くにいた騎士がその行動を制しようと近寄って勢いよく弾かれて、全員がその光景に呆然とした。

「……ありゃもう、ダメだね」

その様子を見て、私はぽつりとそう零す。

私の声は小さいものだったけれど、聞こえたらしいライリー様とイザベラちゃんがこちらを向いたようだった。

だけど二人の視線に応えることはせず、私は彼の動向をただじっと見据える。

「マルチェロ、なんだ!? どうし……」

「うるさいな」

マルチェロくんは視線をこちらから外さず、喚く父親に掌を向けた。

ただそれだけの行動だったのに、オッサン……バルトラーナ公爵のきょとんとした顔は唐突に膨れ上がり、破裂した。そりゃもう、水風船みたいに見事な破裂っぷりだ。

現状が理解できなかったであろう夫人がその血飛沫《ちしぶき》を頬に浴びてようやく悲鳴を上げたことで、部屋の中の空気がまた動き始める。国王たちにもちょっと飛んだのかもしれない。王妃様がゆっくりした動きで、頬を拭うような仕草を見せたから。

マルチェロくんがつまらなそうに手を下ろした時には部屋中に悲鳴が響き渡り、私は思わず片手で震えるイザベラちゃんを抱き寄せながら立ち上がってもう片方の手で耳を塞いだ。

「うるさ」

「……ね、ねえさ、ま」

「大丈夫。私がいるよ」

守るって約束したからね。

ただ、こんな厄介だとは思わなかったけど。

「おに、お兄様、は、一体……お父様、は……」

「お父さんについてはごめんね、さすがにこんなのが出てくると思わなかった」

マルチェロくんが、小首を傾げる。そしてにたりとした笑みを浮かべた。

その顔は、とても楽しそうに見える。

初めて、そう——初めて彼の視線が、イザベラちゃん以外をはっきりと捉える。

彼の視線は、私に向けられていた。

「わかるのか、そうか。さすがだなあ、ジュエル級冒険者ってのはそれ相応なんだな」

「ボウヤに褒められても嬉しかないけどね」

震えるイザベラちゃんを抱きしめたまま彼女を支えてあげれば、彼女はしっかりと自分の足で床を踏みしめ、マルチェロくんを睨み付けた。

彼はそれすらも楽しそうだ。ニマニマとした笑みを浮かべているじゃないか。

「さあ、どうするジュエル級冒険者？　この部屋は国王がいるから、護衛の近衛騎士以外、全員が武器を預けただろう？」

馬鹿にするようにクスクス笑うマルチェロくんの言葉は正しい。

王がそこにいる、それだけで極秘の会議であろうと武器の持ち込みは禁じられるのだ。

それに従ってライリー様も、エドウィンくんも、そして私も武器を預けた。それは確かだ。

「だけど、それがなに？」

「……なんだと？」

「たかが武器一つで優位に立ったおつもり？」

私が余裕綽々でマルチェロくんの言葉を笑ってやれば、彼は苛立った様子を見せた。

あらあら。存外、単純思考のようで助かるわぁ。

それもまあ、しょうがないのかもしれない。

「イザベラちゃん」

「……はい」

「あれはもう、だめだ」

「だめ、とは、どういう意味ですか……」

私の言葉に、イザベラちゃんが息を小さく呑んでから覚悟を決めた目で見上げてくる。

恐怖を感じてはいても落ち着いているその様子に、私はマルチェロくんから目を離すことなく言葉を続けた。

「マルチェロくんは、もう悪魔に魂持ってかれてるね。今、彼が使っているチカラは悪魔のもの。魔族とかじゃない、悪魔そのものなのさ」

魔族と呼ばれる魔法を得手とする一族を、この国では忌み嫌う。

それは聖属性を尊ぶ国民性から、闇属性を便利なものとして使う彼らを忌避しているだけなんだけども……まあそれは別の話で。

それとは別に悪魔というものがこの世界には存在する。

魂を捧げるなんて言い方をすれば恰好いいかもしれないけど、要は等価交換で何かを捧げるとそれに応じた悪魔が、捧げ物相応の協力をしてくれるって寸法だ。

あくまで思念体のような種族で、悪魔の中にも階級がある。

強い悪魔ほど対価が必要になるけど得られる力は絶大だ。その上、階級が高い連中ほど魔力を実体として練り上げるなんて器用な真似をしてくるから厄介なのだ。

もし彼らが契約者なしに出現したなら、それはまさにギルドで定義されている、〝最悪〟扱いの破滅級《デストロイ》クエストになるとまで言われている。

どっかの国が滅びる前提のクエストだって前に誰かが教えてくれた。

つまり、そんっくらい厄介なものと、マルチェロくんは契約しているのだ。

「姉様、それでは」

「ま、なんとかなるよ」

「ハ！　大言壮語を……如何にジュエル級冒険者であろうと、おれを止められるはずがない！」

私の言葉にイザベラちゃんがほっと息を吐き出したのと同時に、マルチェロくんが激昂したような表情で嘲笑う。

そんな彼を前に私は努めて冷静な声を出して指摘してやった。

「感情のコントロールができない」

「あ？」

「魔力を放出し始めた途端、形が維持できない」

「なにを……」

「随分と持って行かれたんだね？」

キィンと耳障りな音が部屋中に響く。

あちこちに突如として浮かんだ紫色の魔法陣から炎が飛び散って、部屋にいる人間を襲った。

だけどそれを別の色の魔法陣が阻んだのを見て、マルチェロくんの顔がはっきりと歪む。

イケると思った？　残念でした！

「まあ、独学にしちゃあよく出来たんじゃない？　悪魔の中でも上級の、アークデーモンを呼び出すなんてさ？　並の術士じゃできないよ」

先ほどまで綺麗だった調度品と白を基調とした部屋の色が、いつの間にかどろりとした赤黒い空間に変異していることに国王を守る騎士たちがどよめいた。

落ち着けよ、お前ら。悪魔と戦うのは初めてなのか？

だとしたら頼りないなあ！

まあ、元から戦力として数えちゃいないけどね。

「ライリー様、アイツら、いつ来ますかねえ」

「……そろそろだとは思うが」

「国王たちは近衛たちにお任せでもいいですかねえ」

「無理そうだな」

　近衛騎士は国でも選《え》り抜《ぬ》きの騎士だと言われているけれど、あくまでそれは騎士同士の、公式戦での話。実戦で、悪魔相手となると勝手が違うのは百も承知だけど……前線でモンスターを相手に素手でも戦っちゃうライリー様はごきりと首から音をさせて構えている。

　え？　悪魔相手でも素手ですか？

「アルマ姉様」

「イザベラちゃん、お兄さんの得意属性は何か知ってる？」

「いえ……申し訳ございません。わたくしにはそういったことは教えてもらえず……ですが」

「うん」

「守りは、わたくしにお任せくださいませ」

「……うん。任せた」

　実は、さっきの炎を防いだのはイザベラちゃんなのだ。

　私も一応防衛の陣を敷いたけど、それは自分とイザベラちゃん、ライリー様、それからエドウィンくんとサンミチェッド夫妻に対してだけ。

　それなのに国王以下全員が無事なのは、イザベラちゃんのおかげってわけ。

（優しい子だなあ、本当に）

私はイザベラちゃんを抱きしめる力を少しだけ強めて彼女の頭のてっぺんに軽くキスを落とす。

びっくりしたような顔をしている彼女に、『あれ、私ってイザベラちゃんのカレシだっけな？』って自分でも思ったけど、でも後悔はしていない。

だって、イザベラちゃんはきっと私にとって幸運の女神様なんだから！

（とはいえ）

正直なところ、悪魔と戦うのは私にとって不利だ。

なんせ私は魔法を使った身体強化と同時に魔法を使って相手を攻める戦法だ。

つまり、魔力の塊かつ魔法に耐性がある連中とは相性が悪いことになる。

悪魔は召喚者の魔力を以て異次元からこちら側にやってくるらしい。

召喚そのものは、そう難しいもんじゃない。最低限の魔力があれば、その後は交渉だ。

だから、悪魔が気に入りさえすれば契約成立。

召喚者が武人ならパワー系の悪魔、魔術師なら魔法系の悪魔が出やすいのは、おそらく性質が似通っているからだろうって話。でも根源は、魔力だ。

これは知り合いの悪魔に聞いたから確かな話。

（アイツを頼れば早いんだろうけど、要求がめんどくさそうだからな）

正直なところ、マルチェロくんからまるで分離したかのように現れたアークデーモンを相手にするのに私一人というのはなんとも心許ない。

ライリー様にはイザベラちゃんを守ってほしいし、なにより強いといっても素手の高齢者を戦わせるなんてとてもじゃないが私の良心が咎めちゃうじゃない?

そうなると必然的に悪魔と戦うのは実質、私ってことになるよね。

こっそりため息を吐きつつ、私は目の前の悪魔を観察した。

優美に笑う、一見美しい彫像のような女の姿をしたアークデーモンの頭部には捩《ねじ》れた角が生えていて、大きな袖に隠された腕はおぞましい色の肌をしている。

にんまりと笑うそいつは、私を見ているようで見ていない。

それよりも周りの人間の怯える声が楽しくてたまらないようだ。

(ほんっと悪趣味!)

悪魔ってのは基本的に、人間の感情を糧にする。

特に負の感情がお好みってだけで、あらゆる感情を糧には出来るらしいけど。

だから恐怖なんかで一色に染めた魂を喰らうと一番エネルギーになるとか。

聞いた時は悪趣味だなあって思ったけど、だからこそ悪魔たちはこちらの世界に出てくる時は饒舌だったり凄惨な言動を取るらしい。

彼らの世界じゃ割と秩序もあるし、穏やかなもんだとも聞いた。

(……でも、こいつに喋る気配はないし、動きも遅い。あえてそうしているって感じじゃないし、

そうなるとマルチェロくんは無理をしたんだろうね）

多分、彼の魔力に合わないレベルの悪魔を召喚したんだろう。

優秀だって聞いていたけど、あいつのチカラを使い始めたところで感情がコントロール出来なくなっているところを見ると、相当な負担がかかったせいで精神的に変調を来たしているようだ。

（かなり無理をしているんだろうなあ。その執念にだけは敬服するよ）

マルチェロくん自身が捧げる魂や魔力以外に、足りない分は何か別のもので補ったんだろうけど……今はそれがなんであったのかを考える必要はない。

（まだコイツがパワー系だったらやりやすかったのに……どう見ても魔法系なんだよなあ！）

パワー系の悪魔だったらそれはそれで時間稼ぎもしやすかったろうし、突破点も見つけやすかったと思うけど……まあ、嘆いていても始まらない。

不幸中の幸いは、私も魔法防御に長けているので向こうの攻撃を弾きやすいってことだけど……膠着状態になったら不利なのは護衛対象の多いこちらで間違いない。

いやまあ、見捨てたら早いんだけど、それは許されそうにないしなあ。

（セオリー通りなら、マルチェロくんを倒せば……なんだろうけどさ）

出来れば私としてもイザベラちゃんの家族を目の前で……なんてのは避けたいところ。

無難に、アークデーモンだけお帰り願いたいよね。

それから、私は大事なことを確認すべく声を張り上げた。

「国王様！　緊急依頼ってことで後で報酬請求するけど、いいかしら!?」

「こ、このような事態で何を……」

「いいから！　どーすんの、無給で働く気はないわよ？」

そういうところはきっちりさせていただきます！

私のその発言に目を白黒させる国王をよそに、その隣にいた男爵が仏頂面で応じてくれた。

「やむを得ません、陛下。緊急事態です。ジュエル級冒険者の力を借りねばこの場を切り抜けられるかどうかわかりませんゆえ……アルマ殿！　報酬は、国に出来る範囲で望むままに！」

「はいはーい、承りました……っと」

その言葉があるだけで、やる気が大分変わるよね!!

勿論、妹にかっこいいところを見せたいって気持ちもあるけどさ、慈善事業で戦ってはいられないっての。でもこれで言質いただきましたんで、喜んで頑張らせていただく所存！

「やる気を出したところで貴様一人、何ができるわけでもあるまい。いいだろう、遊んでやる」

マルチェロくんがそう言えば、アークデーモンが手を振る。それだけで紫色に輝く雷が私に降り注いでくるもんだから、私は瞬時に防御魔法を展開して凌ぐしかできなかった。

さすがに魔力の塊みたいな存在だけあって、詠唱なんてものはないに等しいってズルいよね！

「ハ、ッハハ！　如何にジュエル級冒険者だろうと、おれの邪魔をするからこうなるんだ！」

「姉様！」

そしてひときわ大きな紫色の光が見えた。

マルチェロくんの中じゃあ、頼みの綱である私がこれで丸焦げになって、みんなが絶望——そんなところなんだろうけど。

「いくらなんでも、軽く見ないでもらいたいかなあ」

「なに？」

「ジュエル級冒険者、舐めないでいただきたい、ってこと！」

手を打ち合わせるようにしてからずらす。

そこからまるで生えてくるかのように現れた、光の塊のような双剣。

私の魔力で作られたそれは、魔法を切るなんてことも出来ちゃう代物だ。

予想外の出来事にぎょっとした顔を見せるマルチェロくんに、首を傾げたアークデーモン。

だけどアークデーモンは驚きからすぐに歓喜の表情を浮かべた。

（うえ、こいつ戦闘狂か!?）

いるんだよねえ、長生きしすぎて退屈しちゃうから、自分の想像を超える相手に遭遇すると張り切っちゃうヤツ！

魔法を切ると同時に駆け出した私を彼らが警戒するのは当然で、アークデーモンはその腕をまるで鞭のようにしならせて振るってきた。

「便利な腕、だ、こと！」

「ガッ!?」

私もそれを剣で防いで、距離を詰めてマルチェロくんの顎を勢いよく蹴り上げる。

残念なことに召喚者に防御魔法をかけているのか、顎は砕けなかったようだ。

それならアークデーモンにもダメージを与えておかないとこちらが危ない。

だけど、悪魔に物理攻撃はあまり効かない。ので。

「よっ!」

力任せに魔力の短剣をアークデーモンの胸元にぶっ刺して、その魔力を爆発させる。

爆発の反動でアークデーモンはよろけたけど、大したダメージにはなってなさそうだ。

だが、顎を蹴られたことか、それともご自慢の悪魔に傷をつけられたのが余程悔しかったのか、マルチェロくんはガリガリと頭をかきむしり始める。

(……ありゃ、相当だな。そろそろ限界じゃないかしら)

私を楽しげに眺めていたアークデーモンも、面倒そうな顔をしてマルチェロくんを宥めるように傍に寄っている。

そりゃそうだろう、召喚者が倒れたら、折角のお楽しみ時間が減ってしまうんだから悪魔だってそれは避けたいところだ。

「なんで……なんでなんでなんでコイツらはおれの書いたシナリオ通りに動かない!　なんて使えない連中だ!!」

「お兄様……」

「全てはイザベラ！　お前を手に入れるためだったのに！」

これ以上ないってくらい血走った目を見開いて、マルチェロくんが叫ぶ。

その言葉の矛先は、イザベラちゃんに向けられていた。

「邪魔なエドウィンを殺し、お前をおれの下に連れ戻し閉じ込めておれだけが愛でて、おれだけを
お前も見る、そんな環境を整えていたというのに……」

え、なんか物騒なこと言い出したんですけど。こわ。

そもそも悪魔を召喚しているとか、王子を嵌めて道を誤らせた段階で色々倫理的にもアウトには
違いないんだけど……もしかしなくてもマルチェロくんって。

イザベラちゃんを女性として見ているとかそういう……？

「ええ……？」

それはちょっと想定していなかった！

あの粘っこい視線とか、イザベラちゃんがいないなら話をしないとかそういう理由でか！

彼女の周囲にいる人間を全て排除して、後片付けは悪魔に任せて自分はイザベラちゃんを囲うつ
もりだったと、そういうわけか。

「小説で読んでいた時から、イザベラはおれにとって特別だった」

「んん？」

「可哀想なイザベラ。貴族の令嬢として正しく生き、それなのに勝手な王子に踏みにじられるその姿すら気高くて、おれが、守ってやらなくちゃいけないんだ」

「んんん!?」

「なのに、なんでおれはよりにもよってイザベラの兄なんだ。しかも記憶を取り戻したのが馬鹿な王子の婚約者になったタイミングだと？　王家との婚約を反故《ほご》に出来るほどのチカラは弱小公爵家になんてなかった。筆頭公爵家？　金なんてあればあるだけ使うような愚物が親だというだけでどれほどこちらが苦労したことか！　だがおれには前世の知識がある、そうだ、それを使って年齢に似合わないと言われながら愚鈍な両親から実権を奪い取って王子に適当な女をあてがい役に立たない幼馴染を消してお前を手中に、手中に――」

こっわ。

ブツブツとこれまでのことをご丁寧にも説明というか自供というか、自分に言い聞かせているマルチェロくんの様子に、これはチャンスだと私は亜空間領域の中から装備を取り出してライリー様に予備の剣を投げて、自分も細身の剣を構える。

(もう、アークデーモンを倒したとしても、マルチェロくんは元通りにはなれないだろうな)

イザベラちゃんは悲しむかもしれないけど、あれはもう侵蝕されすぎている。

だからこそ、まともな思考も感情のコントロールも、なにもかもおかしくなっているのだ。

突如、彼は頭をかきむしるのも、呟くのも止めて、ゆっくりとした動作で私を見た。

「そうだな、〝幻影〟。まずは貴様を殺そう」

これだから！　転生者に会うなんてロクでもないだろうなって思ったんだよ!!

なんでそうなったんだか。いやまあ、想像はできるけども。

「そうだ、そこからやり直そう。お前が計画を狂わせた原因だ。まず貴様を排除しよう」

すとんと表情の抜け落ちた顔で、私をただ見つめて淡々とそう言うマルチェロくんは、それからイザベラちゃんの方を見てにっこりと笑う。

それは綺麗で優しげな笑みだけど、まるで作り物みたいだ。

イザベラちゃんが小さく悲鳴を上げたのが聞こえた。

「それからだ。イザベラ、そうして邪魔なモノを排除して、今度こそお前を迎えよう。そうしたらもうおれたちの邪魔をする者はいないのだから！」

「ふ、ふざけないでくださいまし！　わ、わたくしは……わたくしは、冒険者アルマの妹です!!」

いいぞ、よく言ったイザベラちゃん！

後でたくさんハグするね!!

私の喜びと真逆に、マルチェロくんはまたすとんと表情をなくして視線をこちらに向ける。

だから怖いって!!

いい加減この状況にもうんざりしている私は、なりふり構っていられないと覚悟を決めた。

（損害賠償請求されんのがいやだから穏便に済まそうと思ったけど、もうどうでもいいや！）

いやな空気が流れ始めたし、そんなの構ってられないでしょ。

そう思ったからこそ私も魔力を練り上げて、次に大きな一撃を決める準備に入る。

「やはり貴様か……貴様が元凶だな。イザベラは素直で愛らしい子だったのに。おれだけを慕い、常に傍にいてくれたというのに。彼女は全ての苦痛から解放されてただ純粋におれに愛されるべき存在なのに！　貴様はこの悪魔の苗床にでもしてやろう。そして永劫の苦しみと屈辱を――」

マルチェロくんがご高説を述べている間に大技を叩き込んでやろう。

そう思った瞬間、空気が動いたのを感じた。

次いで頬を掠めるように私の背後から青い炎が飛んで来たかと思うと、マルチェロくんとアークデーモンを飲み込んで、壁を吹っ飛ばしたではないか。

「は？」

思わず素っ頓狂な声が出たけど、仕方ない。

え？　待って、今の今まで真面目に頑張ってた私の努力は一体？

呆然とする私の後ろからにゅっと出てきた腕にきつく抱きしめられて、私は身を竦ませる。

そしてその腕の持ち主を見上げて顔が引きつるのを感じた。

「え、フォ、フォルカス？　ちょ、なんでマジギレしてんの」

「アルマを、その薄汚い悪魔の苗床にするだと？　誰の番《ツガイ》だと思っての発言だ……!!」

地を這うような恐ろしい声でそう言うフォルカスが、マルチェロくんの発言に激怒しているとい

うことはわかった。

うん、そこは理解できる。

けど待って。ちょっと待って。

カルライラ領を出る時に、ディルムッドとフォルカスはそれぞれ仕事をライリー様に頼まれていて不在だったから、万が一のため終わり次第来てくれとヴァネッサ様たちに伝言をお願いしていた。

だから、来てくれるだろうと期待していたのは確かだよ。

彼らがいてくれたらアークデーモンだって全然余裕だったって思ってたよ?

だけど、そうじゃないだろう!!

番《ツガイ》ってなんだ、いや意味はわかる。わかってる。

亜人族が使う意味でなら、夫婦とか恋人とかそういう意味だってのは私だって知っている。

「誰が!　誰の!　番《ツガイ》だって!?　いや待って、その言い方ってフォルカスは人間じゃなかったの!?

あらゆる意味でワケわかんないんだけどぉお!?」

「……まさか、私の気持ちはお前に全く伝わっていなかったのか?」

「伝わるかボケエエェェ!!」

思わず全力でツッコんだわ!

さっきまでのシリアスな空気を返せ!　今返せすぐ返せさあ返せ!!

ついでに練りに練った魔力も無駄になったし壁が吹っ飛んだことで私の努力もパアにして!!

そんな気持ちで怒鳴る私に納得がいかない表情のフォルカスだけど、そこに呆れた様子のディルムッドがやってきて仲裁してきた。

「だから言ったじゃねえか、伝わってねえぞって。でも痴話喧嘩はそこの悪魔を倒してからにしろ」

「む」

「ディルムッド、アンタもさりげなくイザベラちゃんの肩を抱き寄せるんじゃない！　うちの妹に触るな！　汚れる!!」

「お前、本当にいい性格してるよな……こっちは援軍で来てやったってぇのに」

「き、貴様ら……よくも！　よくも……おれをコケ、に……？」

アークデーモンを盾にしたからだろうか。

吹き飛ばされることもなく、怪我もほとんど負っていないマルチェロくんが私たちに向かって再び攻撃を指示しようとしたところで、かくんと糸が切れた人形のように膝をついた。

私たちが顔を見合わせるのと同時に、吹き飛ばされたはずのアークデーモンが優雅に一礼して、姿を消す。どうやら本当に酷い話だけど、マルチェロくんは見捨てられたらしかった。

フォルカスとディルムッドの参戦で勝ち目がなくなったと判断したのか、それともマルチェロくんが限界で旨みがなくなったのか。

理由はわからないけれど、あちらは一方的な契約破棄をして去ったのだ。

「去った、のか」

「そのようでございます、陛下。一度、侍医を呼びこの場にいる全員の安全を確認せねばなりません。……バルトラーナ公爵令息に関しても、息はあるようですので」

サイフォード男爵の言葉に、国王が震えながらも頷いていた。

確かに悪魔は去ったよ、だけど、代償は大きかったなあ。

主に王城の壁とか。

ああ、空が綺麗だよね、本当に……。

「私は損害賠償請求されても払わないからね、ディルムッド」

「……原因はお前だけど、今回ばかりは相棒の責任だからな。ちゃんとそっちに請求させるし支払いも責任持ってやらせるから安心しろ」

「アルマ、話をしたい」

「いやタイミングってものを考えて、フォルカス」

結局のところ、話をしている間にこんな騒ぎになっちゃ判決も何もありゃしない。

半壊してしまった部屋も、悪魔の登場に関しても、予想外すぎた。だから、それじゃあ危機は去ったから会議を再開しましょうか……なんてできるわけもない。

結局、一旦この場をお開きにされて、私たちは王城に一泊することになってしまった。

とっとと終えて、こんなところおさらばしたかったんだけどなあ!

豪奢な部屋に泊まれるなんて滅多にないことだからいいんだけどさ。

ま、今回の件に関しては死者一名だけで済んだのは不幸中の幸いなんだろうと思う。

そのせいか、部屋の中にいても外が騒がしいのは聞こえてくるしねー。

「大変なことになってしまいましたわね」

「イザベラちゃん」

折角お城に泊まれるっていうのに、私たちは用意された部屋で寛ぐ以外に選択肢がないってオチなの笑えないわあ。こんな機会滅多にないのにね！

まああんな騒ぎが起こったのでは仕方ないんだろうけど。

「それで、どうなさるんですの？」

「え？　なにが？」

「決まってますわ！　フォルカス様のことです!!」

「あー……」

冷静になってみて、どうやらフォルカスは私を想ってくれていたらしい、ということは理解した。

ということは、つまり両片思いってやつだったんだね。把握。

でもなんか素直に嬉しいって言えないというか、まだ実感が湧かないっていうか……だから、フォルカスに対してまともに返事もせず、私もこうして部屋で大人しくしているんだけどさ。

や、この場合私は悪くないと思うんだよね!?

今までそんな素振り見せなかったじゃない。

普通にご飯食べに来てたしさあ。ディルムッド同伴で。

確かに高級食材をくれるなあとは思っていたけど、それが求愛給餌だとは思わないよ!!

「……今回の話し合いが終わってからで十分だよ」

「まあ！」

ため息を吐いてベッドに飛び込んだ私に、行儀が悪いと咎めることもなくイザベラちゃんがくすくす笑いながらお茶を淹れてくれた。

「姉様ったら！　悪魔と戦ってらっしゃる時は、あんなにも凛々しかったのに」

「イザベラもかっこよかったよ。明日で全部片付くから、もうちょっとだけ頑張ろうね」

「はい！　……あら？　今……」

私が初めて呼び捨てにしたと気がついたイザベラが、飛びついてくる。

それを受け止めて、私はもうちょっと恋愛に関しては後回しにしよう、なんて思うのだった。

いいでしょ、色々あって疲れたんだよ！


そして翌日。

私たちは、王城の外にいた。

あの騒ぎの割には、意外とすぐに話し合いの場を整えることが出来たんだなと思ったけど、実はそうでもなかった。王家にとっても早急に片付けないといけない案件になっていたのだ。

そもそも今回の件はすでに国内の貴族たちも知るところであり、何故に王子のあんな横暴が許されたのかと主立った高位貴族たちから王城に問い合わせが殺到していたんだとか。

おやまあ！　それは知らんかった。

それもあって内々に当事者を集め、確認を取ったところで貴族たちを納得させるだけの言い訳を考えて対処を決め、可愛い私のイザベラを『無罪でした！』と前面に出すことで、そこから打開していこうと思っていたらしい。

いや、無理矢理すぎない？　って思った人は私と握手だ！

まあそれは冗談だけど。

話し合い自体は変な方向に飛び火したけど、なんとか解放されたって感じだ。

「冒険者証もちゃんと取れて良かったねえ」

「はい！　これが〝ただの〟イザベラとしての証だと思うと、とても嬉しいですわ」

イザベラは私の妹として、改めて冒険者証を取った。

というか、カルライラ領で仮申請しておいたものをいくつか訂正して、正式に申請したのだ。

勿論、保護者は私なので『アルマの妹イザベラ』として発行してもらえたってわけだ。

どこで申し込んでも対応してくれるってのがギルドの便利なところだよね！

通信系の魔法を使う職員さんにいつも支えてもらってます！

ちなみに、ギルドでは通信系魔法の使用者は常時募集があって、お給料も高めだから、冒険者を辞めた後なんかでも人気の職なのだ!

……話を戻すと、王城を出た私たちはすぐ、イザベラの冒険者証を取りにギルドに行った。

ついでに丈夫で安定性の高い馬車と、健康で強い馬を二頭買って、内部には柔らかなクッションなんかもたくさん詰め込んで、もういつでもバッチリ旅に出られるぜって状態にしてやった!!

城下見物も兼ねて試運転してみたけど、揺れも少なくていい感じ。

「それにしても、ネックレスタイプでよかったの? ブレスレットタイプとか、他にも結構色々な加工してもらえたよ?」

「いいんです。姉様とお揃い、ですわ!」

「んもう! 可愛い!!」

来る時はライリー様と一緒だったけど、帰りは別なので私たちは私たちで帰るのだ。

そんでもってカルライラに着いたらご挨拶だけして、とっととこの国を後にする予定。

行き先? まだ決めていない。

「どうする? お花買っていく?」

「……そうですわね、……いえ、やはり結構ですわ」

「そう」

私たちは馬車で王都を後にする前に、お墓参りに来ていた。

それは大きな教会の敷地の外れにある、ちょっとだけ他のお墓より立派なものだ。

石碑にはバルトラーナ公爵家と刻まれていて、その下に名前が彫られている。

そう、ここは代々のバルトラーナ公爵家の人間が眠る墓所。

ここには、イザベラのことを唯一〝イザベラ〟として愛してくれた、彼女の祖母が眠っている。

公爵家の領内ではなく、王都にある教会に埋葬するようにという遺言があったそうだ。

王妹として王城に近いところが良かったのか、それとも公爵家を自分の家と思えなかったのか、今となってはわからない。

けれど、その遺言は受け入れられて今こうして、彼女はここに眠っている。

ちなみに事故死という扱いになったバルトラーナ公爵は領地に戻ってお葬式が執り行われるらしいよ、王家から派遣された文官によって。

なんせ、長男も長女もいなくなっちゃったしね。

夫人の方はすっかり塞ぎ込んでしまって何も気力が起きないご様子なんだってさ。

困ったもんだよね!!

「……おばあさま……」

イザベラが、ぎゅっと胸の前で両手を握る。

私は少し迷ってから、一人にしてあげようかなって思ってそっとその場を離れようとした。

でも、聞こえた言葉に足が動かなかった。

「おばあさま、わたくし、姉ができましたの。こちらがそのアルマ姉様ですわ」

「……イザベラ？」

「おばあさまは仰いました。わたくしには王族の血が流れている。その血がある以上、民に尽くすのは責務であると。ですからわたくしは、わたくしにできることをして参りました。人々の理想とする淑女として、聖女として、婚約者として振る舞って参りました」

私の腕をぎゅっと摑んで、それでも視線は墓石に向かっている。

静かに、でも苛烈なほどに真っ直ぐな言葉をイザベラは紡ぐ。

それは、彼女が今まで受けてきた祖母の教育であり、彼女が心の支えにしてきたものだ。

「でも、それらは無駄でした。わたくしは、一人で頑張ってしまいました」

そうだ、イザベラは一人で頑張っていた。

けれど、それは随分無理をした生き方でもあったと思う。

多分だけど……イザベラの祖母は、そんなことを望んでなんかいなかったんじゃないかな。

きっと周囲にそれを支えてくれる人がいると思っていたからこそ、イザベラには少し重い責任を託したのだろうと思う。王族として。

（いやまあ、まさか実兄があんなんだなんて誰も想像はできないよね……）

おばあちゃんがご存命の頃は、マルチェロくんも素直に妹を可愛がっていたんだし。

そりゃこんなことになるとは思ってないよね！

今頃、天国で膝から崩れ落ちているんじゃなかろうか……。

「一人で頑張った結果、多くの方とすれ違い、ご迷惑をおかけいたしました。ですが、わたくしはわたくしなりに最善を選び、責任を果たしてきたと思っております。わたくしには元より、重かったのかもしれません。……ですから、もう、よいですわよね」

イザベラの功績は、城内の侍女に教えてもらった。

その聖女としての才能を惜しむことなく民に尽くすことを尊び、嫌な顔一つせずに辺境の地を回って、地方から来た聖女たちのための教育にも熱心で制度を整えるべく草案も提出していたこと。

王子の婚約者として、多くの貴族たちに教育の大切さを説き、時には意見をもらい、学園をより発展させようとしていたこと。

それらを王子に何度も話し、王子も頷いていたことに嬉しそうな顔を見せていたってことも、聞いた。彼女はちゃんと、周りを頼っていたのだ。

ただ、周りがイザベラに頼り切りだっただけで。

(あの王子、何を見て、聞いてたんだろうねえ……)

多分右から左だったんだろうね！　腹立つな。

まあでも、話を聞いているだけでも一人でやるには疲れちゃう内容なのは当然だ。

今後は同じようなことがあったら私が叱って止めてあげなくちゃね。

「初めまして、イザベラのおばあさま。次にいつ来られるかはわかりませんが、またこっちに来たら寄ります。……イザベラは、もうバルトラーナ公爵令嬢じゃないし、王族の血は名前と一緒に返上しちゃったんで、もう私の妹ですけど」

「姉様」

「それでも、貴女がイザベラを孫として愛してくれたことに、感謝しています」

そうだ。

少なくとも、イザベラは、祖母が大事にしてくれていたと誇らしく言えるくらいには、愛されてきた。彼女の、数少ない、心を通わせられる家族だった人だ。

その人になら、私は敬意を払う。

「だから、ここに誓います」

墓石の前に、膝をつく。

私は、特別な人間なんかじゃないし、礼儀作法なんてそっちのけで生きてきた。

だけど、だからこそ約束の大切さは知っている。

「〝青真珠〟を冠する冒険者、〝幻影〟のアルマは家族となった貴女の孫であるイザベラを慈しみ、寄り添い、支え合うことをここにお約束いたします」

死者に何を誓ったって意味はない、そんなことを言う人もいるだろう。

だけど、私はそれが無駄だとは思わなかった。

隣で泣きそうになっているイザベラが、私と同じように膝をつき、祈るように手を組んだ。

「わたくしも、……わたくしも、ここに誓いますわ。おばあさまが仰ったように、人の上に立ち民を幸せに導くことはもうできませんが、神より授けられたこの聖属性の力を使い、冒険者として人々の助けになるよう、恥ずかしくない生き方をいたします。アルマ姉様と、ともに」

誰かに認めてもらわなくちゃいけないような、血の繋がらない家族だけど。

だけど、風が吹いてたくさんの花びらが空を舞うのを見て、私たちは勝手に認めてもらったんだなと思って、笑った。

「行こっか」

「はい、姉様！」

手を繋いで歩き出す私たちは、墓地を後にする。

そして馬車に乗り、走り出しても決して振り返ることはなかった。

☆

王都を出る際には少しだけ、本当に少しだけトラブルがあった。

衛兵がやたら私たちの出国に対してのらりくらりと時間稼ぎをしているような感じだったので、どうやら足止めを指示されているなって気づいて強行軍することになったのだ。

幸いにも、イザベラの姿を見た町の人たちがこちらの状況を理解して道を空けてくれるなど協力してくれたおかげで出られた。これはきっといい思い出になると思うね。

イザベラは、自分で思うよりも皆に慕われていたってこともよくわかった。

町の人たちは彼女が何者かを知らずに〝親切な聖女様〟って感じで慕っていたんだけど……教会での奉仕行動の際に彼女が取っていた行動を、人々はちゃんと見ていてくれてたってことだ。

「……わたくしが知らないだけで、わたくしのことを見てくれていた方は大勢いたのですね」

「王城に問い合わせと苦情が殺到したのも、貴族の人たちからも慕われていたからじゃない？」

「……そうでしょうか？」

「ま、わかんないけどね！」

適当な私の発言だけど、割と的を射ているんじゃなかろうか。

それにしても国王、なんとか引き留めようと必死だなあ。

今更私たちを王都に留め置いても、この国を去る決意は変わりませんよ！

むしろ面倒くさいから今後しばらく寄りつかなくなるとかそういう考えは無いのかなあ。

「そろそろお昼にしようか」

「はい！」

「何がいいかなあー、クロックムッシュも、ときとスープでいいかな？」

「クロックムッシュ……初めて会った時に作ってくださったものでしたわね」

「そうそう、よく覚えてるねえ」

「……嬉しゅうございましたから」

ふわりと照れくさそうに笑うイザベラに、私は目を丸くする。

あの時、文句ばっかりのエドウィンくんと、私に遠慮してばかりだったイザベラに作ってあげたクロックムッシュ。

(そういえば嬉しそうに食べてたっけ)

成る程そうか、思い出の料理ってことになるのかな?

そう思えば気合いも入ろうってものである。

パンは王都で一番人気と評判のパン屋で買ってきたし、ハムもある。

さすがに生クリームはないので、あくまでもどき。

クロックムッシュ風のフレンチトーストと言った方が正しいかもしれないけど、まあツッコむ人もいないから美味しけりゃオッケーでしょう。

卵液にパンを浸している間に火をおこしてフライパンを熱する。

こういう時は本当に亜空間収納って便利なのよね。重たい鍋類なんでもござれ!

まあこれからは馬車移動なんで、そっちにもあれこれ積めるんだけど……っていうか、今後のことを考えたら、ある程度は生活感出さないと色々怪しまれたり勘ぐられたりする可能性があるし、気をつけないといけないんだった。

今まで徒歩での旅が殆どだったからそういうところ抜けてるんだよなあ、うっかりうっかり。

「スープはお任せしてもいいのかな?」

「はい、お任せください！」

片手にタマネギ、もう片手に包丁を持ったイザベラはやる気満々だ。

うんうん、すっかり慣れたものだよねえ。

卵をしっかり吸ったパンをバターを敷いたフライパンに投入したらハムとチーズをのっけて、もう一つ用意しておいたパンを重ねて焼いていく。

じゅうじゅう音が鳴って美味しそうな匂いがし始める横で、イザベラはタマネギとにんじんでシンプルなスープを作っているようだった。

(たき火二つ作るのは少しだけ面倒だけど、二人で料理できるっていいなあ)

私も一人旅は気楽だとか言いながら、意外と寂しかったのかもしれない。

そんなことを考えながらパンを上手いことひっくり返して蓋をする。

すこーしだけ火を弱めて蒸し焼きにするのがコツだ。

まあ焚き火だからそこんとこ、調節が難しいんだけどそこは長年の勘で。

「よっし、できたよー」

パンの間からとろけたチーズがはみ出てて、美味しそう！

それをお皿にのっけて渡してあげればイザベラは嬉しそうに笑った。

二人で馬車の御者台に並んで座って、何もない道を眺めながらただ食べる。

勿論、焚き火は火を消した後、魔法を使ってきちんと埋めて処理しましたとも。

フライパンなんかも清浄魔法でちょちょいっとやればそれで終わり。

便利だよね、魔法……本当に助かってます……。

美味しそうに食べるイザベラと、ついついデザートの果物まで食べて馬車の旅を再開する。

さすがに王都から追っ手のようなものは来なかった。

来たら来たで大手を振って撃退するつもりだったから、ちょっぴり肩透かしを食った気分だ。

まあ、追っ手を差し向ける方が厄介なことになるって国王もわかっているんだろう。

「イザベラ？」

ふと荷台の中で先ほどまで喋っていたイザベラの声がしないなと思って肩越しに振り返ると、クッションを枕に寝ている姿が見えた。

(疲れたんだろうな)

王城じゃ、ろくに休めなかっただろうから当然だ。

その後も墓参りを済ませて、ようやく解放された今だからこそゆっくり休めるというもので……

私は馬が落ち着いているのを確認してそっと中に入って毛布を掛けてあげた。

それからまた御者台に戻って、前を見る。

雲一つない、青空と見渡す限りの草っ原！

ありがたいことに彼女の眠りを妨げるものはいないようだ。

「おやすみ、イザベラ」

ようやく手に入れた平穏を邪魔しないように、私はせいぜい馬車を余計に揺らさないよう注意して手綱を握りしめるのだった。

幕間　その王子、現実を知る

アレクシオスという少年は、疑うことを知らない子供だった。

現在の王家唯一の男児であるということから、周囲は彼を褒めそやし、蝶よ花よと育てたことが要因だったのかもしれない。

王女二人の嫁ぎ先が決まっていたことから、唯一の直系男児であるアレクシオスは次の国王に最も近い存在であった。

そして、国内に不和をもたらさないためにも元気でいてもらわねばならない存在でもあった。

だからこそ、彼は誰よりも大事に育てられた子供だったのだ。


それ故だったのだろうか。

彼は、過ちを犯した。それを突きつけられて、ただただ呆然とする日々だった。

信じてばかりで自分で考えないということが、こんなにも罪深いなどと思わなかったのだ。

「どうして」

彼は暗い室内で頭を抱える。

王太子になる未来は、変わらない。だが、ただそれだけの未来に希望を抱けるはずもない。

アレクシオスは、ただ親切にしたかっただけだった。

嘆く少女を見て、憐れだと思い寄り添ってあげたかった。ただの善意だった。

婚約者がいて、いずれは側近になってくれる幼馴染がいて、補佐をしてくれる兄のような存在がいて、優しい両親がいて、豊かな暮らしをしていて。

彼は常に満ち足りていた。だからこそ、彼は与える側の人間であるという自負があった。

だからこそ、嘆く少女に寄り添ったのだ。

そして、少女が噂の平民出身のエミリア・ベルリナ子爵令嬢だと聞いて成る程と思ったものだ。

平民だったのだから、貴族のしきたりを知らなくて当たり前。王族の顔を知らなくても当然で、一生懸命学ぼうとする姿はどこか滑稽で、そして好ましく見えたものだ。

少なくともアレクシオスの近くにはいないタイプの少女だったのだ。

彼が知る女性といえば、母である王妃、王女である姉たち、そして婚約者であるイザベラ＝ルティエだ。いずれも淑女として完成された美しい所作を持つ貴婦人たちであったし、そんな彼女たちばかりを見ていたアレクシオスからするとエミリアは素朴で、可愛らしく見えたのだ。

ただ、それだけで終われば良かったのだが。

『殿下、相談したいことが』

兄のように慕う、相談役でもあるマルチェロが思い詰めたような顔をして彼に相談を持ちかけてきた時、アレクシオスは驚いた。

バルトラーナ公爵家の嫡男として、その若さですでに領地経営も行うマルチェロが、王子ではあっても実権など何一つ持たない彼に〝相談〟を持ちかけてきたのだ。

誠実に対応せねばと思う反面、アレクシオスはマルチェロに頼られたことが嬉しくて高揚したことをよく覚えている。

常に頼ってばかりだった相手に頼られたのだ、自分は認められたのだと感じた瞬間だった。

『実は、妹のイザベラ＝ルティエについてなのですが……どうやらあれは、殿下の愛をエミリア嬢に奪われたと思い嫉妬に駆られ、彼女に対し酷い態度を取っているようなのです』

それを告げられた時、アレクシオスは鈍器で頭を殴られたような衝撃を感じた。

イザベラ＝ルティエは完璧な婚約者だったからだ。

王子の婚約者としての教育を受けながら職務について学び、そんな中で聖女としても地方に赴く。どんなに忙しくとも常に貴婦人らしい微かな笑みを湛え、合間に学園に来ては授業を受け、アレクシオスと共に他の学生たちと交流もしていた。

そんな完璧な彼女が、嫉妬に駆られたというのだ。

他の誰かがそれを告げてきたのであれば、彼もまた一度は疑問に思ったかもしれない。

『……妹が、これ以上罪を重ねる前に止めたいのです。そして、罪を雪ぐ機会を与えたい。どうか、協力していただけませんか。アレクシオス殿下が示してくだされば、妹もきっと諦めて罪を受け入れると思うのです』

誰よりも信じ、頼りにしてきた男がこうまで願うのだ。応えなくては男が廃《すた》る。

そんな風にその時のアレクシオスは思ったのだ。

妹のことを気に掛ける、大切な友人……マルチェロの気持ちを少しでも軽くしてやるために、そして誤解から憐れにも虐げられてしまったエミリアを救うためにも、ここは自分が心を鬼にしなければなるまいとアレクシオスは立ち上がったつもりだった。

そうして庇うつもりで共にいるうちに、心を交わしてしまい、エミリアと想い合う仲になってしまったのは彼にとっても誤算ではあったが……イザベラ＝ルティエと違い欠点だらけのエミリアは、酷く彼の自尊心を満たしたのも確かであった。

だが、それらが全て偽りだと知った時、彼の知っている世界は崩れ去ったのだ。

愛した少女の豹変した姿も、幼馴染の本音も、彼は知らなかった。

『お前が人を疑わぬということが悪いとは思わない。だが、それで起きた物事に対する責任は取らねばならぬ。父としては酷であると知っているが、国王として断じねばならぬ』

父親の苦渋に満ちた声で告げられた内容は、彼にとっては到底受け入れがたいものだった。

それは、王太子という地位に置かれる〝だけ〟の人生という罰。

知見を広めるための学園生活を強制終了させ、即時結婚と共に子をなし、幾人か設けたところで幽閉され、殺されないまでもその存在を消されてしまうという人生を送ることを義務づけられた。

それこそが、彼の負うべき責任であると国王はきっぱりと言ったのだ。

「どうして」

『お前が、王子であることに胡座《あぐら》をかき、疑うこともせずに多くの者を巻き込み、無実の者を危うく傷つけることとなったのだ』

「どうして」

『王族の権は大きい。それに伴う責任について考えず、己こそが正義と振りかざすのはただの蛮勇であると知れ、そうわしはお前に教えてきたはずだ。それを忘れ、唯一の男児だからと己が立場に浮かれたお前を、貴族たちは許すまい』

「どうして……！」

『せめて命を奪わぬように、それだけがわしにできる唯一だ。命ある限り、お前のことを思い、祈ろう。会うことはできぬであろうが、それでも生きていてさえくれればと……残酷な父と罵ってくれても構わん』

王妃である母は、ただただ泣いていた。

可愛い我が子に、ただ幸せになってほしかったと泣いていた。

王族である以上、政略結婚や難しい状況もたくさんあっただろう、だけれどイザベラ＝ルティエと共にあるならばきっと乗り越えていけると思っていたのにそう、泣かれた。

どうして彼女を疑ったのか。

どうして彼女を信じなかったのか。

どうして、どうして、どうして。

投げかけられた母からの問いに、アレクシオスは一つも答えられなかった。

あの審議の場で冒険者にあれこれと言葉で切り捨てられた時と同じで、彼は一つとして母親に答えることができなかったのだ。

アレクシオスは自分が上っ面だけで生きてきたのだと、心底思い知らされたのである。

「どうして、……どうして」

いつ、どこで間違えてしまったのだろう。

愛されて育ち、周囲の言葉を疑うということをしなかった時からか。

周りの愛に甘やかされて、自分から疑いを持ち、精査することを放棄した時からか。

寄り添うことと憐れみを混同し、本当の意味でエミリアという少女を助けることが出来なかった時からなのか。

己の自尊心のために、長く連れ添った婚約者の言葉を無下にした時か。

譫言《うわごと》のように繰り返す『どうして』という言葉に返されることは、ない。

彼に残された未来は、ただその王統を継ぐための子をなすためだけの存在たれという残酷なもの。

それが彼に科せられた罰なのだから。

幕間　夢見る少年は、一つ大人になったのだった

「……大丈夫か、エドウィン」

「はい、大丈夫です。カルライラ辺境伯様」

「よい、ライリーで。いくら貴族籍から抜けるとはいえ、ここはもう王城ではないからな。そしてお前は望んでわしの下、兵士として生きると宣言したのだ。その命を預かるからには、無為に扱うつもりはない」

「……ありがとうございます、閣下」

「存外、お前も強情だな」

笑う辺境伯様に、僕は視線を落とすだけだ。

罪は罪、身分は身分。それを今の僕は、理解しているつもりだ。

サンミチェッド侯爵家の人間、それが僕の拠り所だった。

優秀な兄たちに憧れて、自分もいつか芽を出して高みに行くのだと信じて止まなかった幼少期、バルトラーナ公爵家の兄妹と親しくなったのは、両親が開催した茶会での出会いからだった。

優秀なマルチェロに、美しいイザベラ＝ルティエ。

その二人と共にいる自分もまた、特別な存在なのだと……あの頃は信じて疑わなかった。

気がついた時にはイザベラ＝ルティエが王子と婚約し、僕らの輪にアレクシオス殿下が加わって、より一層その思いが強くなった。

（だけど、そうじゃなかった。知っていた、……知っていたんだ）

僕だけが、特別じゃなかった。

周りが僕のことをオマケだって笑っているということに気がついて、ものすごく腹が立って腹が立って、怒鳴り散らしてやりたいのに出来なかった。悔しくて涙が出て、それなのにどうして言い返してやろうと思えなかったのか冷静に考えたところで……自分でも、気づいていたということを自覚した。

僕には、なにもない。

生まれながらの特別な身分も、大人顔負けの知性も、求められる資質も。

ただ少し、身分が高めな家に生まれただけの僕は、一つも持っていないのだ。

アレクシオス殿下が将来について朗らかに目を輝かせながらどんな王になりたいか語る時も、愛想笑いを浮かべるしかできない。どんなに夢見がちなことを言っていたとしても真っ向から否定も出来なかったし、嫌われて遠ざけられることは避けたかった。

殿下の傍にいる、それだけが将来に対しての不安を和らげる気がしたからだ。

マルチェロが領地経営で苦労している時も、手伝えることがあればいつでもと言ったくせに、実際に言われたら何も出来る気がしなくて、ヒヤヒヤしていた。

イザベラ＝ルティエはそつなくなんでもこなすから、僕のような凡人の苦労など知らないだろうと、それだけで腹が立った。

(僕は、馬鹿だ)

なにも出来ないくせに、あれこれ欲しがる子供だった。

出来ない分、努力すればいいのにしなかった。

どうせ、努力したって彼らに及ぶことはないのだと言い訳して何もしなかったのだ。

みんなのことが羨ましい、妬ましい。

けれど同時に、彼らと一緒にいる自分も決して周りに劣っているわけではないはずだ、そう言い聞かせる憐れな子供だった。

だから、王太子の側付きになれるというマルチェロの甘い言葉にあっさりと乗ったのだ。

それがまさか、僕を亡き者にするための策だったなんて。

(あの時、アルマが……アルマ殿が通りかからなかったら、きっとあいつの思った通りに事が運んでいて、今頃僕は死んでいて、イザベラ＝ルティエはどこかに監禁されていたんだろうな)

たかが冒険者だなんて笑って、自由民なんて侮って。

本当に愚かなのは、与えられる優しさも、環境も、叱ってくれる人の存在も、そのありがたみを一つも理解していなかった僕じゃないか。

辺境伯様のところで目の当たりにした、国境で生きる人々の暮らしを、その人々を守る兵士たちの暮らしに触れて胸の奥がざわざわとした。

僕は、選ばれた人間で、彼らとは違う。

そんな風に思うのに、目が離せないほど彼らはキラキラして見えた。

ヴァン様に辺境の危うさを教わり、ヴァネッサ様に剣の手ほどきを受けて、気がつけば明け方の訓練で、名も無き兵士たちに毎日交じって走る僕がいて。

そこでも僕は、取り残される。周回遅れなんて当たり前。

だけど、僕を知らない人々が、僕を笑うことはなかった。

（ああ、そうだ、僕は）

恵まれていることを知った。

両親が毎日優しい言葉をかけてくれることも、温かい食事も、寝床も、侍女たちが甲斐甲斐しく世話をしてくれることも。

辺境の暮らしは王都に比べれば素朴だった。

だがそれは決して貧乏だとかそういうことではなく、厳しい気候や、日々、戦の気配に敏感な商人や民の中での流れがあったり、モンスターの存在だったり、王都に比べればあまりにも慌ただしい所もあるから飾るよりも実用性を重視した結果なのだろう。

それがまた、心地好かった。

「そういえば、サンミチェッド侯爵家の方々は定期的に我が家を訪れたいと申し出ておられたぞ」

「えっ」

「愛されておるな」

「……そう、思います。今なら、はっきりとわかります」

愚かなことを仕出かして、家を出ると言った僕を両親は必死に止めた。

僕自身の責任の取り方として学園を退学し、両親は保護者として爵位を落とし、領地を一部返上することで贖罪とさせてほしい、そう国王陛下に嘆願してくれた。

だから、貴族籍から抜けて兵士になりたいと願ったのは、僕のわがままだ。

両親は最後まで、僕の身を案じてくれた。

出立の折には領地から駆けつけた兄たちも、泣いて心配してくれた。

ああ、僕はこんなにも愛されていたのだ。

だからこそ、申し訳なくて、少しでも真人間になりたい。あの場で悪魔を前に、アルマ殿と一緒に怯まず戦うことを迷わず選んだライリー様のように真っ直ぐな強さを身につけたい。

僕が同じ場面で同じように出来る姿などまるで想像できないけれど、それでも理想だ。

けれど、家族の姿を思えばきっと僕は、親不孝なわがままな子供なんだろう。

「……エドウィン。一般的に、親は子の幸せを願うものだ」

「はい」

「だが同時に、子の幸せが親の願うものと同じとは限るまい」

「……閣下？」

「お前が立派な男になっていく姿を、見せてやればいい。それが一番の親孝行だ」

定期的に会いに来る、その気持ちを否定するのではなく。

それに応えるだけの努力を以て、その姿勢を見せればいい。

そう、言外に告げられたのだと理解して、僕は息を呑む。

「できるな？」

閣下が、にやりと笑った。

戻ったら、一兵士として迎えられ、もう客人の鍛錬なんて甘いものじゃない厳しさが僕を待ち受けているのだろう。きっと何度だって、後悔するに違いない。

それでも、じりじりとこの体の内側から身を焦がすようななにかが酷く心地好い。

「──はい！」

「良い返事だ。とはいえ、お前は見習いからのスタートになる。鍛錬は厳しくなるぞ、覚悟しておけ」

閣下が、笑う。楽しそうにだ。

だが、すぐに顔を曇らせたのでどうしたのかと思ったが、続いた言葉に僕も固まる。

「……ヴァネッサにも一応やり過ぎないようには言っておくが、……もし危ういと思う時には、ヴァンの所に逃げるように。あれにはわしから言っておく」

「は、はい……」

美しくも恐ろしいヴァネッサ様！

ああそうだ、僕がカルライラ辺境伯領の兵士となると知ったなら、彼女はきっと僕を鍛え上げたいと楽しそうに笑うのだろう。

今度はどんな過酷な試練を笑顔で告げてくるのだろう。

それを想像するだけで、僕は顔が引きつるのを感じた。

今更、逃げるだなんて選択肢はないけれど。

それでも、事前にヴァン様に相談はしておくべきだろうな、と僕は思うのだった。

第五章　旅立ち

「結局、カルライラ辺境伯様やエドウィンに会えずじまいでしたわね……」

「そうだねえ、戻ってこなかったけど……まあ、あの二人なら大丈夫だって」

ゴトゴトとゆっくりめに走る馬車の中で、イザベラがため息を吐いた。

そう、私たちはあれからカルライラ領にある自宅に戻って、事の顚末をヴァン様とヴァネッサ様に伝えてから一週間ほどかけて家財を処分し、旅に出たのだ。

残念ながら、ライリー様とエドウィンくんは、私たちの出立するまでの間に帰ってくることはなかった。多分だけど、事後処理とかそういうのが色々あるんだろう。

私たちは、いつまでもこうしていては始まらないからと彼らを待たずに出発することを決めた。

一応の理由としては、国王がイザベラのことを諦めていない、もしくは貴族たちを宥めることに協力を要請してくることを見越してのことだ。

時間が経てば経つほど、この可能性が高くなってしまう危険性がある。

これについてはヴァン様もヴァネッサ様も賛成してくれたし、イザベラは残念そうではあったけれど納得してくれた。

「まあしょうがねえだろうな、辺境伯様っつってもあの人も王家の血が流れてるから、色々と周囲がうるさいんだろうよ」

「ディル様」

そんな私たちの馬車に併走する馬が二頭——ディルムッドとフォルカスだ。

なんでこいつらが一緒かといえば、まあそりゃ色々あるんだけども……彼らもとりあえずこの王国にいるのはちょっぴり都合が悪いっていうか。

「王家の血が流れてるからっててんなら、アンタも残って事後処理とやらをお手伝いしたらいいんじゃないですかぁ、オウジサマ」

「勘弁してくれ、俺は認知されてなかったんだから論外だ。あの場でもそう言ったろ？」

「ついでに絶縁宣言とか上手い具合に乗っかりやがって、ホント」

「代わりに報酬はお前に譲ったんだ、それでチャラにしろ」

「そりゃ助かったけどさあ！」

そう、実はディルムッドの複雑な事情とやらをぶっちゃけると、国王の息子、つまりあのアレクシオス殿下のオニイチャンにあたるのだ。

勿論、母親は王妃様じゃない。

それどころか、ディルムッドは長女である隣国へ嫁いだ王女様よりもほんの少し年上である。

ディルムッドの母親は、ライリー様の遠縁に当たる少女だった。

王城で侍女をしている際に手を出されてしまったというわけだ。

だけど王妃の第一子妊娠よりも先に、戯《たわむ》れで手を出した娘が懐妊と来ればそりゃもう外聞も悪いってもんである。

しかもそれが王族の縁戚にある辺境伯の親戚筋とくれば尚更だ。

生まれた子供が男児なら後継者争いが発生するのが目に見えているではないか。

そりゃもう頭が痛い事態勃発ってことで、当時は大変だった……とは男爵の談である。

全部、まるっと全部、国王が悪いんだけども。

で、困った国王は生まれた子供が男女どちらでも認知しないと宣言して、莫大な金銭と共にライリー様に押しつけた。

そして生まれた子供、それがディルムッドなのだ。

表向きはライリー様の次男坊ってことになっている。

「まあでもあれだよね。国王も相当焦ってたんだろうね。イザベラがアレクシオス殿下を見限るのは仕方ないとしても、今更ディルを認知して王位継承権も与えるから婚約者をすげ替えるんでどうだ……なんて提案すると思わなかった」

「あれは俺も驚いた」

「わたくしは事情を知りませんでしたから、お二方よりももっと驚きましたのよ?」

ちょっぴりふくれっ面をしてみせるイザベラに私たちはあんまりにも可愛くて笑ってしまう。

確かにあの時のイザベラったら目を丸くして驚いていたものね！

いやまあ、驚いていたのはアレクシオス殿下もだったんだけどさ。

そんな訳わかんない状況でついでに認知をされたディルムッドもとうとう腹に据えかねたらしく、人当たりの良い仮面を投げ捨てて国王を睨み付けていた。

『ジュエル級冒険者になったのは王様《アンタ》に認めてもらいたかったわけじゃない。父親だからってこういう時、権力を盾にいいようにされないためだ』

『ディ、ディルムッド！　誤解だ、それは……!!』

『それと、俺が強くなったのは俺の親父《カルライラ辺境伯》の役に立つためだ』

きっぱりすっぱり言い切った姿はなかなかかっこ良かった。

調子に乗るから言わないけどね！

あの時は国王もさすがにしょぼくれていたなあ。

原因は役立ちそうな息子に拒否されたことなのか、それとも頼みの綱がなくなってしまったことなのか。

まあいずれにしてもあの状況で認知とかないわー、ライリー様も静かにキレてたもん。

その後、誰を後釜に推されても結婚する気はないし、貴族であり続けるのはお断りだとイザベラの言葉が続いて国王、撃沈だったのよね。

（まあ、それでもゴネるもんだから私への報酬は〝イザベラの自由〟でごり押ししたんだけど……）

男爵経由だけど『報酬はほしいだけくれてやる』って宣言したのはあの場にいた全員が聞いていたから、言い逃れは出来ない状況だった。

っていっても、悪魔を倒したのは実質フォルカスじゃないかって話でもあったんだけど、二人が私にその権利を譲るって言ってくれたのでありがたく使わせてもらった！

最終的に国王も王妃も泣く泣く認めざるを得なかったのよね。

アレクシオス殿下だけは状況がわかっていないのか、いやわかっているからこそなのか、イザベラに縋ってよりを戻してくれとか寝言ほざいてたけど。

まあそんな感じで頼みの綱（？）のディルムッドに断られ、イザベラにも完全に拒否された結果、アレクシオス王子の処遇はそこで確定した。

彼の失態を考えれば廃嫡したいところだけれど、すでに嫁いで他国の王妃になった第一王女はもとより、輿入れが決定している第二王女の他となると国内が荒れることが目に見えており、貴族議会の決定によりこのまま彼は王太子となることが決定したのだ。

ただし、予定よりも早く立太子の儀を執り行い、国内の有力貴族の中から選ばれた新たなる婚約者たちと婚姻をし、世継ぎを設けた後、すべてを子に引き継がせて隠居生活するっていうものね。

（えげつな……王太子は王太子でも子孫繁栄のためだけのお飾りってか……。まあ、自業自得だね）

真実の愛とやらは結局、彼を救わなかったわけだ！

次に、黒幕であったマルチェロくん。

彼はこの場には来なかった。というか、〝来られなかった〟の方が正しい。

どうやら悪魔に一方的な契約破棄をされたことで辛うじて一命は取り留めたものの、魔力障害を起こしただけでなく、全身に機能障害を抱えたらしい。

それらにより残りの人生は療養生活となるため、療養院に幽閉されることが決定した。

妹への恋心と両親への鬱屈した感情から起こした行動は悪質であると考え、死罪にすべきだという声もあったようだけど、悪化の一途を辿っていた公爵家の財政を立て直し、領民たちの暮らしを豊かにしたことは評価に値するということで免れた形だ。

ただまあ、一生不自由な体で幽閉されるってのは、恩情なのかどうか正直わかんないね。

きっと魂がズタボロになったんだろうと推測はしているけれど、私も直接見たわけじゃないし、治す手助けをしてあげたいとも思わない。

（……でも、まあ。死罪よりは、イザベラにとってマシなのかもしれないか）

少なくとも、彼女にとって思い出のある肉親であることには違いないのだから。

それから、エドウィンくんだ。

彼は自らの意志で貴族籍を抜けた。そして、許されるなら自分の目を覚まさせてくれたカルライラ辺境伯爵領で一兵士として民に尽くし、罪を償っていきたいと願い出たのだ。

ご両親は爵位を下げたり、領地の一部を王家に返上して許してもらうつもりだったらしく、親子間でそこは一悶着あったけど……あれはいい親子関係だなって微笑ましくなった。

その光景に国王も彼の言葉を認めて、貴族籍を抜けたとしてもサンミチェッド侯爵家の人間と家族であることは変わらないので交流を続ければいいと許したくらいだもの。

(それでもこれからは身分差ってものが彼らにはついてまわるだろうけど……あの親子ならきっと大丈夫でしょ、わかんないけどさ)

ちなみにライリー様はエドウィンくんの申し出を、即了承していた。

それもあったから国王もすぐに認めてくれたんだと思う。まあ頭が痛い状況しかないので、これ以上考えるのが面倒だったからオッケー出しただけかもしれないけど!

というわけで、ライリー様預かりで彼はこれから平民として生きることが決まったわけだ。

ヴァネッサ様のお気に入りだから、今後はしっかり面倒を見てもらえることだろう。

「……次に戻ってきた時、エドウィンくんがディルの義弟になってたら面白いなあ……」

「止めてやれ、可哀想すぎるだろ」

「え？　もしかしてヴァネッサ様とエドウィンが……!?　けれど、ヴァネッサ様は確かに年上でしょうけれど、美しくてお優しい方ではありませんか」

「あー、そっか、イザベラは知らないのか」

「アイツ、お綺麗なツラして熊を素手で仕留めるような女傑だぜ。勿論、単独で」

「え、えええっ!?」

そうだよね、イザベラはヴァネッサ様のドレス姿しか知らないからしょうがないね！

まあ、年下好きでちょっぴりＳッ気があるってところは黙っておいた。

教育上、よろしくないので!!

「まあアイツは俺と同い年だしあのボウヤからしたら範囲内っちゃ範囲内じゃねえか？」

「あら？　でも……」

ふとイザベラが考え込むのが見えて、私たちは苦笑する。

ディルムッドは確かに貴族名鑑に名前がある。

それをイザベラも見たことがあると言っていたので違和感を覚えたのだろう。

私たちとしてはもう隠すことでもないので、種明かしをすることにした。

「あのね、イザベラ。貴族名鑑は提出された書類を処理しているだけってことだよ」

「えっ、それって……」

「王が秘密にした子供は、ディルムッドだけじゃなかったってこと！」

「つ、つまりヴァネッサ様も王の御子ということですか!?」

「ここだけの話よ～？」

それは当時、ライリー様と奥方様とで話し合った結果なんだそうだ。

本来の誕生日でヴァネッサ様だけを、その翌年にディルムッドの書類を提出した。実際はヴァネッサ様や私と同い年のディルムッドだけど、貴族名鑑上では一個年下なのだ。

ちょうど辺境地が慌ただしく、社交界にあまり顔を出していなかった奥方様が『あまり良い状態ではなかったので心配をかけたくなかった』とかなんとか周囲を誤魔化してヴァネッサ様を生んだことにしたんだそうだ。誰も疑問に思わないってヤバいね！

そしてディルムッドは事情があって育てられないという親戚の子を引き取った、という筋書きで迎え入れて、今に至るっていうね。

どうしてそんな面倒なことをしたのかって私は思わずにはいられないけど、ライリー様は辺境伯という地位から多くの物事を守らなければならない立場だ。だから、なんだと思う。

ディルムッドは自分の人生を好き勝手されたくなかったら強くなって手が出せない権力を手にしろって育てられて、結果ジュエル級冒険者になったわけですが。

同じようにヴァネッサ様にも真実は伝えてあるらしく、万が一王家に何かがあった時のことを考えて、手元に一人残したってことなんだろう。

どっちが王家に何かあった際のための予備になっても、有能すぎない？　脳筋だけど。

（まあ、確かにそう考えればディルとヴァネッサ様なら、どっちが人の上に立つ存在かと問われれば……間違いなく、ディルムッドよりはヴァネッサ様か）

ライリー様が分け隔てなく二人のことを大事に育てていたことも、今も大切に思っていることも私は知っている。だから今後もあの王家が妙なことを仕出かさない限り、ヴァネッサ様が不幸な女王になることはないんだろう……と思いたい。

（や、あの人なら全部ぶっ飛ばしてなんとかするか）

ヴァネッサ様なら逆境とか全部殴り飛ばしてくれそうだもんね。

とりあえず、あの人に今後振り回されるであろうエドウィンくんを思って、私は心の中で手を合わせておくことにした。

隣でイザベラがディルムッドから説明されて理解したらしく、色々と複雑そうな顔をしている。

でも別に何かを言葉にするわけでもなく、本当に頭が良くて賢い子だなあと私は感心した。

「エドウィンのことは心配ですが、いつかまた……会えるといいですわね」

「そうだね。その時にはイザベラも土産話がたくさんできてるんじゃないかなあ」

「はい！」

色んな所に連れて行ってあげる予定だし、エドウィンくんが知らない土地の話やお土産があってもいいかもしれない。

そんな風に笑い合うと、ふとイザベラが表情を曇らせた。

「ベルリナ子爵令嬢……いえ、今はもう、彼女もただのエミリアさんでしたわね。彼女の護送も、そろそろでしょうか」

「そうだねえ。……彼女の今後が、マシなものになるように祈ってあげる？」

「……わたくしに祈られても、彼女は嬉しくないでしょうから」

当然だけど、エミリアさんも罪に問われた。

他のメンバーと一緒に処遇を言い渡されていたんだけど、その中でも割とエミリアさんについては可哀想だなと私は思った。

だからといって彼女を擁護したり減刑を求めたりはしなかったけど。

彼女については子爵家から予想外の嘆願が上がって驚かされた。

なんでも、例のエミリアさんの母親と子爵の恋愛は本当の話らしいんだけど、エミリアさんは子爵の子ではないんだってさ!!

うん、ややこしいね?

まあなんというか、子爵と夫人は泣く泣く別れた後、それぞれに結婚したけれど双方上手くいかず、再会して恋の炎が再び燃え上がった……ってことらしい。

で、夫人の前夫との間に生まれたエミリアさんはすでに強い聖属性に目覚めていて、聖女としての期待も高い上に見た目がとても可愛らしいってんで子爵は実子ということにした。

〝海老で鯛を釣る〟よろしく、上級貴族の子息を引っかけられたら儲けものってな感じ。

だから、血の繋がらない娘が勝手にやったことだから、子爵家は悪くない……だそうだ。

娘の減刑を嘆願するかと思ったら保身かよ、クズか!!

(周囲の冷たい目に気づかない子爵、ある意味大物だったよね……)

あれは本当に、あの場にいた人たちの心は同じだったと思うよ……何言ってんだコイツってね。

無論、そんな嘆願はまかり通るはずもなくあっさり却下されて終わった。

学園での授業態度等、保護者である子爵に連絡が行かないわけもなく……知っていて是正しなかったんだからこの騒ぎの責任の一端があるってことで、子爵家はお取り潰し決定。

そんでもってエミリアさん本人は貴族としての身分剝奪の上、修道院に送られることとなった。

『あたしは！　ただ！　イーライと一緒にいたかっただけなのよ……!!』

その判決に、彼女は泣き崩れて叫んだけど、『誰だイーライ』ってなったのは今となってはいい思い出だ。……いい思い出か？　深く考えるのはよそう。

とにかく、そこからエミリアさんが語ったことをまとめると、驚きの連続だった。

なんと彼女は私の予想に反して、転生者ではなかったのだ。

子爵と母親の再婚によって子爵令嬢になったエミリアさんだけど、本当はその時に好きだった人……つまり我々が知らない、イーライさんなる人物と結ばれたかったんだとか。

え？　王子を手玉にとっておいて実はカレシいたのかよ!!

だけど貴族になってしまったので身分差からそれは望めないし、彼がいた土地からも離れてしまったし、なによりエミリアさんが玉の輿になることを狙っている子爵夫妻が許すはずもない。

そんな折にマルチェロくんが声をかけてきて、協力を求めてきたんだそうな。

『あたしが王妃になったら、なにもしなくていいって。イーライは愛人って形にはなるけど、離宮で二人、一生暮らせるように手筈を整えるって……イザベラ＝ルティエを王子の婚約者から落とせば、それで益を受ける貴族令嬢たちが喜んであたしを助けてくれるって……』

その発言に顎が外れるかと思ったわ。

多分、私だけじゃなく、みんなそうだったと思う。

（そんなことあるわけないでしょうに……）

都合良く、仕事もしない王妃でいられるわけがない。

ただまあ、なくはないかなとも思った。

お飾りの王妃を引きこもらせて、これ幸いと我が子を後宮に送り込み次代の王を手中にする。そんな野心のある貴族なら、あるいは……ってね。

（ま、今となってはマルチェロくんだけの計画だったのかどうかは闇の中だ）

ちなみに聖女のお勤めに関しては、好きでもない男に媚を売る自分が汚く思えたことと、恋人への後ろめたさから教会に行くことも、聖女を名乗ることも怖くてたまらなかったんだとか。

（まあ、彼女も無知がゆえの犠牲者ってやつだったんだろうけどね）

貴族の姫君なんかにならなければ、今頃は幸せだったのかもしれない。

結局好きな人と再会することもなく修道院送りだなんて、可哀想には違いない。

とはいえ、もし平民として元いた土地に戻れたとしても、その恋人がエミリアさんのことを待ち続けているとは限らないんだから現実は厳しいもんだ。

それでも、もし。

もしエミリアさんが、子爵令嬢として心機一転、頑張っていたら未来は違ったのだろう。

いやだいやだと現状を嘆くことなく貴族としての矜持を手に入れて前を向き、別れた恋人とやらのことを思い出にして、流されることなく対応できていたら。

（ま、それができてたら苦労しないか）

ふと、視線を感じて私がそちらを見ればフォルカスがこちらを見ていた。

そして少しだけ躊躇うような素振りを見せてから、口を開く。

「あの娘が送られる先は、北の国境近くにある修道院だそうだ」

「？　そうね、そんなことを話していたわね」

「……今から北の、フェザレニアに向かうことにすれば、途中で見かけることがあるやもしれん」

「フェザレニアって」

私は思わず言葉をそこで途切れさせてしまった。

だって、フェザレニアって……北にある国の名前で、それはつまり、まあ要するに。

「……フォルカスの故郷じゃない」

「そうだな」

告白も受け入れていない状況なのに、故郷に誘うか？　普通？

思わずそう言いそうになったけれど、いやまあ私だってフォルカスのことは憎からず思って……

というか、好き、ですし？

ただあんな状況番《ツガイ》だのなんだの言われても……ってそうだよ！

「ちょ、ちょっと待ってよ、今更だけど私のことを番《ツガイ》とかなんとか言ってるけど、アンタも王族とか初耳だったんだけど!?」

「そうだな」

「そうだな、じゃないわー!!」

告白に苦情を申し立てるっていう部分は大いにあったけど、簡単に彼の想いとやらを受け入れるには問題が大きすぎて私が答えを濁している理由は、ここにある。

この先輩ジュエル級冒険者たちの抱える問題、それは〝やんごとなき血筋〟ってやつだったのだ。

ただの冒険者仲間として付き合っていくなら『そうなんだ、大変だね』で済むけども。

そんでもってただの恋人関係なら、まだマシだろうけども。なんだ王族って！

「そもそも番《ツガイ》ってなんなの……」

「もしや、フェザレニアの黒竜帝伝説に関わりがあるのではございませんか？」

私の発言に目を丸くしていたイザベラが、おずおずといった様子で質問をしたことにフォルカスは鷹揚に頷いた。

「黒竜帝って……あれでしょ？　フェザレニアの聖なる山に住んでいる竜で、国の危機に際し乙女の祈りを聞き届け国を守ってくれたってやつ。国旗もそれを基に作られてて、絵本とかにもなっているポピュラーな伝説よね」

まあ竜帝っていっても本当に国王だったとかじゃなくて、立派な、尊敬すべき竜って意味で人々がそう呼んだ……とかなんとか孤児院時代にシスターから聞いた気がする。

絵本も置いてあったような気がしないでもないんだけど、読んだことあったかなあ？

「世間一般では伝説と言われているが、それらは真実の話だ」

「え？」

ひょいっとフォルカスが馬上から御者台に飛び乗ってくるもんだから馬車が揺れる。

ディルムッドが慌てて放り出された馬の手綱を捕まえて「やるなら先に言え！」って怒っているけどフォルカスはどこ吹く風だ。

私の隣に座ったフォルカスは珍しくローブのフードを外して、受ける風に心地よさそうな顔をしている。なんとなくその表情に見蕩《みと》れそうになって私はぎゅっと表情筋を引き締めた。

「黒竜帝は私にとって……フェザレニアの王族にとって、始祖にあたる」

「はあ!?」

「まあ」

だけど、そんな努力も虚しく彼の発言に私とイザベラは目を丸くした。

黒竜帝が、実在して、その上フォルカスの祖先……ということは、フェザレニア王家は竜と交わったということだ。

人と竜、獣人、妖精、果ては神々と交わって子をなすという話自体は別に珍しいことではない。

そこから種として落ち着いた亜人族だって多くいるのは事実だ。

なんせ歴史書にも記されているし、珍しい話じゃない。この国の王家だって天使と交わったって
いう伝説が一応あるっちゃあるし……まあ、この伝説については眉唾モノらしいけど。

「そもそもフェザレニアの初代皇帝は女性だ。そして、その伴侶こそが黒竜帝だ」

「ええ……」

「まあ、それでですのね」

イザベラは納得した様子だ。

いや、私が追いつけてないいんですけど？

でもそんな私にイザベラはわかっていると言わんばかりに頷いて、教えてくれた。

「フェザレニアの王族はとにかく魔力が強い方々が多く、数代に一人は大魔術師が生まれると耳にしたことがございます。彼らは血脈を大切にするため、近隣の国とは婚姻以外で交流をしていると王子妃教育の中で学びました」

「カルマイール王国とは距離があるからな、国交自体はあるが盛んというわけでもない。式典の折に手紙などのやりとりをする程度だったか」

「へえ……」

興味ないから知らなかった。

ちなみに自然と魔力反転する人間というのはとても稀なので、それがフォルカスの一族で隔世的

に出現するってんなら竜族の血を引いているせいなのか。成る程、納得だ。

「……魔力反転するほどの魔力を受け継いだ子供は、先祖返りの可能性が高い。それによって王族としての責務を果たせなくなる可能性があるから、ある程度の年齢になった時には王家から出て自由に過ごす権利が与えられる」

「……王族としての責務を、果たせなくなる……？」

「そうだ」

フォルカスは頷いてディルムッドに視線を向ける。

二人が視線で何かをやりとりしているのを見て、私とイザベラは置いてけぼりを喰ったような気持ちで少し面白くない。

イザベラも同じようだ。ちょっぴりふくれっ面しているのが可愛いったらないね！

「黒竜は、魔力が強い。そして一途《いちず》なんだ。……厄介なほどに」

ディルムッドがため息交じりにそう言った。

フォルカスは、困ったような顔をして私を見つめているから居心地が悪い。

「え……っと、つまり、それが？　なんか問題があるの？」

「つまり、先祖返りの王族は番《ツガイ》を見つけたらそのために国も何もかもを投げ出してでも伴侶として得ようとする。王としても、臣下としてもそれでは困るだろう」

「……必ず、魔力反転をした人物がそうだとは限らない。だが、私は特に竜の血が強いのだろう、と、思う。昔アルマにも見せた奥の手、アレは竜の炎だ。黒竜が吐く、青い炎……アレが出せるということは、私は竜に近しいのだろう」

苦い顔をしたフォルカスの発言を、私はなんともいえない気持ちで聞いていた。

だって、そんなこと言われたって、じゃあ何が問題なのかさっぱりわからない。

いや、わかっている。

番《ツガイ》となるべき相手を見つけたら、猫まっしぐら……じゃなかった、傍らに置きたくて国を犠牲にしたり攻め入ったり攫ったりとまあ良からぬ方向に走り出す可能性があるってことよね？

（だから、特別な相手を作るつもりはないって発言は、そういうことだったの？）

じゃあ、なんで、今更……私のことを番《ツガイ》なんて言い出すんだろう。

私なら壊れないとか、フォルカスの魔力にも恐れず付き合えるとか、そんな理由だったりするんだろうか？　それはちょっと、なんていうかロマンの欠片もないっていうか。

そんな風に考える私に、呆れたような顔をしたディルムッドが大袈裟《おおげさ》なため息を吐いて見せる。

「だーからあ！　フォルカス、お前は色々足りないんだ！」

「……だからこそ、こうして言葉を重ねて」

「違うだろ、お前がいつからアルマに惚れてンのかを伝えろっつってんだよ！　いや、その番《ツガイ》に執着する性質の説明も大事だけども！」

いやまあ、私を間に挟んでする会話ではないな？

でもディルムッドがまともな助言をしてくれたおかげで、話が進んで……いや待て、これなんて羞恥プレイですかね？

イザベラとディルムッドに見守られて告白を聞かされるとか、やばくない？　この状況!!

「でも、そうですわね……フォルカス様はアルマ姉様と長い付き合いだと聞いております。それならば何故、今になって番《ツガイ》と名乗り出られたのですか？」

「……ディルムッドにも問われたんだが、別に今になってというわけではない」

「えっ、そうなの!?」

「本当に伝わっていなかったんだな……」

いや、あの。

そんなに複雑そうな顔をされましても……これって私のせいなの？

「だ、だって、フォルカスってそういう相手を作るつもりはないとかなんとかディルムッドと話してたことがあるじゃない！」

「……聞いていたのか」

「あー、うん。偶然ね。なんかタイミング悪くて言い出せなかったけど、まあ」

別に盗み聞きしたわけじゃないぞ！　いや、結果的にはそうなってるけども。

私の言葉にディルムッドはまたまた大きなため息を吐いている。

……うん？　おや？

私の見間違いじゃなければ、フォルカスが照れているような気が、いや、待ってそうだった！

「イ、イザベラ。ちょっと手綱をお願い！　フォルカス、中入って！」

「か、かしこまりました！」

「なんだよー、いいじゃねえか。今更だろ？」

「ディルムッドは黙ってて!!」

幌馬車の内部にフォルカスを押し込めて、私もそっちに移動する。

だからって結局イザベラからしたら背後で話している状況は変わらないけど、御者台で話すのとはかなり違うんだよ！　私の心の余裕とか、そういうものが!!

「……つまりだ。お前と初めて言葉を交わした時から惹かれていた。だが、私は……その、番《ツガイ》というものに対して半信半疑だったんだ」

「はんしんはんぎ」

「そうだ」

フォルカスは、自身が先祖返りとして生まれたことを十分理解していた。

けれど、番《ツガイ》を見つけると暴走しかねない……という話に関しては納得していなかったらしい。

ただ、自分の力が強すぎて周囲を不安にさせるなら、王位に興味もないし喜んで王位継承権を捨てて、自由な冒険者になる道を選んだそうだ。

「家族は、離れていても家族であることに違いはないしな。私が先祖返りであろうとも、両親や弟たち、妹たちは変わらず私を家族として愛してくれている。いつでも戻ってくれて構わないと言ってくれているし、その辺りに不安はなかった」

「……そうなんだ」

フォルカスは愛されて育ったんだな。そう思ったらちょっとだけ胸が痛んだ。

別に、孤児院育ちな事を恥ずかしいと思ったことはないし、親はいないけどシスターたちは優しかったし、出て行っても様子を見に来てくれた先輩孤児たちもいたから寂しかったとは思わない。

ただ、本当に……ちょっと、住む世界が違う人なんだよなあって思ったら胸が痛い。

「だが、アルマと出会ってからは妙にお前のことが気になって仕方がなかった。それまでも色恋に興味があったわけではないし、それなら魔法の研究をしたり、ディルムッドと酒を飲みに行く方が楽しかったからな」

「……うん」

「それで、お前が聞いたその話だが……お前への気持ちを、定め切れていなかった私へ『それならば他の女と試しに付き合ってみればいい』とディルムッドが提案してきた時のものだろう」

「はあ？」

いや待って、よくわからないんだけど。

しんみりしていた中で急に話が飛んだぞ。なんだって？

（私のことが気になった……からの、自分の気持ちが定め切れていない、で？　他の女と私を比べてみろってことか？）

ディルムッド、端的に言って最低だな！

まあ言いたいことはわかるし、それをフォルカスが拒否したんだから、なかったことにしてやらないこともない。

あの頃には、多分だけどアイツは私がフォルカスのことを好いているって気づいていたはずだ。

それでももしフォルカスがそれに乗っかってたら許さないところだったけどな！

「私の視線の先には、いつだってお前がいた。ディルムッドの言葉に嫌悪感を覚えたことで自覚したことは悔しくもあるが、アルマでなければいやなんだ」

それまで私を真っ直ぐに見つめて喋っていたくせに、フォルカスは視線をさ迷わせてから言いにくそうに言葉を続ける。

「己の番《ツガイ》を見つけると、その者を手に入れるためにありとあらゆる手段を取り、己の懐へとしまい込もうとする竜の本能があるらしい。私には、ないと思っていた」

そろりと壊れ物に触れるようにフォルカスが私に手を伸ばし、膝の上に置いていた私の手をとる。

指先がちょんと触れて、その後ちょっとだけおっかなびっくりな感じで引っ込めて、それでも意を決したように触れてくる彼を、私はなんともいえない……温かな気持ちで、見ていた。

「だからこそ、アルマ、私は……その本能を認めてしまうのが怖かった。番《ツガイ》としてお前を捕まえ、誰の目にも留まらぬようどこかに連れ去り隠してしまいたいと思ってしまう……そんな日が来るのが、怖かったんだ」

ぎゅっと、手が握られる。

それがまるで、私がどこかに行ってしまわないようにしているようで。

「私は自由に振る舞うお前を愛している。だからこそ、お前が笑えるようにしたい。料理をするのが好きだと笑っているお前の一番傍で、楽しそうに料理してくれるような食材ばかりを選んでいたことは謝ろう」

「あれ、そういう意味だったんだ」

それは本当にわからなかったよ!!

いやあ、確かにディルムッドがいくら大食漢だからって、毎回張り切ったお土産だなあとは思っていたんだよ……あれ、私のことを考えた結果の食材だったんだね……。

こればかりは私が鈍感とか、そういう問題ではないと思う。思いたい。

「たとえお前が私と番《ツガイ》になってくれたとしても、束縛はしないと誓う。……先ほども言ったが、私はお前の自由な心を愛している」

「や、あの、フォルカス」

「頼む。これまで気持ちが伝わっていなかったことは私に責があると理解した。これからはきちんとこの気持ちをアルマに伝えることにするが、迷惑にならないようにも心がけよう。だから」

言葉を重ねるフォルカスがぐっと身を乗り出してくる。

イザベラがチラチラとこちらを肩越しに振り返るのも見えて、私の羞恥心はもう限界だ！

だから私は握られていない方の手を突き出すようにして、大きな声を上げていた。

「ちょ、ちょっと答えは待ってほしい……!!」

フォルカスの言動はとても嬉しい。そう、嬉しい。

なんといっても私だって彼のことは好きなのだ。

勿論、身分差云々は色々問題だらけじゃないのかとか、そういう点はあるけど、フォルカスが私のことを『番《ツガイ》』だと断言しているし、そういう本能があると彼の母国で認識されているなら多分問題ないと思う。多分。

「どうした？　番《ツガイ》についてが不安なのか？」

「や、まあ、それはあるっちゃあるんだけども」

多分フォルカスは私が不安に思っているのだと感じたんだろう。

まあ、間違っちゃいない。

番《ツガイ》っていうのは実に不思議なシステムで、要するに〝遺伝子的に適した〟相手を本能が訴える、そういう類いのものらしい。その中でもとんでもなく相性がいい相手を〝運命の番《ツガイ》〟なんて言ったりもするって話を聞いたこともある。

この相手こそが番《ツガイ》だと思って伴侶になったのに、その後より相性のいい相手と会ってしまい、そちらに気持ちが移ろってしまうこともあるっていうね。

多分、私がそのことについて不安に思っているとか彼は思っているんじゃなかろうか？

「あの、フォルカス」

「竜種は、一度番《ツガイ》を決めたら生涯変えないそうだ。私の先祖たちの中でも同じように先祖返りした者たちは、決して伴侶を変えるような真似はしていない」

「いや、そうじゃなくて……」

「なら、何が不安だ？」

「あー、えーと……どう説明したらいいのか……。ちょっと時間がほしいなって……」

色々と人生ジェットコースター過ぎて追いつけていないって、どう説明したらいいもんか。

私が迷っていると、フォルカスは少しだけ考える素振りを見せてからいいことを思いついたと言わんばかりに笑みを浮かべた。

「私の言葉が嘘でないという証明をすることができる」

「えっ？　いや、疑っているとかそういうわけじゃ……ってどうやって証明するの？」

「黒竜帝に会いに行く」

きっぱりと言われたその言葉に私は目を丸くする。

フォルカスが冗談を言っている様子はなくて、黒竜帝ってあの絵本の中の黒竜帝？

それこそフェザレニアのかなり昔の女王様の話だけれど、いくら竜が長命だからって？

混乱したのは私だけではなく、イザベラも驚いたようで今度は隠すことなくこちらを向いた。

「黒竜帝様がいらっしゃるのですか!?」

「ああ、今もお元気だ。子孫である我々王家の一族が時折訪ねているが、とても気さくでお優しい方だ。きっと私の番《ツガイ》とその家族を歓迎してくださる」

「姉様！　是非フェザレニアに参りましょう!!」

「え、ええ……？」

「決まりだな」

私の意見はどこいった？

そう思ったけど、この問題を一旦でも保留できたなら、まあいいか。

イザベラが黒竜帝の話題に食いつくのは予想外だったけど。

「……ま、いっか」

黒竜帝なら、私の悩みも解決できるかもしれない。

付き合いが長いディルムッドとフォルカスにも、イザベラにも言えていない秘密が私にだってあるのだ。いい女には秘密がつきもの……なんてね！

（まあそもそも転生者とか、マルチェロくんと同じでイザベラのことを知っていたとか……言えないな、絶対に。しかし他にも似たような人はいるんだろうか？）

転生者だのなんだの言ったが最後、可哀想なものを見る目をしてくるディルムッドとか、必死でフォローしようと考えるフォルカスとか、オロオロするイザベラとかが目に浮かぶ。

なんて恵まれた人間関係かしら！　あ、涙出そう。

「それじゃあ進路は北方向に取ることにしようか」

「承知いたしました」

イザベラの口調に関しては、うん、まあ矯正とかしなくてもいいか。

これはこれで可愛いしね！

彼女の十何年間の貴族令嬢として学んできた蓄積が、数ヶ月で直せるはずもないし。

それでも自由気ままに笑えるようになっただけ、かなりの進歩だろうと思う。

これからは、彼女にとっても私にとっても未知の世界ってことになる。

私は二人旅なんてしたことないし、イザベラに至っちゃ初めての旅だもの。

だけど、きっとなんとかなる。

「修道院、寄る？」

「……少しだけ、よろしいですか？」

「うん、いいよお」

へらりと笑いながら私は御者台に戻って、彼女から手綱を受け取る。

フォルカスもそんな私の態度に苦笑を一つ零してから、ゆっくりと動いて私の頭をぽんっと撫でるとディルムッドの方へと視線を向けた。

そして指でちょいちょいってしてから馬の手綱を受け取って、馬車から離れる。

ディルムッドがまた何か文句を言っていたけど、二人の関係はいつだってそんな感じだ。

きっとそれはそれで楽しいんだろうなって思う。

(あいつらは多分、似た者同士で気が楽で、実力も……色々似ているからこそ、上手くいっている相棒なんだろうな。じゃあ、私たちは?)

イザベラは、これからどんな景色を見て、どんな風に感じるんだろう。

私と彼女は姉妹の誓いを立てたし、可愛いと思ってるし、好きなことをさせてあげたいけど姉妹はやっぱり相棒ではないから、いつかは離れるんだろうか。

「姉様?」

「ん? ああ、なんでもないよ。イザベラはどうして黒竜帝に会いたいの?」

「……もしご存じなら、聖女について、伺ってみたいと思ったのです」

私の問いに、イザベラは少しだけ躊躇いながら、それでも隠さず答えてくれた。

それは、彼女が聖属性に目覚めて聖女として活動を始めてすぐに感じたことなのだという。

イザベラは貴族令嬢として、〝聖女〟の果たす役割が、国と国民を守るためにとても大切であることを理解していた。

それと同時に、聖属性に目覚めるのがほぼ十代の少女であり、全ての少女に発現するのではないこと、稀に成人してもずっとその属性を持ち続けること、そしてなによりこの国以外ではそのようなことはないという不思議な点が気になっていたらしい。

もし他国で聖女が必要ないのだとしたら、それはこの国に、何か欠陥があってそれを補うための人為的な関与があるのではないか……なんてことを考えていたらしい。

当時は荒唐無稽な考えだとそれを振り払って役目に没頭したそうだが、今になり改めて疑問を覚えたのだという。

「今回の……婚約破棄で、まるで聖女たちを競い合わせているかのような殿下のお言葉にわたくしも思うところがあったのです。聖女は聖女であるだけで民を救うのに、大聖女のように崇められる方もいれば、すぐに聖属性を失う方もおられる……どうしてなのかと」

一体聖女というのはいつから現れたのか、どう選ばれているのか。

イザベラを次期大聖女に推薦したかったという話も出ていただけあって、彼女の中の聖属性魔法は今でも衰えをみせないらしい。

「勿論、この聖属性による魔法が今後も使えるのであれば……姉様や、他の方のお役に立てると思います。それは嬉しいことです。ですが、では何故、わたくしなのかと……」

「相変わらず難しいこと考えてるのねえ」

私は進路を北方向にとりながら、苦笑した。

フェザレニアに行くなら防寒着とかを途中で買わないといけないなあ、なんて考える。

もこもこファーをまとったイザベラ、可愛いんじゃないかな。

「……折角だから、今後のことも考えて私も魔法を教えてあげようか」

「本当ですの!?」

「うんうん、本当本当」

私の使う魔法は特殊といえば特殊だけど、イザベラは妹だしいいんじゃないかな！

彼女は聖属性の他に、木属性も強そうだからそっち系統で……。

どうせフェザレニアに向かうにしても、北の修道院寄ってから、その先色々と山やら国境やらをいくつも越えていかないといけないいんだから、時間はたっぷりあるんだしね。

「あ、そうか。木属性なら折角だから精霊村も寄ってみればいいいんじゃない？」

「精霊村……？」

「そ、精霊村。ちょっと珍しい村だよ。まあ普通は行けないけど、どうせそっちの二人も一緒に来るんだから、あれこれ手伝わせればいいのよ」

「俺らは便利なオマケか」

「似たようなモンでしょ」

私の言葉にディルムッドがジト目でこっちを見てきたけど、知ったこっちゃない。

一緒に行動するなら是非ともお手伝いいただきましょう。

（立ってるものは親でも使えってね）

ちょっと違うかもしれないけど。フォルカスを見習え、文句なんて言わないぞ！

……まあ、彼の場合は私に対するアピールの一つかもしれないんだけども。

そう考えると照れてくるな。

「精霊村というのは、あの、聞いたことがなくて」

「そうだろうねえ、正式名称とかは特にないし」

「え？」

「それでも綺麗なところだよ、ちょっと気を抜くと連れ去られるけど」

ちょうど精霊界と人間界の交わる境目のようなところがあって、その周辺では人と交わったり周囲の生き物と共存したりする精霊たちの姿が見られるのだ。

そもそも精霊はそこら辺にいるんだけど、シャーマン系の能力を持った人間や、精霊と相性がいい魔法使い（私みたいなね！）じゃないと普通は視認できない。

けど、そこではちょっとしたコツさえあれば誰彼関係なく見ることが出来るし、会話だって出来るし、なんだったら精霊たちが知識を授けてくれることだってあるのだ。

よっぽど気に入られないとなかなかないけどね！

知識を授けてくれるレベルの精霊となると高位精霊だから、あっちからしてみるとわざわざそんなことをするなんて好意がなきゃしない行動なのだ。

私は幸いにして精霊たちとは仲良くなれたので、きっとイザベラのことも……って思ってのことだけど、私の発言にイザベラは不安そうだった。

「どうしたの？」

「つれ、連れ去られるって……」

「ああ、大丈夫だよ。ほら、精霊が多いところって妖精とかもいるでしょ？　妖精はお茶目なもんだからお気に入りの子とかを見つけると妖精界に連れて行こうとするんだよね、あっちからすると好意なんだろうけどいい迷惑だよねえ！」

ケラケラと笑ってなんでもないことなんだよってしてみたけど、余計に不安を感じさせてしまったようだ！　おねえちゃん、不覚!!

「わ、わたくし大丈夫でしょうか。姉様の足を早速引っ張ってしまうのでは……」

「ないない。言ったでしょう？　おねえちゃんが妹を守るのは当然なの」

イザベラは可愛いだろうから、ちょっかいかけてくる妖精はいっぱいいるだろう。

だけどそれは妖精だけに限らず、行く先々の町でも現れるかもしれない。

悪い虫は払ってあげなくっちゃね。

安心させるようにイザベラの頭を撫で回せば、目を丸くしつつもはにかむように笑ってくれた。

っあー！　うちの妹が！　今日も可愛いです!!


その後、私たちは特に問題なく北の街道に入った。

合間合間でディルムッドの姿を見つけてファンだっていう若手の冒険者たちに声をかけられたこと以外は、本当に何もなかった。平和すぎてびっくりするくらい。

ちなみにファンサービスするディルムッド、本当に人が変わったみたいににこやかだから、ついつい笑っちゃうよね……いなくなると途端にガラが悪くなるの、二重人格かって疑うレベル。

まあそれはともかく、追っ手や役人による足止めとかが一切無いっていうのは、国王が諦めたのか……それとも地方にまで命令がきていないのか。

あるいはそれをライリー様、もしくはサイフォード男爵が止めてくれたのか。

なんにせよ、面倒ごとがないっていうのはありがたいよね！

(国王はともかく、少なくともサイフォード男爵は私たちを敵に回す面倒とイザベラ奪還を天秤にかけたなら、好きにさせる方を選ぶだろうしね)

ディルムッドのことも、そりゃ王子として迎えられればとても頼りになったと思うよ。

なんてったって、ドラゴンを倒せるほどの実力者で、なおかつイケメンだもんね。

アレクシオス殿下はまさしく物語の王子様って感じの容姿だけど、ひょろっとしてるからちょっと……いや、かなり頼りなかったもんなあ。

でもディルムッドを王族に迎えるってのはとても難しい話。

なんせこれまで認知してなかったんだから！　今更となると、それはそれで問題が山積みだ。

まあ、最初からきちんとしてたらディルムッドの双子の姉弟であるヴァネッサ様のことだって知っていて当然だし、そうなるとまたややこしいことになるのかな？

なんせディルムッドとあのヴァネッサ様だぞ……？

むしろ王家乗っ取っちゃうんじゃないかな……その方がある意味、幸せな気もするけど。

(ディルにその気がなくて良かったねえ)

ちなみに、ディルムッドが王の子供だって知って一番ショックを受けていたであろう人はなんとアレクシオス殿下でした。

なんでだって思ったけど、唯一の男の子としてちやほやされて育ったんだろうねえ。

あの後ちらっと聞いた話によると、王子が生まれたことによって姉である第一王女も、側室の娘である第二王女も早々に嫁がせることが決まったらしいからね。

年齢がちょうど良くて、その方が都合いいってことなんだろうけど……〝唯一の王子だから〟大切にされていたっていう部分がなくなれば、王子の存在意義が揺らいじゃうとか、その程度なのも悲しい話だわあ。

「姉様?」

「うん、ほらイザベラ。見えてきたよ」

「ああ……」

ガラガラと行き交う馬車の、その数の少なさよ!

北に向けての街道は正直あまり使われていない。

なぜならここから先は険しい山道で、楽な迂回ルートを選ぶ商人たちが殆どだからだ。

冒険者だって依頼でもない限り、わざわざ進もうとする人はいないもんね。

けどまあ、フェザレニアに入るまでは雪がどうのってことはないから、ある意味この山さえ越えちゃえば隣国への最短ルートではあるんだけど。

最短ルートを選ぶ人ってのは大抵急ぎだから危なくてもこの道を選ぶわけで、イイモノだったり情報だったり持っているんだよね。だから山賊も結構な確率で出るってのが問題かなあ！

（いや待てよ、もし出くわして討伐したら、報奨金が出るかもしれない……？）

そしたらイザベラのギルド功績にするってのもアリだな……。

よし来い！　山賊!!　ついでに財宝もため込んでたらなお良しだ!!

俄然やる気出てきた。オマケで山菜も採れないかな。

「……この辺りの結界が、弱っているような気がいたします」

「そういや、今年はこの辺りに来る聖女の数が少なかったって話を聞いたな」

「はい。どうしても、嫌がる者を無理に行かせるわけにもいかず……例年であれば、わたくしが向かう予定でした。ですが、婚約破棄の一件で……」

「あー、なるほどね」

カルライラ領にいた時、ヴァネッサ様がイザベラのことを評価していたけど、多分これからは各地方でそういうのはどうしても起こるだろうなあ。

嫌がる聖女なんて教会的にも周囲の目が気になるだろうし、無理には行かせられないだろうし。

危険を顧みず、なんてまさしく聖女らしい行動を取れるかどうかは本人次第だもの。

聖属性に目覚めたからって、善行をせよって強制されているのが現状だもんね。

まあイザベラだって行きたくて行っていたかって問われると、難しいところなんだろうけど……貴族としての責務だからって断るって選択肢がなかっただけっぽいし。

そんな中でなんとか回しているところで、王子が婚約破棄なんてやらかすから地方にしわ寄せがきたんだろうなあ。

うんうんと一人で納得する私に、そっとイザベラが耳打ちしてきた。

「それに、これは内密の話ではあるのですけれど……聖女は年々、数が減っているのです」

「へえ？」

「……そのこともあって、わたくしは聖女について知りたいと思ったのです。教会の言葉は聖女を賛美するものばかりです。始まりは、この国の者たちを守りたいと願う少女たちに、神がお応えくださったという話ですが……何故、十代の少女だけなのか、大人になると聖属性が消えてしまうのか、なくなってしまったらこの国はどうなってしまうのか……」

ぎゅっと手を握りしめるイザベラを、私はただ見ていた。

私からすると、この国が将来的にどうにかなっちゃっても、それはしょうがないと思う。だって、聖女がいなくて滅びるならばそれまでじゃないかなって思うのだ。

勿論、助けを求めてくる人がいれば私だってそれなりに手伝うとは思うけど……聖女ありきでなくば暮らせない世界なんて、よその国では見たことがない。

だから、聖女がいなくなったらいなくなったでどうにかなるんじゃないのかなあ。

「わたくしはもう貴族でもありませんし、この国に縛られることのない冒険者である以上、聖女でもありません。ですが、……もし、何か彼女たちの手助けが出来るなら、と……そう、思わずにはいられないのです」

「本当にイザベラちゃんはいい子だねえ」

「そ、そんなことありませんわ！」

思わず頭を撫でれば、イザベラは照れながらも嬉しそうに笑った。

うーん、可愛い。

だけど、彼女のこの考えや行動はまさしく絵に描いたような聖女さまじゃなかろうか？

無償で人々に尽くし、己に出来ることを探し、人々のために必死でやり遂げたっていう伝説の聖女そのものじゃないか。

勿論、私は伝説の聖女みたいに一人で苦労するようなこと、イザベラにはさせないけどね！

私たちの目的でもある国内最後の町、というよりは村といった方が正しいそこは、あまり豊かではなかった。国境ではないけれど国境ギリギリのそこは、断崖絶壁に囲まれた村だ。

この天然の守りのおかげで、兵士の数も少なくて済むのだろうと思う。そして、人が暮らすにはあまり適しているとはいえない場所でもあった。

だけど教会と、その聖女だけが行っている結界の維持装置とやらはちゃんとあるってんだから、不思議なものだよね。

「……ディルムッド、フォルカス、買い物よろしくね」

「承知した」

「おう、任せとけ。ついでにここのギルドに山賊依頼がないか見といてやるよ」

一応ここにもギルドがあった。

っていうか、村唯一の商店にギルドから来ている依頼のコピーが貼られてる感じなんだけど。

なんていうか、連絡所とか出張所みたいな？

まあ人がいない町や村なんてそんなもんである。

こういうところだと、依頼も行き違いで達成されていたとか、よくある話だよね！

その場合はそれなりにギルドが色々と便宜を取り計らってくれるから、マイナスになることはないのでありがたい話なんだけど……ぶっちゃけると大体こんな地方に放置されている依頼なんて、めんどくさいのか、厄介なのかの二択だ。

「それじゃ、私たちは教会に行ってくるから」

ひらひらと手を振って二人と別れ、私たちは教会への道を歩く。

舗装されていない砂利道だけど、信心深い人たちが多いのか、教会までの道は割と綺麗だった。

教会も、王都で見たような立派なものじゃない。

でも村にある家に比べれば造りがしっかりしていて、中も広々としたものだ。質素だけど、どこか温かい空気があって、私は贅を尽くしたものよりもこういう方が好きだなと思った。

「司祭様」

「これは、イザベラ＝ルティエ様ではございませんか」

「……色々ありまして、今はただのイザベラですの。どうか、そうお呼びくださいまし」

司祭様と呼ばれたご老人は、イザベラの言葉に少しだけ驚いたようだったけど、私の顔を見て、またイザベラに視線を戻して、すぐににっこりと笑ってくれた。

優しい顔をしたその人に、私も会釈する。

「実は、あの、少しだけ……気になることがありまして、立ち寄りましたの」

「なんでしょう」

「あの……」

イザベラは言葉にしようとしたもののそれを告げていいものか悩んでいる様子で、口を開いては俯いてを繰り返す。司祭様はそれを急かすでもなく、ただイザベラの言葉を待ってくれていた。

勿論、私も横から口を挟むこともしないでちゃんと大人しくしていたよ！

「こちらに、エミリアという女性が……」

「ああ、彼女ですか」

「……どうしているかと、思いまして」

ようやく声に出せたイザベラの言葉は、上手く繋げられなかったようだった。

それでも、司祭様は色々と察してくれたんだろうと思う。

教会のステンドグラスを見上げて顎鬚《あごひげ》をいじりながら柔らかく笑った。

「エミリア殿は聖女として、祭壇にて祈りを捧げる役を担っております」

「彼女は、聖属性を上手く扱えないはずです」

「それもまた、神が与えた試練でしょう。貴女がお気になさることではありません」

「しかし、結界が……」

「ただのイザベラ殿、良き旅をなされよ」

司祭様は、まだ言い募ろうとするイザベラに対して、言葉を遮るように旅の幸いを祈る言葉を発し、印を結んだ。それに彼女もハッとした様子でキュッと唇を引き結ぶ。

ただのイザベラ、そう言われたことで踏み込みすぎたのかと不安になったのかもしれない。

(……そうだね)

心配するのは、悪いことじゃない。

彼女もまた、聖女だったから。今も聖女としての力を宿すから。

だけど、教会は必要としていない。

イザベラ＝ルティエという貴族の少女なら、頼ったかもしれない。

だけれど、今、ここにいるのはイザベラというただの冒険者の少女だから。

(なんでもかんでも利用してやろうっていう悪徳神官じゃなくてよかった)

まあ、そんな人だったら、寂れたこの地に留まっているわけもないか。

どこか悔しそうにするイザベラに私は歩み寄って、その頭をぽんぽんと軽く叩いてやった。

色んな柵《しがらみ》から解放されても、まだまだ彼女の中には責任感とか負い目があるんだろう。

いつかはそこから解放されたらいい。

今すぐじゃなくていいから、いつかね。

「旅の無事を祈ってくださりありがとうございます、司祭様。これは少ないですが、教会の維持と村人たちのためにお使いください」

「これはご丁寧に。あなた方の旅に、神のご加護があらんことを」

こういう時に私たちが出来ることといったら、寄付するくらいだ。

私は腰にぶら下げていた革袋ごと手渡した。その重みにぎょっとした顔をする司祭様に、ちょっとだけしてやったりな気持ちになりつつ、私はイザベラの肩を抱いて、踵を返す。

これ以上ここにいたって、エミリアさんに会えるわけじゃないしね。

あの言い様だと祭壇で祈りっぱなしなのかもしれない。聖属性を使いこなせない彼女が結界を維持するとなると、常時祈っても追いつくかどうか……。

とはいえ、結界についても私たちが手を出すことはできない。

ま、そんなもんだよね。こっちはもう部外者なワケなんだし、しょうがない。

「イザベラ、大丈夫？」

「……はい。申し訳ありません」

「謝らなくていいよ」

人は急には変われない。

だけど、それを人に言われたって上手く飲み込めるとは限らない。

指摘してもらっても反発しちゃうかもしれないし、落ち込んじゃうかもしれない。

(イザベラは真面目な子だから、落ち込む方かな)

そんなことを考えながら、うなだれる可愛い妹の隣をゆっくり歩く。

馬車と荷物はあの二人に任せておいて間違いないだろうし、ふと足を止めて周りに咲く野の花に目をやった。可愛らしいその花を見て、ちょっとしたことを思いつく。

「ねえ、イザベラ」

「え？　は、はい、なんでしょうか！」

「祭壇の場所ってのは、こっから近いのかな」

「え、ええと……」

私の問いに、どう答えようかとイザベラが視線を泳がせる。

本当に真面目な子だなあ。思わず笑みが零れた。

「詳しくじゃなくていいの。単にこの辺でちょっとしたことをやったら、目に届くのかなって」

「ちょっとしたこと……ですか？　それは……はい、窓がありますので」

「そっか。じゃあ、手伝って」

「え？」

「はい、私の手を握ってー、繋いだ手を前に突き出すようにする。

イザベラの手を取って、繋いだ手を前に突き出すようにする。

目の前には人が落ちないようにという配慮なのか柵があり、その先には渓谷が広がっている。

山が近いというよりはもうここが殆ど山なんだよね。

「あ、あの、アルマ姉様？」

「ん？　だいじょーぶだいじょーぶ！」

ほんのちょっとだけ。

普通じゃない魔法の使い方ってやつを、この子の前で見せてあげようと思った。

王城での戦闘も、普通じゃなかったと言えばそうなんだけど……そこまでイレギュラーなことはしていないし、そこは〝ジュエル級冒険者だから〟色々極秘ってことで押し通せたしね。

「私と繋いでいる手に、魔力を集めるイメージをしてごらん？」

「え？　は、はい……」

ほんのちょっとだけ、わかりやすくするために私と手を繋いでいるところからイザベラの中に私の魔力を押し込んで、それに反発する魔力を引きずり出してあげる。

詠唱がなくても、魔力の巡りを感じさせるだけで人は魔法の威力が上がるんだっていうのはこの世界であまり知られていない。だから、こっそりとね。

けど、『魔力を集めるイメージをしろ』なんて急に言われて戸惑うイザベラは、その感覚にびっくりしたらしく、弾かれたように私を見上げていた。

なんとなく悪戯《いたずら》が成功したみたいな気持ちになって笑えば、イザベラは目を丸くしながらキラキラさせて繋いだ手に視線を戻した。

イザベラと私の魔力を混ぜるようにして、こっそり呼び出した水の精霊にお願いする。

「そぉーれっ！」

魔力を媒介に呼び出された水は霧となって広がりキラキラと太陽光を反射させて空中を舞った。

結構遠慮なく魔力を使ったし、二人分ってこともあって、それは結構な範囲だったと思う。

私はそこで光の精霊にも重ねてお願いをした。

太陽は私たちの背中側にあるけどそれだけじゃ足りない。

飛び回る精霊が、とても綺麗だ。

その光景をイザベラに見せられないのはちょっぴり残念だけど、それはまたいつか。

「ああっ……」

晴れた日の空、渓谷にかかった大きな虹の姿を見て、イザベラが感嘆の声を上げた。

どうだと言わんばかりに精霊たちが飛び回って、私の目には虹以外にもキラキラして見えるけど、それはまあ黙っておいた。

「うん、上手くいったねえ」

この国にとって虹は吉兆。

応援だったり、旅立ちだったり、そういう時に現れる虹は幸せを運んできているのだっていう言い伝えがある。まあ、私がやったのは光の原理だっけ？　アレの応用なだけなんだけどさ……。

そこに加えて足元で咲いていた花を風に乗せて飛ばしてやったのだ。

大盤振る舞いじゃない？　ちょっぴり疲れた。

「……イザベラの気持ちが、届くといいねえ」

エミリアさんだけじゃない。

イザベラが捨ててきてしまったもの全部に、とまでは言わないけど。

(これからみんながそれぞれに最善な道を歩けたら、いいよねえ)

キラキラ光る空を見上げて、私は満足だ。

この綺麗な虹を作ったのは私だけど、イザベラの魔力があったからこそ出来たんだと思う。

こんなにキラキラして綺麗なのは、きっとこの子の心が綺麗だからじゃないかなあ、なーんて思っていると興奮気味のイザベラに強く抱きつかれた。

「姉様、すごいです!!」

「お、おお？」

「魔法でこんなことができるだなんて……！　わたくし、知りませんでした!!」

「そ、そっかあ……」

ええー、なんだか王城でマルチェロくんの顎を蹴り上げた時よりもハイテンションなご様子に、おねえちゃんはびっくりだよ……。

うちの妹、本当におもしろくって可愛いなあ!!

「エミリアさん、見てくださっているでしょうか。大聖女様も」

「見えてるといいねえ」

虹の麓には宝物が埋まっているんだっけ。幸せだっけ。まあどっちでもいいか。

そんなことを思いながら、私はイザベラの手を取って走り出していた。

「姉様？」

「折角だからさ、フォルカスとディルムッドをここに連れてきてみんなで見ようよ！」

「！　そうですわね!!」

ここまで連れてこなくたって見えるんだけど。

なんでか、折角なんだからって思ったんだ。

きっと私と可愛い妹の、合作を見せびらかしたかったんだと思う。

そういうもんでしょ？

エピローグ

カルマイール王国を出た私たちは、フォルカスの故郷であるフェザレニアを目指し、山を越えて途中にある機械都市を目指していた。

急ぐ旅でもないので、途中で珍しいところがあれば寄り道する気楽な旅だ。

だってイザベラ、王国から出たことないっていうからさあ、やっぱり色々見せてあげたいじゃない。機械都市って面白いしさあ！

機械って言いながら大体は魔道具なんだけど、機械と魔法の融合を目指して……とか、ちょっと変わった学者がたくさんいて本当に面白いんだよ。

フォルカスは騒々しくて好きじゃないっていうけど、私は割と賑やかで好きだなあ。

騒動に巻き込まれなければとってもいい町なんだけどね……ただ機械都市って常に何かしらトラブルが起きているから、滞在中は気をつけないと。

そういうのはディルムッド担当でよろしくお願いします。

「どっかで防寒具買わなきゃねえ」

「フェザレニアに入る手前で十分じゃないのか」

「でもイザベラが寒くないように、いい物を買ってあげたいじゃない」

「……あまり高価な物を買うと彼女が困ってしまうぞ」

私とフォルカスの関係は、まあ……友人以上恋人未満ってところだろうか。

番《ツガイ》云々について誤解をしているフォルカスは、無闇に距離を詰めてこない。

私が問題視しているのはそこじゃないんだけど……まあ、私も黒竜帝に確認を取ってからちゃんと応えたいなって思っているので、これはズルじゃない。

そう自分に言い聞かせつつ、今はこの距離を楽しんでる。

「あれ？　また読書？」

「はい、ちょうど今いいところなんですよ」

機械都市に行くまでも途中それなりに栄えている町なんかを経由しているから、必要に応じて食料や衣類を買い足したりしている中で、イザベラが何冊か本を買ってきた。

馬車の中は退屈だから、娯楽は確かにあってもいいよねってあまり気にしてなかったんだけど、なんだか熱心に読んでいるんだよね。

「そんなに面白いの？」

「そうですね、面白いですわ。流行の恋愛小説だと店主も言っておりましたわ」

「へえ」

恋愛小説かあ、私からするとそんなに好みのジャンルじゃないけど……イザベラがそんなに面白いっていうなら後で借りて読んでみようかな。

「どんな話なの？」

「なんというか……似ているのですわ」

「似てる？」

何がだろう。私が首を傾げると、手綱を握る私の隣で読んでいたイザベラが、パタンと本を閉じてクスクス笑った。

「この物語、平民出身の少女が親の再婚で貴族令嬢になります。立派な淑女となる修行中、意地悪をされたりするのですが、努力する彼女は王子に見初められ、真実の愛を育むのですわ」

「それは……」

似ているというか、まさしくそのものでは。

私はなんとも言えない表情になってしまったのだろう、イザベラがおかしそうに笑った。

「その王子に恋し、主人公に嫌がらせをする令嬢のことを作品中では〝悪役令嬢〟と呼んでおりますの。彼女はあれやこれやと主人公に意地悪をし、時にねじ伏せ、出自を詰《なじ》り、そしてとうとう想い人である王子にも嫌われてしまいます」

「……」

「そしてそんな悪役令嬢という障害を乗り越え主人公と王子は結ばれる。……物語に出てくる悪役

「令嬢は、まるで、わたくしのようですわね」

そっとそれまで楽しげに笑っていたイザベラが、悲しげに目を伏せた。

物語として客観的にそれを見せられた時、彼女が必要に迫られてしていたことは第三者の目にそう映っていたかもしれないと思うとやるせないのだろう。

だけど、彼女の努力を知っている人は知っている。

それをイザベラも理解しているからこそ、この小説を娯楽として楽しめているのだろうと思う。

「じゃあ、いいじゃん」

「え？」

でも、あんまりにもしょげた顔をしているイザベラをどうにかしてあげたくて、私はなるべくあっけらかんと言ってやった。

「イザベラが悪役令嬢だったんなら、もうお役御免じゃない」

「そう、ですわね……？」

「役目を終えた悪役令嬢を私が拾ったんだから、それでいいんだよ」

「まあ！」

私の言葉に、目を丸くしてイザベラが笑った。

そうだよ、〝イザベラ＝ルティエ〟は捨てられたんだから。

私が〝イザベラ〟を拾ったの。

もう一度声に出して伝えれば、イザベラはおかしそうに声を上げて笑った。

「そうですわね。わたくし、アルマ姉様に拾っていただいたんですわ」

「そ。だからもう悪役令嬢はオシマイ。イザベラに次に用意された役目はもっと重要よ？」

「アルマ姉様の妹、ですわね？」

「そうよー、わかってるじゃない！」

二人でクスクス笑い合っていると、馬で併走していたディルムッドとフォルカスが微笑ましいものを見る目でこちらを見ていた。

「なんだ？　楽しいことでもあったのか？」

「それは是非私たちにも教えてもらいたいものだな」

「だめよ、姉妹の秘密なんだから。ね、イザベラ」

「はい、姉妹の秘密ですわ！」


私の言葉を真似る妹のこの尊いこと。

いいだろう！　羨ましかろう!!

そういうつもりでにやりと笑ってやったら、男たちが笑うのが見えた。

それを見て、私とイザベラも笑う。

悪役令嬢、拾ってみるもんだよね！

あとがき

こんにちは、はじめましての方ははじめまして！

作者の玉響なつめです。

この度は『悪役令嬢、拾いました！①』をお手にとっていただき誠にありがとうございます。

彼女たちの活躍はどうだったでしょうか？　マイペースなアルマに、生真面目なイザベラの姉妹感、楽しんでいただけたなら幸いです。

アルマ姉さん、あまりかっこいいところを見せられていませんがイザベラへの愛だけはたっぷりご覧いただけたと思います（笑）。

たゆまぬ努力を続けていたイザベラ＝ルティエという少女が、ようやく自分らしさを取り戻していく過程をアルマ姉さんと一緒に応援していただけたなら、作者としては嬉しいです。

今回、恋愛はチラっとしかありませんでしたが（笑）、是非フォルカスには今後頑張ってもらいたいところです。ディルムッドにも頑張ってかっこいいところを見せてもらいたいですね！

恋愛要素がどこかに逃げ出してしまっているようですので、ちょっぴり捕まえて次につなげられたらいいなと思います。

これからも美味しい料理を楽しみつつ、彼女たちはきっと今後もマイペースに旅をすることでしょう。そんな姿をこれからもみなさまにお届け出来たら良いなと思っております。

最後に、みなさまに感謝を。

本書の制作にご協力くださったみなさまへ、ありがとうございました！

特に編集様には大変ご迷惑をお掛けしました！

本文中に間違えて顔文字が混じったりしていたので、驚かせたのでは……笑
それからイラストを描いてくださった、あかつき聖さま。

綺麗なイラストや表紙、全ての絵の数々、本当にありがとうございました！

もうキャッキャ言いながら見てました！

そして、この本を手に取ってくださった読者さまへ。

この後書きまでご覧いただき、誠にありがとうございます。物語をこれからも楽しんでいただけるよう、頑張ります！

ご意見・感想、応援のファンレターなどいただけると嬉しいです。

それでは、またいずれどこかでお会いできることを願って。

玉響なつめ

イラスト担当させていただきました、あかつき聖と申します。
『悪役令嬢～』お手に取って下さってありがとうございます！
そして、発売おめでとうございます！
玉響先生の書かれる素敵な作品の世界観に少しでも
色付けする事が出来ていたら嬉しいです！

私も、イザベラちゃんみたいな妹ほしいなぁ…
イザベラちゃんかわいいなぁ…と思いながら
描かせていただきました。

それでは。
また、お会い出来る事を祈っています！

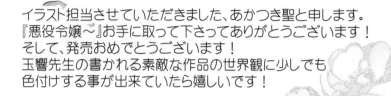

がココにある。
私の従僕
私、能力は平均値でって言ったよね!
二度転生した少年はSランク冒険者として平穏に過ごす
~前世が賢者で英雄だったボクは来世では地味に生きる~
転生したらドラゴンの卵だった
~最強以外目指さねぇ~
戦国小町苦労譚
領民0人スタートの辺境領主様
毎月15日刊行!!
https://www.es-novel.jp/

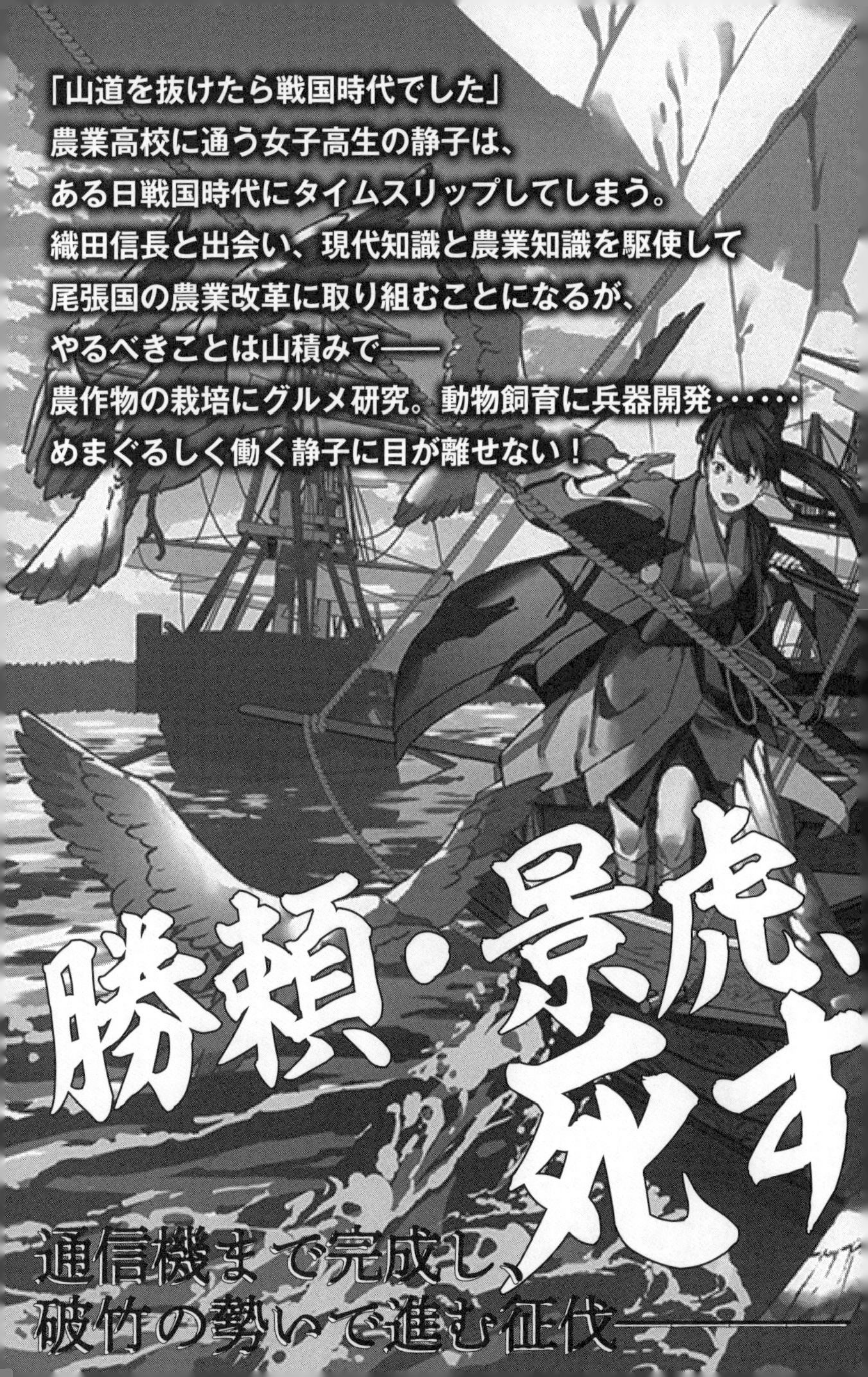
「山道を抜けたら戦国時代でした」
農業高校に通う女子高生の静子は、
ある日戦国時代にタイムスリップしてしまう。
織田信長と出会い、現代知識と農業知識を駆使して
尾張国の農業改革に取り組むことになるが、
やるべきことは山積みで――
農作物の栽培にグルメ研究。動物飼育に兵器開発……
めまぐるしく働く静子に目が離せない！
勝頼・景虎、死す
通信機まで完成し、
破竹の勢いで進む征伐――

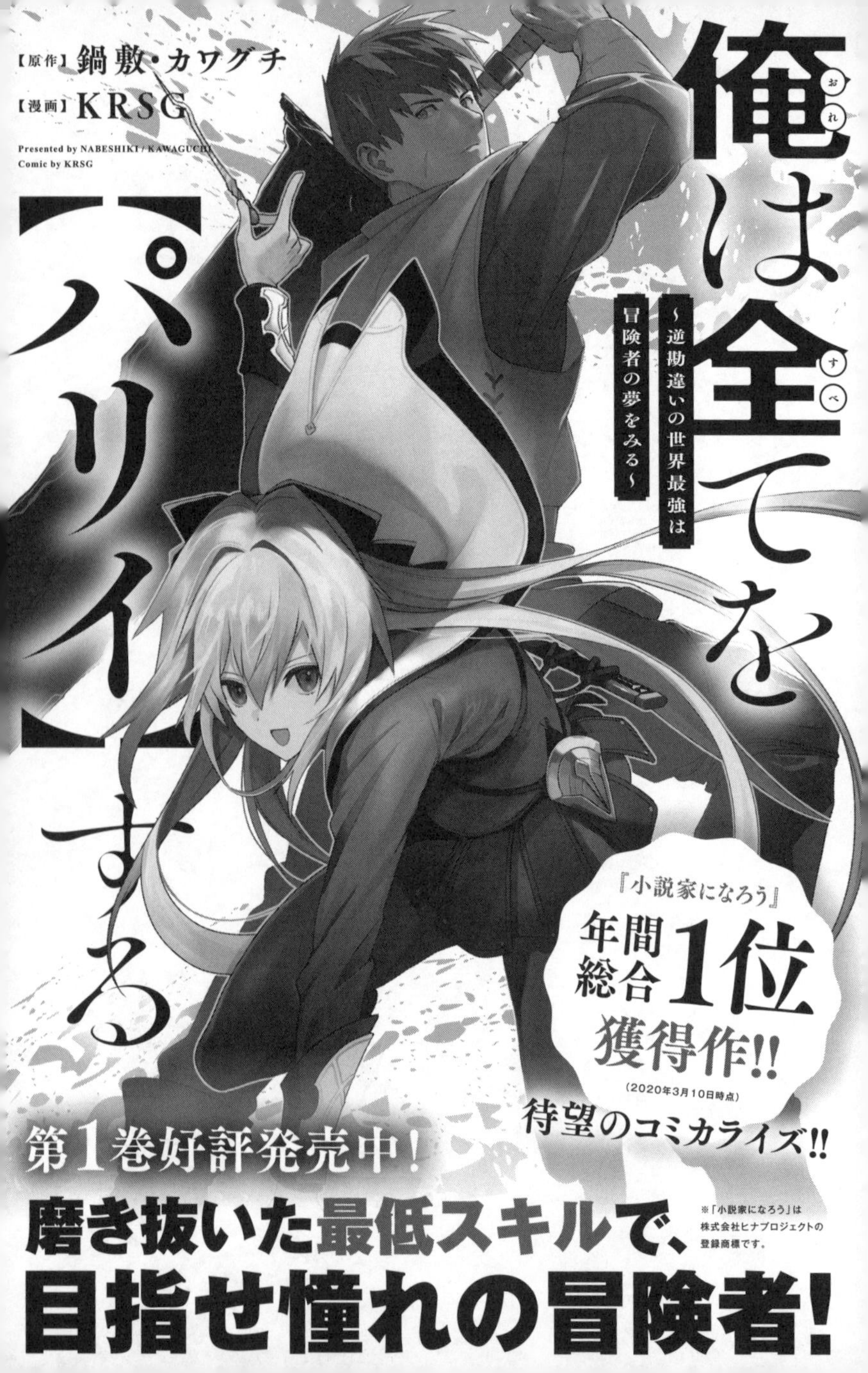

【原作】鍋敷・カワグチ
【漫画】KRSG
Presented by NABESHIKI / KAWAGUCHI
Comic by KRSG
俺《おれ》は全《すべ》てを【パリイ】する
~逆勘違いの世界最強は冒険者の夢をみる~
『小説家になろう』
年間総合1位獲得作!!
(2020年3月10日時点)
待望のコミカライズ!!
第1巻好評発売中!
磨き抜いた最低スキルで、
目指せ憧れの冒険者!
※「小説家になろう」は株式会社ヒナプロジェクトの登録商標です。

千の剣も、ミノタウロスも神速の槍も

【パリイ】!!!…

STORY

憧れの冒険者を目指し凄まじい修行を行う青年・ノール。
その最低スキル【パリイ】は千の剣をはじくまでに! しかしどれだけ
極め尽くしても、最低スキルしかないので冒険者にはなれない…。
なので謙虚に真面目に修行の傍ら、街の雑用をこなす日々。
しかしある日、その無自覚の超絶能力故に国全体を揺るがす
陰謀に巻き込まれる…。皆の役に立つ冒険者に、俺もなれる!?
あくまで謙虚な最強男の冒険者への道、ここに開幕!

EARTH STAR NOVEL

悪役令嬢、拾いました！しかも可愛いので、妹として大事にしたいと思います ①

発行 ―――― 2021年5月15日　初版第1刷発行

著者 ―――― 玉響なつめ

イラストレーター ―――― あかつき聖

装丁デザイン ―――― 村田慧太朗（VOLARE inc.）

発行者 ―――― 幕内和博

編集 ―――― 筒井さやか

発行所 ―――― 株式会社 アース・スター エンターテイメント
〒141-0021　東京都品川区上大崎3-1-1
目黒セントラルスクエア　7F
TEL：03-5561-7630
FAX：03-5561-7632
https://www.es-novel.jp/

印刷・製本 ―――― 中央精版印刷株式会社

ISBN 978-4-8030-1523-2